LUZIFER
VERLAG

USA TODAY BESTSELLER-AUTOR
ROBERT SWARTWOOD
HOLLY LIN

KEIN VERGESSEN

© 2018 by Robert Swartwood

Diese Geschichte ist frei erfunden. Sämtliche Namen, Charaktere, Firmen, Einrichtungen, Orte, Ereignisse und Begebenheiten sind entweder das Produkt der Fantasie des Autors oder wurden fiktiv verwendet. Jede Ähnlichkeit mit tatsächlichen Personen, lebend oder tot, Ereignissen oder Schauplätzen ist rein zufällig.

Deutsche Erstausgabe
Originaltitel: HOLLOW POINT
Copyright Gesamtausgabe © 2022 Luzifer Verlag Cyprus Ltd.
Alle Rechte vorbehalten. Das Werk darf – auch teilweise – nur mit Genehmigung des Verlages wiedergegeben werden.

Umschlag: Michael Schubert | Luzifer-Verlag
Übersetzung: Kalle Max Hofmann
Lektorat: Manfred Enderle
Printed in Germany

Dieses Buch wurde nach Dudenempfehlung (Stand 2022) lektoriert.

ISBN: 978-3-95835-673-3

Bibliografische Information der Deutschen Nationalbibliothek:
Die Deutsche Nationalbibliothek verzeichnet diese Publikation in der Deutschen Nationalbibliografie; detaillierte bibliografische Daten sind im Internet über http://dnb.d-nb.de abrufbar.

Für Joseph D'Agnese und Denise Kiernan

TEIL EINS
KLEINE ENGEL

1

Das Mädchen ist mit Blut überströmt.

Das ist das Erste, was mir auffällt. Diese Gegend der Stadt ist genauso dunkel und ruhig, wie man es um drei Uhr morgens erwarten würde. Das einzige Licht kommt von ein paar spärlich verteilten Straßenlaternen, und als das Mädchen unter einer von ihnen entlanggeht, leuchtet das rote Blut förmlich. Es bildet einen starken Kontrast zu ihrer leicht bräunlichen Haut. Sie sieht aus, als wäre sie höchstens sechzehn, noch ein Kind. Sie trägt Shorts und ein T-Shirt und hat einen Rucksack dabei, doch meine Aufmerksamkeit liegt vollständig auf dem Blut. Sie hat es auf dem Gesicht und auf den Armen, es hat sich in ihre Kleidung und ihr Haar gesaugt.

»Bitte, helfen Sie mir. Bitte.«

Sie murmelt die Worte auf Spanisch, ich kann sie kaum verstehen, und jetzt, wo sie keine fünf Meter mehr von mir entfernt ist, wird mir klar, dass sie humpelt. Sie zieht das rechte Bein nach und versucht, es so wenig wie möglich zu belasten. Jetzt, wo sie mich fast erreicht hat, kann ich sie auch riechen – das Blut, aber auch die anderen Körperflüssigkeiten. Sie hat sich entweder in die Hose gepinkelt oder geschissen oder beides. Sie kommt weiter auf mich zu, murmelt immer noch »Bitte, bitte, helfen Sie mir« – dann schubst sie den Rucksack in meine Arme und geht zu Boden.

Fünf Sekunden.

So viel Zeit ist vergangen, seit ich sie zum ersten Mal habe rufen hören, woraufhin ich mich umgedreht und das Blut gesehen habe.

Fünf Sekunden sind normalerweise nicht viel, aber unter gewissen Umständen können sie eine Ewigkeit sein. In meinem früheren Leben konnten fünf Sekunden den Unterschied zwischen Leben und Tod bedeuten. Ganze Länder können innerhalb von fünf Sekunden gerettet oder verloren werden.

Ich habe in den letzten fünf Sekunden keinen Muskel bewegt, was merkwürdig ist, denn vor nicht allzu langer Zeit war ich noch sehr entscheidungsfreudig. Ich habe keine Zeit damit verschwendet, mir verschiedene Konsequenzen meiner Handlungen vorzustellen. Ich habe einfach eine Entscheidung getroffen und auf das Beste gehofft.

Aber die Dinge haben sich geändert, ich bin nicht mehr die Person, die ich einst war. Diese Person ist längst weg, tot und begraben, und die Person, die ich jetzt bin – eine Barkeeperin, die gerade die Kneipe zugemacht hat und nun auf dem Weg nach Hause ist – hat mit Blut und Waffen und Mord nichts am Hut. Für dieses neue Ich ist das Wichtigste, was innerhalb von fünf Sekunden passiert, dass ich eine Getränkebestellung über einen hohen Geräuschpegel aus Country-Musik und Stimmengewirr verstehen muss, und dieses Getränk dann dem Kunden bringe, ohne einen Fehler zu machen.

Das Mädchen kauert jetzt auf den Knien, sie murmelt immer noch auf Spanisch, und ich nehme mir einen kurzen Moment, um mich umzuschauen. Natürlich ist die Umgebung immer noch menschenleer. Kein Wunder. Dieser Bereich der Stadt ist tagsüber immer leer, die meisten Gebäude sind ungenutzt, da die ganzen Firmen hier pleitegegangen sind, und im ganzen letzten Jahr habe ich auf dem Weg nach Hause eigentlich nie jemanden gesehen – erst recht kein blutüberströmtes Mädchen.

Mir wird plötzlich klar, dass ich immer noch den Rucksack halte. Er ist so plötzlich in meinen Armen gelandet, dass ich noch gar keine Zeit hatte, darüber nachzudenken. Jetzt hebe ich ihn an – scheint sieben, acht Kilo zu wiegen – und schaue hinunter auf das Mädchen.

»Was ist passiert? Wer hat dir das angetan?«

Erst eine Sekunde später wird mir klar, dass ich diese Fragen auf Englisch gestellt habe, also wiederhole ich sie auf Spanisch. Das Mädchen schaut zu mir auf, mit Tränen in den Augen. Ihre Stimme ist kaum noch mehr als ein ersticktes Flüstern.

»Helfen Sie mir!«

Bevor ich irgendetwas tun oder sagen kann, springt sie auf. Sie schiebt sich an mir vorbei und eilt weiter den Gehweg hinunter, wobei sie immer noch ihr rechtes Bein nachzieht.

Mit dem Rucksack in den Armen drehe ich mich um und schaue ihr fassungslos hinterher.

»Warte!«

Sie hört nicht. Stattdessen beschleunigt sie ihren Schritt und verschwindet in eine Gasse. Ich eile ihr hinterher, wobei der Gedanke, die Tasche zurückzulassen, mir überhaupt nicht in den Sinn kommt. Als ich den Eingang der Gasse erreiche, sehe ich, dass das Mädchen bereits am anderen Ende angekommen ist. Wie sie das geschafft hat, vor allem mit diesem Gehumpel, ist mir schleierhaft. Doch sie steht einfach da, mit dem Rücken zu mir, und schaut rechts und links in die Querstraße.

Ich rufe erneut nach ihr, während ich die Gasse hinuntereile. Ich habe etwa die Hälfte der Strecke geschafft, als das Mädchen urplötzlich auf die Fahrbahn rennt – und in diesem Moment wird sie auch schon von einem Auto gerammt und durch die Luft geschleudert.

2

Das Auto kommt mit quietschenden Reifen zum Stehen. Die Türen öffnen sich und zwei Männer steigen aus. Sie sind vollkommen ruhig – nicht das normale Verhalten, wenn man gerade eine junge Frau überfahren hat. Ganz lässig schauen sie sich um, während sie auf das Mädchen zulaufen, um nach ihr zu schauen.

Die beiden Männer sind Ende dreißig, Anfang vierzig. Sie tragen Jeans und Cowboystiefel. Einer von ihnen hat ein weißes, ärmelloses Oberhemd in die Hose gestopft, der andere trägt ein blaues Polohemd. Der Kerl in Weiß hat auch einen Cowboyhut auf. Er ist der Fahrer und richtet seinen Blick nun auf den regungslosen Körper auf dem Asphalt.

»Da hol mich doch der Teufel, wir haben sie«, sagt der andere Mann.

»Jepp.«

»Sie ist am Leben.«

»Noch.«

»Aber sie hat die Tasche nicht dabei!«

»Nein.«

Der Mann im Cowboyhut kniet sich neben die junge Frau.

»Hey.«

Sie antwortet nicht.

Ihre Beine sind auf der Asphaltdecke gespreizt, ihr Körper ist überall verdreht, und sie ist noch blutiger als zuvor.

Der Cowboy schnipst direkt vor ihrem Gesicht mit den Fingern.

»Hörst du mich, du Schlampe?«

Das Mädchen antwortet immer noch nicht. Selbst wenn sie es wollte, könnte sie es meiner Meinung nach nicht. Ein heiseres Krächzen kommt aus ihrer Kehle. Wahrscheinlich hat sie sich mehrere Rippen gebrochen, die jetzt in ihre Lungen stechen.

Ich stehe im Schatten am Ausgang der Gasse und halte immer noch den Rucksack. Ich lehne mich nur so weit vor, dass ich das Geschehen verfolgen kann. Mein erster Impuls ist, sofort zur Hilfe zu eilen, doch seit ich gesehen habe, wie seelenruhig die Männer aus dem Wagen gestiegen sind, schrillen bei mir ununterbrochen sämtliche Alarmglocken.

Und diese Glocken werden noch lauter, als der Fahrer zurück zum Wagen geht – wobei etwas Silbernes an seinem Gürtel im Licht der Scheinwerfer aufblitzt – und nachdem er die Fahrertür geöffnet hat, plötzlich eine schwarze Automatikpistole in der Hand hält.

Pistolen sind hier in Texas keine Seltenheit. Alden ist eine vergleichsweise kleine Ortschaft, hier wohnen vielleicht tausend Menschen, und eigentlich hat jeder immer eine Waffe dabei.

Doch nur die wenigsten haben einen Schalldämpfer.

Und genauso einen hat der Mann in der anderen Hand. Lässig beginnt er, ihn aufzuschrauben, während er zu dem Mädchen zurückgeht.

Die gesamte Zeit – vielleicht eine Minute – war ich ruhig und habe die beiden Männer beobachtet. Dieser Bereich von Alden ist nachts menschenleer. Die Leute nennen ihn den Industriehafen, aber Industrie gibt es hier eigentlich keine mehr, weswegen die meisten Gebäude ungenutzt sind. Ich gehe fast immer zu Fuß zurück in meine Wohnung, weil sie nicht weit entfernt ist, und ich außerdem die frische Luft nach der Arbeit genieße. Ich versuche, den Zigarettenrauch so gut es geht aus meinen Haaren und der Kleidung zu bekommen. Doch worauf ich eigentlich hinauswill, ist, dass weit und breit keine andere Menschenseele existiert.

Diese beiden Männer – die ich noch nie zuvor gesehen habe – scheinen das genau zu wissen, und dass das Mädchen sich vor Schmerzen auf dem Boden krümmt, ist ihnen offensichtlich herzlich egal.

Ein Teil von mir möchte ihr zu Hilfe kommen. Dieser Teil möchte aus den Schatten hervortreten und die Männer zur Rede stellen. Ich habe keine Pistole, ich habe kein Messer, ich habe überhaupt keine Waffe. Aber irgendjemand muss diesem Mädchen helfen, bevor der Cowboy ihr eine Kugel in den Kopf jagt.

Doch bevor ich das tun kann, bewegt sich der Rucksack. Natürlich ist es nicht der Rucksack, sondern etwas *in* dem Rucksack.

Es ist kaum Licht in der Gasse, doch als ich den Reißverschluss öffne, sehe ich trotzdem sofort, was in der Tasche ist.

Ein Baby.

Es ist noch sehr klein – vielleicht einen Monat alt – und hat einen Schnuller im Mund, wahrscheinlich der einzige Grund, warum es die ganze Zeit keinen Mucks von sich gegeben hat. Seine dunklen Augen schauen fragend zu mir auf, und in diesem Moment fällt ihm der Schnuller aus dem Mund.

Das Gesicht des Babys knautscht sich zusammen. Es sieht so aus, als würde es gleich anfangen zu schreien – es schnappt sogar kurz nach Luft – doch ich schiebe ihm einen Finger in den Mund, bevor es loslegen kann. Trotzdem habe ich ein Geräusch gemacht. Nur ein ganz winziges zwar, doch ich halte den Atem an und hoffe, dass die Männer nichts gehört haben.

Für einen Moment herrscht absolute Stille.

Dann sagt einer von ihnen etwas – klingt für mich nach dem Beifahrer im blauen Hemd: »Hast du das gehört?«

Als Antwort erklingen zwei gedämpfte Schüsse aus der Pistole.

Ohne einen Blick aus meiner Deckung zu wagen, weiß ich, dass das Mädchen nun tot ist. Wahrscheinlich haben sie ihr ins Gesicht geschossen, um sie von ihren Qualen zu erlösen. Doch natürlich hätte man sie auch retten können. Die Männer hätten einen Krankenwagen rufen können. Doch wahrscheinlich wollten sie sie nicht retten.

»Was gehört?«, fragt der Fahrer.

»Klang wie ein Geräusch aus der Gasse da!«

Doch bis der Kerl in Blau die Einmündung erreicht hat, bin ich nicht mehr da. Und die Tasche mit dem Baby auch nicht. Auf halbem Weg in der Gasse steht ein alter Müllcontainer. Er wurde sicher jahrelang nicht benutzt und rostet vor sich hin. Ich kauere dahinter und umschließe die Tasche mit meinen Armen, einen Finger immer noch im Mund des Babys.

Wenn der Mann auf mich zukommt, wird er mich auf jeden Fall bald sehen. In diesem Fall muss ich die Tasche vorsichtig absetzen und mein Bestes tun, um das Baby zu beschützen. Wahrscheinlich hat der Kerl eine Waffe, genau wie sein Partner, aber das ist in Ordnung. Ich habe zwar seit einem Jahr keinen Einsatz mehr gehabt, aber ich bin sicher, dass mein Training sich wieder bezahlt machen wird, sobald ich es brauche. Zwei Männer mit Pistolen? Kein Problem. Aber andererseits ist das im Moment nicht meine Sorge. Meine Sorge gilt dem Baby.

Doch der Mann kommt nicht viel näher. Nach ein paar Schritten, die die Absätze seiner Stiefel durch die engen Wände der Gasse hallen lassen, bleibt er stehen und leuchtet mit einer Taschenlampe umher. Das ist alles.

»Ist da was?«, ruft der Fahrer.

»Nein.«

»Dann schieb deinen Arsch hierher und hilf mir mit der Leiche!«

»Was ist mit der Tasche?«

»Die kann sie überall auf dem Weg versteckt haben.«

»Die Tasche ist aber wichtig!«

»Im Moment ist aber viel wichtiger, dass wir diese Sauerei hier beseitigen! Jetzt komm endlich her und pack mit an!«

Das Licht geht aus. Die Schritte des Mannes werden leiser, als er zum Wagen zurückkehrt.

Das Baby saugt inzwischen so intensiv an meinem Finger, dass es langsam wehtut. Mit der anderen Hand wühle ich in der Tasche herum. Ich ertaste eine Decke, eine Flasche, eine kleine Packung Milchpulver und endlich den Schnuller.

Ich warte noch einen Augenblick und höre den Männern zu, wie sie leise den leblosen Körper im Kofferraum verstauen. Dann blicke ich mich um, um sicherzugehen, dass ich allein bin. Ich schnappe mir die Tasche und eile so geräuschlos wie möglich zurück, fest entschlossen, das Baby so weit weg von den Bewaffneten zu schaffen, wie ich kann.

3

Ich nehme den umständlichen Weg nach Hause.

Es sind eigentlich nur drei Blocks bis zu meinem Apartmenthaus, gerade einmal ein fünfminütiger Spaziergang, aber ich laufe einen großen Bogen, wobei ich mich dicht an den Fassaden halte und von einem Schatten zum nächsten eile. Die Nacht ist totenstill, hin und wieder höre ich ein Auto auf dem entfernten Highway oder einen Hund bellen.

Den Rucksack halte ich eng umschlossen, wiege ihn hin und her, um das Baby ruhig zu halten. Denn ich weiß jetzt, dass die Männer hinter dem Baby her sind.

Ein Handy habe ich schon lange nicht mehr, aber selbst wenn es so wäre, bin ich mir nicht sicher, ob ich den Notruf wählen würde. Nicht, nachdem ich das glitzernde Etwas am Gürtel des Mannes gesehen habe – es war eine Polizeimarke. Allerdings war er kein Beamter aus der Stadt, sonst hätte ich ihn erkannt. Trotzdem sprach diese Marke eine deutliche Sprache – er ist ein Gesetzeshüter.

Zwanzig Minuten später erklimme ich die Stufen zu meiner Wohnung im ersten Stock. Das Gebäude hat nur zwei Etagen, und auf der oberen gibt es vier Apartments. Meines ist am Ende des Flures links.

Ich werfe einen argwöhnischen Blick auf die Nachbartür, bevor ich meine Wohnung aufschließe und eintrete. Ich bin ziemlich spartanisch eingerichtet – ich habe keinen Fernseher, keinen Computer und auch kein Telefon. Ein Stapel Bücher aus der Bücherei steht neben der Couch.

Dort gehe ich als Erstes hin, nachdem ich die Tür geschlossen und das Licht angemacht habe. Vorsichtig setze ich die Tasche ab und öffne sie – und sofort springt mir ein übler Geruch entgegen. In den letzten paar Minuten hat das Baby sich ordentlich erleichtert. Das ist natürlich vollkommen in Ordnung, so machen Babys das halt, nur habe ich leider keine Windeln parat. Genauso wenig wie irgendetwas anderes, das ein Baby braucht.

Aber eines nach dem anderen. Ich nehme das Baby heraus und trage es ins Bad. Dort drehe ich beide Hähne auf, um Wasser in die Wanne zu lassen. Ich nehme die Windel ab und stelle fest, dass das Baby ein Mädchen ist. Es gefällt mir nicht, dass ich das Baby in meinen Gedanken wie ein Ding bezeichne, nun weiß ich wenigstens schon mal, dass es eine *Sie* ist. Doch einen Namen habe ich immer noch nicht.

Der säuerliche Geruch bringt mich zum Würgen. Ich werfe die Windel in den Mülleimer, doch der hat leider keinen Deckel, was also gegen den Gestank nicht viel hilft.

Ich schalte die Lüftung an, als ob das etwas bringen würde, und lege mir das Baby dann auf einen Unterarm, während ich mit der anderen Hand die Wassertemperatur prüfe. Es scheint weder zu kalt noch zu warm zu sein, also fange ich an, die Kleine abzuwaschen. Ich hatte noch nie mit Babys zu tun, doch ich habe gehört, dass man eigentlich eine besonders milde Seife braucht, um ihre Augen zu schützen. Ich will aber auch nicht, dass sie stinkt, also nehme ich einen frischen Waschlappen, befeuchte ihn mit einem Spritzer Duschgel und seife sie dann komplett ein, bis zum Hals. Sie hat noch den Schnuller im Mund, den ich auch irgendwann sauber machen muss. Ich habe nur Angst davor, was passieren wird, wenn ich ihn ihr aus dem Mund nehme. Sie wird garantiert zu schreien anfangen, und das darf nicht passieren. Meine Nachbarn sind alle nette Menschen, aber sie wissen, dass ich kein Kind habe. Wenn sie ein Baby schreien hören, wirft das Fragen auf, die ich nicht beantworten möchte.

Das Baby hat ein Muttermal auf dem Rücken, das wie eine kleine Sternschnuppe aussieht.

»Sternchen«, flüstere ich. »Vielleicht nenne ich dich einfach so. Klingt das gut?«

Sternchen antwortet nicht.

Nachdem ich sie mit lauwarmem Wasser abgespült habe, trockne ich sie erst ab und wickle sie dann in ein frisches Handtuch. Dann gehe ich mit ihr zum Waschbecken und ziehe ihr den Schnuller aus dem Mund. Obwohl ich erwarte, dass sie zu weinen anfängt, tut sie das nicht. Sie starrt mich einfach nur an, als wäre sie verwundert, wer ich bin und was ich mache.

Nachdem ich den Schnuller so gut wie möglich abgespült habe, schüttle ich ihn trocken und stecke ihn Sternchen wieder in den Mund.

Okay, was jetzt?

In meinem früheren Beruf habe ich als Kindermädchen gearbeitet, aber das war ich nicht wirklich. Eigentlich war ich eine Art Bodyguard für die Kinder meines Bosses. Ich habe mit ihnen Dinge unternommen, ihnen mit den Hausaufgaben geholfen, aber da sie keine Windeln mehr getragen haben, kam ich nie mit Babyzeug in Berührung. Natürlich habe ich schon mal gesehen, wie jemand Windeln gewechselt hat, aber ich habe es noch nie selbst gemacht. Normalerweise würde man sich in so einem Fall wahrscheinlich auf YouTube Hilfe holen, aber wie gesagt: Ich habe weder Computer noch Handy.

Obwohl ... so ganz stimmt das nicht. Ich habe ein Handy, sogar zwei. Beides sind Wegwerfhandys, die ich einen Monat, nachdem ich hier eingezogen bin, gekauft habe. Nur für den Fall, dass ich sie mal brauchen würde. Dabei bin ich nicht mal sicher, ob die Startguthaben nicht längst verfallen sind. Und selbst wenn nicht, wen sollte ich anrufen?

Sternchen braucht richtige Windeln. Kleidung. Nahrung. Praktisch alles, was jedes Baby braucht.

Ich sollte die Polizei rufen, doch ich denke immer noch an das Glänzen am Gürtel des Fahrers. Natürlich kann ich nicht wissen, ob diese Polizeimarke echt war – man kann sicher Fälschungen im Internet bestellen, aber ich kann kein Risiko eingehen.

Bevor ich zur Couch zurückgehe, um zu schauen, was noch in dem Rucksack ist, schaue ich im Schlafzimmer vorbei. Dort steht eine Kommode mit drei Schubladen. Während ich Sternchen in meinem linken Arm wiege, öffne ich die unterste Schublade, die ich mit Sweatshirts und Jogginghosen vollgestopft habe. Ich wühle darin herum, bis ich eine von den beiden Pistolen gefunden habe, die dort versteckt sind.

Es ist eine SIG Sauer P320 Nitron Compact. Das Magazin hat Platz für fünfzehn 9-mm-Patronen und ist bereits geladen. Ich muss nur noch den Schlitten zurückziehen, um das erste Geschoss in den Lauf zu laden.

Die Waffen habe ich seit Monaten nicht angefasst. Ich habe sie nicht mal angeschaut, geschweige denn gereinigt. Mein früheres Ich wäre viel sorgsamer mit diesen Waffen umgegangen. Sie hätte sichergestellt, dass die beiden Pistolen – und auch die Mossberg-Schrotflinte, die im Kleiderschrank im Flur versteckt ist – jederzeit optimal gewartet sind. Aber nach einem Jahr des Alleinlebens, der Integration in diesen Ort und die Gewöhnung an meine neue Identität, hatte ich nie das Gefühl, eine Waffe benutzen zu müssen. Mein altes Leben habe ich weit hinter mir gelassen.

Ich vergewissere mich, dass die Pistole gesichert ist, bevor ich sie mir in den Hosenbund stecke. Anschließend schaue ich in meinen Kleiderschrank und ziehe die dicke Wolldecke hervor. Ich schnuppere daran – riecht muffig, aber es muss reichen.

Als ich ins Wohnzimmer zurückkomme, breite ich die Wolldecke auf dem Boden aus. Ich falte sie einmal, damit es weich genug ist, dann lege ich Sternchen darauf ab.

Jetzt habe ich die Hände frei, also drehe ich mich um und knie mich neben den Rucksack. Er riecht immer noch säuerlich, aber nicht so schlimm wie zuvor. Die Babydecke muss ich auf jeden Fall waschen.

Bevor ich den Inhalt des Rucksacks genauer durchsuchen kann, fallen mir die Flasche und das Milchpulver ins Auge. Ich weiß nicht, wann Sternchen das letzte Mal gefüttert wurde, aber irgendetwas sagt mir, dass Babys unglaublich viel Nahrung brauchen.

Ich schnappe mir die Packung, überfliege die Anleitung auf der Rückseite und beschließe, dass sie recht einfach klingt.

»Warte hier«, flüstere ich Sternchen zu.

Dann eile ich mit der Flasche und dem Pulver in die Küche. Ich spüle die Flasche und trockne sie ab, dann befolge ich die Instruktionen zur Zubereitung. Als ich wieder ins Wohnzimmer komme, liegt Sternchen zum Glück immer noch auf der Decke. Ich setze mich neben sie auf den Boden, lege sie mir auf den Unterarm und ziehe ihr den Schnuller aus dem Mund, den ich sodann mit dem Gummistutzen der Flasche austausche.

Erst mache ich mir Sorgen, dass sie die Nahrung nicht annehmen wird, doch da fängt sie auch schon an zu saugen. Ich ermuntere sie mit gurrenden Geräuschen und feuere sie an: »Braves Sternchen!«

Als die Flasche leer ist, lege ich mir die Kleine auf die Schulter und tätschle ihren Rücken, bis sie rülpst.

»Alles klar, Sternchen?«

Da sie nicht antwortet und ich nicht weiß, ob ich weitermachen soll, lasse ich es drauf ankommen, lege sie wieder auf die Decke und stecke ihr den Schnuller in den Mund.

Jetzt sind meine Hände wieder frei und ich kann den Rucksack weiter untersuchen. Ganz unten sehe ich zwei weitere Gegenstände: Ein knallgelbes Portemonnaie mit Klettverschluss, wie kleine Mädchen es mögen, und einen abgehackten, kleinen Finger.

Bevor ich die Sachen herausziehen kann, klopft es plötzlich an der Tür – zwei schnelle, gedämpfte Schläge – und eine Stimme ruft halblaut: »Polizei, aufmachen!«

4

Ich werfe Sternchen einen Blick zu und bin nicht sicher, ob ich sie hier auf dem Boden lassen möchte. Sie liegt auf dem Rücken, schaut zu mir auf und saugt rhythmisch an ihrem Schnuller.

Als es noch einmal klopft, stehe ich auf und begebe mich zur Tür, wobei ich spüre, wie mir die Pistole in den Rücken drückt. Doch ich greife nicht nach der Waffe. Stattdessen lege ich die Sicherheitskette an und mache die Tür einen Spalt auf.

Erik grinst mir entgegen und hält zwei Flaschen Heineken hoch.

»Wollen wir abhängen?«

Abhängen ist unser Codewort für *ficken*. Das machen Erik und ich nämlich seit ein paar Monaten. Erik arbeitet als Hilfssheriff beim Polizeidezernat von Colton County. Er wohnt am anderen Ende des Flures und hat mir sehr hilfsbereit beim Einzug unter die Arme gegriffen. Anschließend haben wir uns hin und wieder gesehen, »Hallo« gesagt und gelächelt, aber mehr nicht. Einmal hat er dann ein Gespräch angefangen und mich auf einen Kaffee eingeladen, aber ich lehnte höflich ab. Nicht, dass ich nicht interessiert gewesen wäre – Erik war ein paar Jahre jünger als ich und definitiv heiß. Ein großer, muskulöser Mann mit einem niedlichen Lächeln – aber ich wollte damals keinen Freund. Außerdem war ich sowieso schon die einzige asiatisch aussehende Person im Ort. Wenn ich da noch mit einem der wenigen Schwarzen gesehen würde, wäre das sehr auffällig. Mein Plan war aber, unter dem Radar zu bleiben. Um ehrlich zu sein, will ich auch immer noch keinen Freund haben, aber es führte nun mal eines zum anderen, wie das oft so ist, und wir fingen an, ab und zu Sex zu haben. Ohne Verpflichtungen, ohne Dates, ohne den anderen kennenzulernen. Einfach nur ficken.

Ich sehe ihm fest in die Augen und schüttle den Kopf. »Ich kann gerade nicht.«

Sein Lächeln verschwindet und er scheint erst jetzt die Sicherheitskette zu bemerken.

»Ist alles in Ordnung?«

»Alles prima.«

Er hält kurz inne, als er einen Geruch zu bemerken scheint. Sternchens Dunstwolke hat wohl ihren Weg in den Flur gefunden. Ich räuspere mich schüchtern.

»Um ehrlich zu sein, mir geht es gerade nicht gut. Ich glaube, ich habe etwas Falsches gegessen.«

Erik setzt wieder ein Lächeln auf – es wirkt etwas gezwungen, doch in seinen dunklen Augen schimmert kein Vorwurf. Ein weiterer Grund, warum ich den Kerl mag.

»Hast du Magentabletten?«

»Weiß ich nicht genau.«

»Ich habe, glaube ich, noch welche.«

Bevor ich etwas sagen kann, hat er sich umgedreht und ist verschwunden. Dreißig Sekunden später ist er wieder da, diesmal ohne die Bierflaschen. Er schüttelt den Kopf.

»Sorry, habe auch keine.«

»Das ist schon in Ordnung.«

»Wenn du willst, hole ich welche.«

Alden ist so ein Ort, wo nichts vierundzwanzig Stunden lang offen hat, nicht einmal die Tankstelle. Was bedeutet, dass Erik fünfzehn Meilen zum Truck-Stop am Highway fahren müsste oder noch weitere siebzig Meilen bis zum nächsten Einkaufszentrum. Und das würde er tun, wenn ich ihn bitten würde – da bin ich mir ganz sicher. Aber ich schüttle den Kopf.

»Das ist total lieb von dir, aber nicht nötig. Es war einfach eine lange Schicht, deswegen werde ich jetzt versuchen, mich schlafen zu legen.«

Erik nickt und sagt: »Ich hoffe, du bist bald wieder fit. Lass mich wissen, wenn du irgendwas brauchst.«

»Mach ich.«

Ich schließe die Tür und warte, bis ich höre, dass seine Tür ebenfalls zugeht. Dann kehre ich zu Sternchen zurück und lächle sie an.

»Das war Erik. Er ist ein netter Kerl. Wir haben uns am Anfang darauf geeinigt, dass sich keiner in den anderen verlieben darf, aber ich glaube, diese Regel hat er schon vor langer Zeit gebrochen. Was kann ich dazu sagen – es muss an meinem Charme liegen.«

Sternchen starrt mich an, sie ist eindeutig nicht beeindruckt.

Ich wende mich wieder dem Rucksack zu. Das gelbe Portemonnaie ignoriere ich und untersuche stattdessen den Finger. Als das Mädchen auf mich zugekommen ist – was jetzt vielleicht gerade einmal eine Stunde her ist – war ich zu abgelenkt von dem ganzen Blut, als dass mir irgendetwas anderes aufgefallen wäre. Wie zum Beispiel, ob sie noch zehn Finger hatte.

»Rühr dich nicht vom Fleck, Sternchen!«

Ich eile in die Küche und schaue unter der Spüle nach dem Putzmittel. Ich finde eine Packung Latexhandschuhe und ziehe mir ein Paar über, als ich zur Couch zurückkehre.

»Schön, dass du noch da bist«, sage ich zu Sternchen, aber sie scheint den Witz nicht zu verstehen.

Ich nehme den Finger aus der Tasche und schaue ihn mir genauer an. Er ist nicht sauber abgeschnitten, sondern sieht eher abgerissen aus. Wahrscheinlich mithilfe einer Zange. Und das bedeutet, das Mädchen wurde höchstwahrscheinlich gefoltert.

Wenn die beiden Männer, die ich gesehen habe, sie entführt hatten und ihr mit einer Zange den kleinen Finger abgerissen haben, worum ging es dann? Wenn sie die Tasche – und damit Sternchen – gesucht haben, würde das bedeuten, dass das Mädchen sie zu diesem Zeitpunkt nicht bei sich hatte. Also waren sie woanders, und dann ... hat es das Mädchen irgendwie geschafft, zu entkommen? Okay, das könnte sein. Also ist sie abgehauen, vor den Männern weggerannt, hat sich den Rucksack mit dem Baby darin geholt ... Oder Sternchen war vorher irgendwo anders und das Mädchen hat sie dann erst in die Tasche gestopft ... jedenfalls ist sie dann durch die dunklen Straßen geirrt. Dieser Teil der Stadt ist normalerweise menschenleer. Damit ist es die ideale Umgebung für böse Menschen, einem hilflosen Mädchen schlimme Dinge anzutun.

Sternchen wird jetzt unruhig.

Ich lege den Finger beiseite und strecke die Hände nach ihr aus, wobei mir die Latexhandschuhe auffallen. Ich müsste sie erst ausziehen, die Packung war aber fast leer, und ich will jetzt keine Handschuhe verschwenden. Also flüstere ich ihr stattdessen zu.

»Ich weiß, Sternchen, ich weiß. Ich habe auch schon jemanden im Kopf, der uns helfen kann, aber wir müssen noch ein paar Stunden warten. Und ich muss noch ein wenig aufräumen.«

Sternchen schaut mich einfach nur an. Sie sieht alles andere als glücklich aus.

Ich wende mich wieder dem Finger zu und verziehe das Gesicht. Wenn ich davon ausgehe, dass er zu dem Mädchen gehört, und dass diese Männer ihn abgerissen haben, warum sollte sie dann bei ihrer Flucht den Finger mitgenommen haben? Das wirft gewisse Zweifel auf diese Theorie. Vielleicht gehört der Finger gar nicht dem Mädchen, sondern jemand anderem.

Ich beschließe, dass ich den Finger in eine Plastiktüte tun und dann in den Kühlschrank legen sollte. Auch wenn ich gar nicht weiß, was ich später damit machen soll. Eine vernünftige Person hätte längst die Polizei gerufen, damit die sich einen Reim auf das Ganze machen können. Eigentlich halte ich mich selbst ja durchaus für vernünftig, aber das kann ich definitiv nicht machen. Nicht, nachdem ich dieses blutüberströmte Mädchen gesehen habe. Nicht, nachdem sie mir die Tasche, und damit das Baby, übergeben hat. Sie hat Sternchen damit in meine Obhut gegeben. Und dann ist da natürlich noch die Tatsache, dass der Fahrer, der wahrscheinlich bei der Polizei ist, das Mädchen erschossen hat.

Nein, die Polizei kann ich nicht rufen, jedenfalls noch nicht. Ich kann nicht mal Erik in die Sache mit reinziehen, obwohl er mir ganz sicher helfen würde. Soweit ich das beurteilen kann, ist er ein guter Cop, was bedeutet, dass er alles streng nach Vorschrift machen würde. Und das bedeutet wiederum, in dem Moment, wo ich ihm von der Sache erzähle, würde er sie melden. Und das wiederum würde wahrscheinlich die beiden Männer alarmieren, die Sternchens Mutter ermordet haben, zumindest denke ich, dass es ihre Mutter war.

Als Nächstes überprüfe ich das Portemonnaie. Der Klettverschluss macht ein widerliches Geräusch. Es klingt so giftig, dass sich meine Nase kräuselt, und ich befürchte, dass es Sternchen zum Weinen bringen könnte. Doch ihr ist es vollkommen egal – es sieht sogar so aus, als würde sie gleich einschlafen.

In der Geldbörse sind fünf Einhundert-Dollar-Scheine. Sie sind so glatt und frisch, als kämen sie direkt aus der Druckerei.

Als ob die einzige Person, die sie je in der Hand gehabt hätte, ein Bankmitarbeiter war.

Außerdem finde ich eine Visitenkarte. Darauf sind kleine Fußabdrücke am Strand zu sehen. Darüber prangen die Worte: »Kleine Engel Adoptionsagentur« und der Name »Leila Simmons, LSW«. Die Adresse ist in San Angelo, was etwa drei Stunden entfernt liegt. Auf der Rückseite der Karte hat jemand mit blauer Tinte eine Telefonnummer hinterlassen.

Die Abkürzung LSW steht für »Licensed Social Worker«, also ist diese Leila Simmons eine staatlich geprüfte Sozialarbeiterin. Sie werde ich also morgen als Erste anrufen. Aber erst, nachdem ich einige Recherchen angestellt habe.

Jetzt muss ich allerdings erst mal die Gelegenheit nutzen, dass Sternchen schläft, und hier sauber machen. Es ist inzwischen kurz nach vier, was bedeutet, dass ich noch mindestens drei Stunden warten muss, bevor es weitergeht.

Ich sammle das Portemonnaie und den Finger wieder ein. Ich muss sie an einem sicheren Ort verstauen, auch wenn ich noch nicht weiß, was ich später damit machen soll. Doch zuerst halte ich inne und werfe einen Blick auf Sternchen.

Ich ziehe mir die Handschuhe ab, werfe sie in den Rucksack, dann stehe ich auf und ziehe die Pistole aus meinem Hosenbund. Ich lege sie auf die Armlehne des Sofas und beuge mich hinab, um Sternchen von der Decke zu nehmen. Ich setze mich wieder auf die Couch, lege sie mir auf den Schoß und schaue sie an, wobei ich mein Bestes tue, um nicht einzuschlafen. Ich bin seit fast vierundzwanzig Stunden wach, und irgendetwas sagt mir, dass es noch sehr lange dauern wird, bis ich wieder eine Chance haben werde, die Augen zu schließen.

5

Alden war mal richtig belebt, mit mehreren tausend Einwohnern, doch als die Fabriken vor einer Dekade geschlossen wurden, sind die meisten Leute weggezogen. Jetzt gibt es kaum noch Geschäfte in der Gegend und erst recht keine Fitnessstudios.

Deswegen absolviere ich mein Training in der Regel vormittags, wenn ich aufwache, indem ich drei Meilen durch den Ort jogge. Deswegen habe ich nie eine Sporttasche gebraucht, geschweige denn irgendeine andere Tasche, in der man unauffällig ein Baby transportieren könnte.

Da Alden so klein ist, kennt hier jeder jeden. Natürlich verstehen sich nicht alle miteinander, aber man sieht die Leute halt im Vorbeigehen. Man weiß, wer verheiratet ist, wer einen Lebenspartner hat und wer Single ist. Und natürlich, wer Kinder hat. Jeder im Ort kennt mich als Jen Young. Sie wissen, dass ich Single bin und kein Kind habe, also wäre es keine gute Idee, Sternchen offen durch den Ort zu tragen.

Am Ende muss ich also eine große Einkaufstüte nehmen. Sie ist nicht mal so groß, wie ich es gern hätte, doch es reicht. Ich stopfe zwei Handtücher hinein – meine letzten beiden sauberen Handtücher, übrigens – und lege Sternchen dann darauf.

Ich ziehe mir ein graues Sweatshirt über, das schlabbrigste, das ich habe, damit es die Waffe in meinem Hosenbund verbirgt.

Den Rucksack und die vollgeschissene Windel habe ich schon in eine Mülltüte gepackt. Mein erster Gedanke ist, sie direkt in einen der Container vor dem Haus zu werfen, doch ich überlege es mir anders. Immerhin handelt es sich dabei um Beweisstücke, und vielleicht wird es ja doch nötig, dass sich die Polizei der Sache annehmen muss. Da muss ich nicht noch mehr Schaden anrichten, als ich es bereits getan habe.

Ich besitze ein Auto – einen Honda Civic von 2002 – aber ich fahre kaum damit. Außerdem haben wir nur fünf Blocks vor uns, das ist nicht einmal eine Viertelmeile. Es ist gerade sieben Uhr durch, der frühe Samstagmorgen ist kühl und klar, der weite Himmel blassblau.

Ich trage die Tüte in der linken Hand und schwinge sie beim Gehen leicht vor und zurück, damit Sternchen im Schlaf gewogen wird. Die rechte Hand halte ich mir frei, für den Fall, dass ich nach der Pistole greifen muss. Ich rechne zwar nicht damit, aber letzte Nacht habe ich auch nicht damit gerechnet, dass mir eine blutüberströmte junge Frau ein Baby in die Hand drückt. Von daher sage ich mir, lieber auf Nummer sicher gehen.

Alden erwacht langsam zum Leben. Weil es das Wochenende ist, sind die meisten Menschen aber noch zu Hause. Es gibt kaum Verkehr. Zwei Blocks weiter befindet sich Benny's Barbecue, und wie ich riechen kann, haben sie schon den Grill angeworfen. Sie machen zwar erst mittags auf, doch das Fleisch wird jetzt schon angeräuchert.

Meredith hat ein Ranchhaus mit zwei Schlafzimmern gemietet, welches sich auf der High Street befindet. Die Hütte ist eigentlich abrissreif, doch mehr kann sie sich von ihrem Gehalt als Kellnerin nicht leisten. Sie ist zweiundzwanzig, hat zwei Kinder und macht eine Ausbildung zur Arzthelferin. Die Väter der beiden Kinder haben sich längst aus dem Staub gemacht, und ihre Mutter hilft auch nicht mehr als unbedingt nötig. Irgendwie gibt es da dicke Luft, zumindest soweit ich es mitbekommen habe. Ich bin nicht supergut mit Meredith befreundet, doch wir kommen auf der Arbeit gut miteinander zurecht. Sie scheint eine gute Mutter zu sein, und das ist der eine Grund, warum ich an sie gedacht habe, als ich gestern mit Sternchen auf dem Sofa saß. Der andere Grund ist, dass sie unter ständigem Geldmangel leidet und sich bestimmt gern etwas dazuverdient.

Nun steht sie vor mir in der offenen Tür und hält ihr eigenes Baby in den Armen. Sie wischt sich den Schlaf aus den Augen, bevor sie skeptisch den Stapel Zwanzig-Dollar-Scheine beäugt, den ich ihr vor die Nase halte.

»Ich verstehe das nicht – wie viel hast du gesagt?«

»Dreihundert Dollar.«

»Für ein paar Stunden Arbeit?«

»Genau.«

»Und was muss ich machen?«

Bevor ich antworten kann, fällt Sternchen der Schnuller aus dem Mund und sie fängt an zu quengeln. Meredith bekommt sofort große Augen und sie beugt sich vor, um in die Tüte sehen zu können. »Ist das etwa …«

Ich schneide ihr das Wort ab: »Kann ich reinkommen?«

Bevor sie etwas sagen kann, schiebe ich mich auch schon an ihr vorbei. Meredith ist regelrecht gelähmt. »Ist das ein Baby?«, fragt sie. »Wo hast du ein Baby her?«

Ehe ich antworten kann, stürmt ein paar Füße auf uns zu und Merediths anderer Sohn, der fünfjährige Johnny, wirft sich seiner Mutter ans Bein.

»Pfannkuchen!«

»Johnny, ich habe dir doch schon gesagt; nicht jetzt!«

»Pfannkuchen!«

»Nicht jetzt, Johnny!«

Ihre Stimme klingt schärfer, als sie es wahrscheinlich gemeint hat, und Johnny wirkt wie versteinert. Sein Gesicht wird fahl, seine Unterlippe fängt an zu zittern, und Meredith, die einen Tobsuchtsanfall kommen sieht, seufzt schwer.

»Na gut, Pfannkuchen. Jetzt geh fernsehen und lass uns in Ruhe.«

Johnnys Augen fangen an zu leuchten, er grinst triumphierend und zischt dann ins Wohnzimmer.

Meredith schüttelt den Kopf und schaut mich müde an. »Was auch immer du tust, bekomme bloß keine Kinder!«

Doch dann hält sie inne und schaut wieder hinab auf die Tüte.

»Wessen Baby ist das überhaupt?«

»Ich bin nicht ganz sicher.«

»Was soll das denn heißen?«

»Das heißt, dass ich nicht ganz sicher bin. Schau mal, Meredith, je weniger du weißt, umso besser.«

Diese Aussage ist so absurd, dass Meredith fast lachen muss.

»Du machst Witze, oder? Du kommst hier also direkt nach Sonnenaufgang reinspaziert und bietest mir dreihundert Dollar, um … ja, wofür eigentlich genau?«

»Dafür, dass du ein paar Stunden auf Sternchen aufpasst.«

»Sternchen?«

»Ja, so nenne ich sie.«

»Du kennst nicht mal ihren richtigen Namen?«

»Sagen wir mal, ich habe sie letzte Nacht gefunden.«

»Gefunden? Wo denn?«

»Wie gesagt, je weniger du weißt, desto besser.«

Sie seufzt schwer. »Ich habe doch schon zwei eigene Kinder, um die ich mich kümmern muss.«

»Ich weiß. Deswegen würde ich dich auch normalerweise in Ruhe lassen. Aber ich habe keine andere Wahl.«

»Was soll ich denn mit ihr machen?«

»Sie füttern, baden, windeln und ihr etwas anziehen. Halte einfach ein Auge auf sie, bis ich wieder da bin.«

»Wo gehst du denn hin?«

»Je weniger, desto besser, Meredith.«

»Scheiße, Jen. Ich weiß nicht. Das klingt extrem unseriös.«

»Ist es auch. Deswegen kriegst du ja auch extrem viel Geld dafür.«

»Dreihundert Dollar.«

»Genau.«

Sie starrt den Stapel Geldscheine in meiner Hand an. »Okay. Wann kommst du zurück?«

»Ich bin nicht ganz sicher.«

»Aber nicht mehr als ein paar Stunden?«

»Richtig.«

»Wäre es okay, wenn ich meine Mutter anrufe, damit sie vorbeikommt und mir hilft?«

»Lieber nicht. Ist nicht böse gemeint, aber ich glaube, deine Mutter tratscht ganz gern, und es darf niemand davon erfahren.«

Meredith beißt sich auf die Unterlippe und schaut wieder auf die Tüte.

»Das ist aber nicht illegal, oder?«

»Nein.«

Zumindest bin ich mir ziemlich sicher, dass es das nicht ist. Jedenfalls nicht, was Meredith angeht. Sie passt nur auf ein Baby auf. Sie weiß nicht, worum es geht. Und das muss sie auch nicht.

Über die Geräusche des Kinderfernsehens ruft Johnny: »Mami, Pfannkuchen!«

Merediths Gesichtszüge verhärten sich. Mir wird klar, dass mein Angebot auf der Kippe steht. Natürlich ist es verlockend, aber es bedeutet, noch so ein Monster an der Backe zu haben.

»Fünfhundert.«

Ihre Augen weiten sich, als ich diese Worte sage, und ihr Mund steht offen.

»Fünfhundert?«

»Ja. Dreihundert sofort, und weitere zweihundert, wenn ich zurück bin. Du musst sie nur füttern, baden und anziehen. Mehr nicht. Ich komme in ein paar Stunden zurück und du wirst das Baby nie wieder sehen. Diese ganze Sache wird unser kleines Geheimnis bleiben.«

Sie kaut weiter auf ihrer Unterlippe, es ist definitiv keine leichte Entscheidung, doch der Verlockung von fünfhundert Dollar kann sie nicht widerstehen.

Mit ihrer freien Hand nimmt sie mir die Einkaufstüte aus der Hand und wirft mir die Art von Lächeln zu, welches sie auch in der Kneipe benutzt, wenn sie ein wenig extra Trinkgeld erschleichen möchte.

»Dann bis in ein paar Stunden.«

6

Die Stadtbücherei von Alden befindet sich direkt im Zentrum. Es ist ein stämmiges Backsteingebäude mit nur einer Etage. Die Öffnungszeiten sind sehr überschaubar und es gibt nicht viele Leute im Ort, die das Angebot von Büchern, DVDs und kostenlosem Internet nutzen.

Ich jobbe dort ehrenamtlich ein paar Tage in der Woche, die Arbeit besteht überwiegend daraus, die Regale wieder einzuräumen. Dadurch habe ich nebenbei etwas zu tun. Sonst würde ich doch nur allein in meinem Appartement sitzen, die Wände anstarren und über Dinge nachdenken, an die ich nicht denken möchte.

Am Samstag ist die Bücherei nicht mal halbtags geöffnet. Sie macht um neun auf und um zwölf schon wieder zu. Also fahre ich um Punkt neun auf den Parkplatz. Dank Meredith hatte ich Zeit, noch mal in meine Wohnung zu gehen, zu duschen und frische Klamotten anzuziehen. Meine Haare sind noch feucht, als ich aus dem Auto steige und auf den Eingang zugehe.

Obwohl es bereits eine Minute nach neun ist, ist die Tür abgeschlossen. Ich lehne mich nah an die Glasscheibe in der Tür und schaue hinein: Alles dunkel, niemand zu sehen.

»Jen?« Gloria Ruskins Stimme ertönt hinter mir und ich drehe mich leicht, um einen Blick über die Schulter zu werfen. Die alte Dame schlurft den Gehweg entlang.

»Guten Morgen, Gloria!«

Sie kneift die Augen zusammen. »Geht es dir gut?«

»Warum fragst du?«

»Du trägst einen Pullover – und das mitten im Juni!«

Natürlich habe ich das schlabbrige Sweatshirt nur an, um die Pistole zu verdecken, die immer noch in meinem Hosenbund steckt, aber das braucht Gloria nicht zu wissen.

»Mir ging es die letzten Tage nicht so gut. Vielleicht kriege ich eine Erkältung.«

Sofort hält Gloria sich die Hand vors Gesicht. »Dann bleiben Sie mir vom Leib, junge Frau, ich will nicht krank werden!«

»Keine Sorge, ich verspreche, dich nicht anzuniesen! Ist denn bei dir alles okay? Du bist doch sonst immer vor neun Uhr hier.«

Ich gehe aus dem Weg, als Gloria mit einem dicken Schlüsselbund in der Hand auf die Tür zutritt.

»Howard ging es heute Morgen auch nicht so gut. Ich dachte, ich sollte vielleicht bei ihm bleiben, aber ... du weißt ja, wie es ist.«

Howard ist Glorias Mann, ein lieber, alter Kerl, der in den letzten drei Jahren mit Parkinson zu kämpfen hatte. Sie sind beide Rentner, die Kinder und Enkel sind im ganzen Land verteilt. Gloria leitet die Bücherei mit strenger Fürsorge und ihr Pflichtbewusstsein macht mich richtig neidisch. Sie ist jeden Tag hier. Vom Öffnen bis zur Schließzeit.

»Wenn es ihm nicht gut geht, dann nimm dir doch einen Tag frei! Ich springe für dich ein.«

In dem Moment, wo diese Worte aus meinem Mund kommen, bereue ich sie bereits. Denn ich habe ganz eindeutig andere Probleme. Aber Gloria ist einer meiner Lieblingsmenschen in Alden, genau wie ihr Mann, auch wenn ich den erst einmal getroffen habe. Wenn Gloria sich um ihn kümmern muss, dann ist es eben so, und außerdem ist die Bücherei heute sowieso nur drei Stunden geöffnet. Ich hätte immer noch genug Zeit, um das zu tun, was getan werden muss.

Doch Gloria wedelt abweisend mit der Hand, als sie mich in die Bücherei führt. Auf dem Weg betätigt sie alle Lichtschalter. »Das ist sehr nett von dir, Jen, aber Howard schafft das schon.«

»Bist du sicher?«

»Ja, ganz sicher.«

Die Tür hinter uns öffnet sich und Mister Tucker kommt herein. Er trägt eine Baseballkappe der Houston Astros und hebt seine Hand zum knappen Gruß, bevor er zu dem Tisch mit den Computern eilt.

»Guten Morgen, Frank«, ruft Gloria, »Ich hatte noch keine Gelegenheit, die Rechner anzuschalten. Wartest du bitte eine Minute?«

Mister Tucker hebt zustimmend einen Daumen und setzt sich dann auf seinen Stammplatz, den wir den Tucker-Stuhl nennen. Er ist fast genauso alt wie Glorias Mann, ein Witwer ohne Kinder. Er verbringt die meiste Zeit in der Bücherei, um YouTube-Videos zu schauen, wobei es ihm besonders Filme mit Hunden und Katzen angetan haben. Manchmal, wenn ich Bücher einsortiere, höre ich ihn kichern, wenn er sich etwas Lustiges anschaut.

Ich folge Gloria ins Büro, wo sie den Hauptschalter für die Computeranlage betätigt.

»Warum bist du eigentlich hier?«, fragt sie.

»Mein Internet zu Hause funktioniert irgendwie nicht richtig. Deswegen hatte ich gehofft, ich könnte hier kurz mit deinem Computer online gehen. Mister Tucker würde ich lieber aus dem Weg gehen, wenn möglich.«

»Natürlich, aber tu mir bitte einen Gefallen.«

»Klar, was denn?«

»Wische Maus und Tastatur mit einem Desinfektionstuch ab, wenn du fertig bist!«

Die tolle Sache an Gloria ist, dass sie mich mag und dass es ihr vollkommen egal ist, was ich mache. Ich bin immer pünktlich, ich räume immer meine Sachen weg und ich stelle mich niemals quer. Ihr Vertrauen in mich ist so groß, dass sie mir wahrscheinlich ihre Sozialversicherungsnummer sagen würde, wenn ich sie danach fragen würde.

Als Gloria wieder in den Hauptraum geht, setze ich mich an ihren Schreibtisch und schalte den Computer an. Es ist ein uralter PC, der ewig braucht, um hochzufahren. Die kleinen Kobolde im Gehäuse klappern und klopfen wie wild vor sich hin, als die typischen Textwüsten über den Bildschirm laufen, bis dann endlich das Windows-Logo erscheint.

Der wahre Grund, warum ich Glorias Computer benutzen möchte, ist, dass ich vor einigen Monaten den Tor-Browser installiert habe. Gloria kennt sich mit Computern nicht besonders gut aus, und ich habe dafür gesorgt, dass sie das Programm nicht allzu leicht finden wird. Hätte ich das auf einem der vier Computer im Hauptraum gemacht, gäbe es eine relativ große Chance, dass trotzdem jemand darüber stolpert. Mister Tucker tut zwar so, als würde er sich nur für Hunde und Katzen interessieren, aber vielleicht ist er ein total ausgefuchster Hacker, wenn niemand hinschaut. Daher ist es besser, das Programm zu verstecken.

Als das Windows-Logo verschwunden und der Schreibtisch endlich da ist, klicke ich mich durch einige Ordner, um den Tor-Browser zu starten. Erfahren habe ich davon durch Scooter, den ehemaligen Computerexperten in unserem Team. Er war gleichzeitig ein guter Freund von mir und ist in meinen Armen gestorben, nachdem er mir das Leben gerettet hat. Es fühlt sich an, als wäre das ein halbes Leben her, doch die andere Person, an die ich jedes Mal denken muss, wenn ich den Computer benutze, ist Gabriela. Es ist nun ein Jahr her, dass sie von einem Drogenkartell ermordet wurde. Sie wusste, dass man als Journalist in Mexiko in großer Gefahr lebt, doch davon hatte sie sich nicht beirren lassen.

Indem man Tor benutzt, verhindert man, dass man im Internet verfolgt und aufgespürt werden kann. Immer, wenn ich das Internet benutze – was sehr selten vorkommt – benutze ich diesen Browser.

Ich starte eine Google-Suche nach »Leila Simmons« und der »Little Angels Adoption Agency«. Als Erstes kommt die offizielle Webseite der Agentur. Ich schaue sie mir an, sieht alles vernünftig aus. Da sind echte Fotos von echten Menschen, nicht irgendwelche gekauften Bilder mit Models. Auf der »Mitarbeiter«-Seite wird Leila Simmons als Assistentin der Geschäftsleitung aufgeführt. Sie scheint in den späten Vierzigern zu sein und ist lateinamerikanischer Abstammung. Sie hat ein warmes Lächeln, dunkle Augen und schwarzes, lockiges Haar.

Die Telefonnummer und E-Mail-Adresse sind dieselben wie auf der Visitenkarte.

Die andere Nummer jedoch, die mit der Hand auf die Karte geschrieben wurde, findet sich nirgends auf der Seite. Davon bin ich auch nicht ausgegangen. Höchstwahrscheinlich ist es eine Handynummer, und zwar ihre private.

Ich mache die Webseite zu und google nur den Namen »Leila Simmons«. Sie hat Konten bei LinkedIn und bei Facebook. Ein paar andere Webseiten erwähnen ebenfalls ihren Namen, und die meisten davon haben etwas mit Adoptionen zu tun. Auf einer Seite wird ihr dazu gratuliert, einen humanitären Preis gewonnen zu haben.

Ich schließe den Tor-Browser und wische dann Maus und Tastatur mit einem Desinfektionstuch ab und kehre in den Hauptraum zurück. Wie erwartet kichert Mister Tucker im Hintergrund, während Gloria hinter dem Tresen steht und DVDs überprüft, die gestern zurückgegeben wurden.

»Hast du alles desinfiziert?«

»Jawohl, Madam!«

»Sehr gut. Dann würde ich vorschlagen, dass du nach Hause gehst und dich ins Bett legst, wenn es dir nicht gut geht. Mach dir doch eine Hühnerbrühe!«

»Wird gemacht! Ich hoffe, Howard geht es bald besser.«

Glorias immerwährendes Lächeln schwächelt für einen Augenblick. »Ja, meine Liebe, das hoffe ich auch.«

Als ich an den Computern vorbeigehe, wünsche ich Mister Tucker einen schönen Tag. Er hebt seine Hand in meine Richtung und kichert weiter. Als ich vorbeigehe, sehe ich einen Igel auf dem Bildschirm, der auf dem Rücken in einem Waschbecken schwimmt.

Sobald ich in meinem Auto sitze, ziehe ich eines der Wegwerf-Handys hervor. Ich habe es bereits mit Guthaben aufgeladen, und als ich vom Parkplatz hinunterfahre, wähle ich die handschriftlich notierte Nummer auf der Visitenkarte. Nach dem vierten Klingeln meldet sich jemand.

»Hallo?«

Eine sanfte Stimme. Weiblich. »Spreche ich mit Leila Simmons?«

»Ja.«

»Ich habe etwas gefunden, das sie interessieren könnte.«

»Wer ist da?«

»Ich spreche von einem Rucksack, in dem außerdem ein gelbes Portemonnaie war.«

Am anderen Ende entsteht eine lange Pause. Als die Stimme zurückkehrt, ist sie kaum mehr als ein Flüstern: »Geht es dem Baby gut?«

Ihre Frage überrascht mich nicht. Ich war mir vollkommen sicher, dass sie Bescheid weiß. Trotzdem ist es alarmierend, dass sie sofort darauf zu sprechen kommt.

»Ja.«

»Und was ist mit Juana?«

Das muss das junge Mädchen sein, das mir den Rucksack mit dem Baby gegeben hat – Minuten, bevor sie von einem Auto gerammt und dann erschossen wurde. Das Mädchen, das fünf druckfrische Hundert-Dollar-Scheine in ihrem Portemonnaie hatte, zusammen mit der Nummer der Frau, die ich jetzt am Telefon habe.

Als ich nicht sofort antworte, atmet Leila Simmons laut ein. Es klingt, als würde sie gleich zu weinen anfangen, und ihr Flüstern ist auf einmal noch leiser: »Sie ist tot, nicht wahr?«

7

Um genau zehn Minuten vor zwölf Uhr mittags fährt Leila Simmons auf den Parkplatz neben dem Diner. Ihr Auto ist ein grüner VW Jetta, dem hinten links eine Radkappe fehlt. Als sie aus dem Wagen steigt, trägt sie eine Sonnenbrille, doch ich erkenne sie anhand des Fotos auf der Webseite trotzdem wieder. Sie wirkt größer, als es das Bild vermuten ließ, aber vielleicht liegt das an ihren Absatzschuhen. Obwohl wir Wochenende haben, trägt sie Bürokluft, als würde sie gleich auf ein Meeting gehen. Was ja auf eine Art stimmt. Es ist nur eine ganz andere Art von Meeting, als sie vermutlich ahnt.

Leila betritt das Diner und schaut sich um. Da ihr niemand zuwinkt, lässt sie sich von der Kellnerin eine der typischen Viererbänke zuweisen. Eine Minute später kommt die Bedienung mit einer Tasse Kaffee zurück und Leila bedankt sich, während sie nach der Kondensmilch greift.

Ich warte, bis es Punkt zwölf ist, dann wähle ich Leilas Handynummer. Zu diesem Zeitpunkt nippt sie bereits ständig nervös an ihrem Kaffee und schaut alle dreißig Sekunden auf die Uhr. Als sie gerade wieder einen Schluck nehmen will, klingelt das Handy und sie hält inne. Vorsichtig beäugt sie das Gerät, welches auf dem Tisch liegt, stellt dann die Tasse beiseite und hält sich das Telefon ans Ohr.

»Hallo?«

»Planänderung.«

»Wovon reden Sie?«

»Ich habe beschlossen, dass ich mich woanders treffen möchte.«

»Aber Sie haben mich doch hierher bestellt!«

»Ja, ursprünglich schon. Jetzt habe ich meine Meinung geändert.«

Ich befinde mich auf der anderen Seite des Highways, auf einem Trucker-Parkplatz. Von meiner Position aus kann ich Leila gut sehen. Sie ist eindeutig frustriert, schließt immer wieder die Augen und drückt sich auf die Nasenwurzel.

»Solche Spielchen mag ich nicht«, sagt sie, beinahe zu leise.

»Ich auch nicht. Aber letzte Nacht musste ich mit ansehen, wie das Mädchen, das Sie erwähnt haben, ermordet wurde. Da will ich kein Risiko eingehen.«

»Ich werde Ihnen nichts tun.«

»Um Sie mache ich mir auch keine Sorgen.«

Leila lässt ihre Hand sinken und schaut sich in dem Diner um.

»Was wollen Sie damit sagen?«

»Ich will sichergehen, dass Ihnen niemand gefolgt ist. Und dass Ihnen niemand folgen wird, wenn Sie den Laden verlassen. Verstehen Sie?«

»Ja.«

»Gut. Dann lassen Sie jetzt ein paar Dollar für den Kaffee liegen und gehen Sie zurück zu ihrem Auto.«

In diesem Moment wird ihr klar, dass ich sie beobachte, und ihr Kopf wirbelt herum. Erst schaut sie sich in dem Diner um, dann aus dem Fenster – über den Parkplatz, in Richtung der Raststelle.

»Machen Sie sich keine Gedanken darum, wo ich bin. Bezahlen Sie einfach den Kaffee und gehen Sie zu ihrem Wagen. Sie können mir glauben; ich will diese Sache ebenso schnell hinter mich bringen, wie Sie.«

Leila zieht drei Dollarscheine aus ihrer Tasche und legt sie auf den Tisch, bevor sie aufsteht. Mit dem Telefon am Ohr geht sie zum Ausgang.

»Und wo soll ich jetzt hinkommen?«

»Sie fahren aus dem Parkplatz und biegen rechts ab, dann fahren Sie Richtung Westen.«

»Und wie weit soll ich fahren?«

»Das sage ich Ihnen dann.«

»Rufen Sie mich zurück?«

»Nein, sie bleiben schön am Telefon, bis Sie da sind!«

Bin ich schon paranoid? Ich würde sagen, maximal übervorsichtig. Es gibt zwar keinen triftigen Grund, warum ich dieser Frau nicht trauen sollte, aber es ist nun mal so, dass ich nichts über sie weiß – von den Sachen, die ich heute Morgen gelesen habe, mal abgesehen. Ihre Visitenkarte befand sich in der Tasche eines toten Mädchens, zusammen mit einem Klettverschluss-Portemonnaie, das fünfhundert Dollar enthielt, sowie einem abgetrennten kleinen Finger. Oh, und ein Baby war auch noch darin.

Insgesamt schrillen bezüglich dieser Frau noch keine Alarmsirenen, doch ich sollte auf jeden Fall vorsichtig sein. Sie muss zwar nicht unbedingt in Verbindung zu dem Mann stehen, der das Mädchen erschossen hat, doch ich muss erst ganz sicher sein, bevor ich Sternchen in ihre Obhut gebe.

Weniger als eine Minute später ist Leila auf dem Highway und fährt nach Westen. Ich behalte den Parkplatz des Diners noch ein wenig im Auge, dann überprüfe ich den Trucker-Rastplatz. Soweit ich sehen kann, folgt ihr niemand. Um genau zu sein, fährt nicht einmal zufällig jemand nach ihr vom Parkplatz runter.

Ich halte das Telefon weiter an mein Ohr, lasse den Motor an und fahre auf den Highway.

8

Ich ziehe die Sache nicht unnötig in die Länge. Schon bald stellt sich heraus, dass Leila Simmons – und dadurch auch mir – niemand folgt. Ich behalte den Rückspiegel im Auge, aber die Autos sehen alle nach ganz typischen Verkehrsteilnehmern aus, die mittags an einem Wochenende ihre Fahrzeuge durchs Nirgendwo kutschieren.

Wir sprechen nicht mehr. Leila hatte noch einige Fragen gestellt, aber ich hatte ihr immer wieder gesagt, dass sie sich gedulden müsse, und dass wir reden würden, wenn wir an unserem Ziel sind. Irgendwann hat sie dann aufgegeben und schweigt seitdem nur noch. Die einzigen Geräusche, die noch aus dem Telefon kommen, sind ihre leisen Atemzüge und ansonsten höre ich nur den Highway, der an meinen Rädern vorbeizischt.

Nach einigen Meilen, in denen die Wüste um uns herum bis auf etwas Büffelgras und ausgetrocknete Büsche absolut leer ist, entdecke ich vor mir einen Rastplatz. Er ist so klein und jämmerlich, dass man ihn glatt verpassen würde, wenn man blinzelt.

Ich treffe eine spontane Entscheidung und fahre dort vom Highway ab. Leila ist bestimmt schon eine halbe Meile voraus.

»Hast du die Raststelle gesehen, an der du gerade vorbeigefahren bist?«

»Ja.«

»Dann wende und fahre dorthin.«

Leila antwortet nicht, doch ich spüre eine gewisse Frustration.

»Leila, hast du verstanden?«

»Ja, ich wende jetzt.«

Der Parkplatz hat nicht einmal ein Toilettenhäuschen. Hier stehen nur zwei verwitterte Picknicktische und ein Mülleimer. Ein verzogenes und rostiges Metallgerüst hält eine Art Vordach aus Aluminium, das die Tische mit Schatten versorgt und aussieht, als wäre es vor fünfzig Jahren gebaut worden.

Bis der Jetta angerollt kommt, habe ich schon geparkt und mich abgeschnallt. Als Leilas Auto neben mir zum Stehen kommt, öffne ich meine Tür und trete hinaus in die Sonne. Der wolkenlose Himmel über uns ist strahlend blau, die einzige Verunzierung ist der Kondensstreifen einer 747.

Ich lasse die Tür offen und meine Pistole griffbereit auf dem Fahrersitz. Leila schaut mich hinter dem Lenkrad sitzend mit großen Augen an. Sie versucht, sich einen Reim auf die Situation zu machen. Statt auszusteigen, fährt sie ihr Beifahrerfenster herunter.

»Wo ist das Baby?«

»Nicht hier.«

Trotz der Sonnenbrille kann ich sehen, dass ihre Augen an mir vorbeistarren und versuchen, das leere Auto zu erfassen. Sie schüttelt den Kopf und beißt die Zähne zusammen. »Was soll diese Scheiße?«

»Ganz ruhig. Dem Baby geht es gut. Sie ist in guten Händen.«

»Was soll das hier werden – eine Art Erpressung? Soll ich Geld bezahlen?«

»Nein, wie gesagt: Ich musste mitansehen, wie das Mädchen, das du erwähnt hattest ...«

»Juana.«

»Genau, Juana. Ich habe gesehen, wie sie heute Nacht von zwei Polizeibeamten ermordet wurde. Soweit ich das erkennen konnte, waren das keine guten Cops. Deswegen bin ich vorsichtig.«

Leila Simmons verschlägt es einen Moment die Sprache. Dann scheint sie zu einer Entscheidung zu kommen. Sie öffnet ihren Sitzgurt und steigt aus dem Wagen, wo sie die Arme verschränkt und sich auf dem Rastplatz umsieht, als wären hier ein Dutzend Menschen.

»Warum haben Sie mich extra den ganzen Weg hier rausgebracht?«

»Wie gesagt, um sicherzugehen, dass dir niemand folgt.«

»Wer sollte mir folgen?«

»Zum Beispiel die Kerle, die Juana umgebracht haben. Wer sind sie?«

Zunächst antwortet sie nicht. Ein leichter Wind kommt auf und schüttelt ihre Locken durch. Sie wischt sich die Haare aus dem Gesicht. »Wer sind Sie denn überhaupt?«

»Ich bin nur eine Frau, der ihre Privatsphäre sehr wichtig ist.«

»Erzählen Sie mir, was passiert ist.«

In Ordnung, ich tue es. Ich erzähle ihr, wie ich auf dem Heimweg war, als das Mädchen um Hilfe gerufen hat. Wie ich mich umgedreht und gesehen habe, dass sie voller Blut ist. Wie sie mir den Rucksack in die Arme gelegt hat, bevor sie in diese Gasse verschwand. Wie sie von einem Auto gerammt und dann erschossen wurde.

Leila nimmt ihre Sonnenbrille ab und wischt sich Tränen aus den Augen. »Um Gottes willen! Das arme Mädchen!«

»In dem Rucksack habe ich deine Karte gefunden.«

»Ja. Ich habe mich neulich mit Juana getroffen. Ich habe sogar meine private Handynummer auf die Karte geschrieben, damit sie mich zu jeder Tages- und Nachtzeit erreichen kann. Das mache ich für alle diese Mädchen.«

»Was für Mädchen?«

»Einfach nur …«

Sie hält inne und breitet die Hände aus. »Einfach nur Mädchen. Schwangere. Verzweifelte.«

»Was verschweigst du mir?«

»Wie bitte?«

»Ich habe mir die Webseite von Little Angels angeschaut. Es sieht aus, als wäre die Firma eine vertrauenswürdige Adoptionsagentur.«

»Ist sie ja auch.«

»Klar. Also werden alle deine Kundinnen von Gesetzeshütern gefoltert, gejagt und getötet?«

Das grelle Sonnenlicht verstärkt wunderschön das Erblassen ihrer Gesichtsfarbe.

»Wovon reden Sie?«

»Ich sagte doch schon, sie war blutüberströmt. Neben deiner Visitenkarte war auch noch ein abgehackter kleiner Finger in der Tasche! Ich kann es zwar nicht mit Sicherheit sagen, weil alles so schnell ging, aber das war bestimmt Juanas Finger.«

Leilas Hände wandern zu ihrem Mund und sie beginnt, den Kopf zu schütteln. »Nein. Nein, nein, nein. Das kann nicht sein.«

»Wann hast du Juana zuletzt gesehen?«

»Wie gesagt, neulich.«

»An welchem Tag?«

Sie zuckt mit den Schultern und wischt sich weitere Tränen aus dem Gesicht, während sie einem vorbeifahrenden Lkw hinterherschaut.

»Vorgestern. Es war nur ganz kurz. Die meisten Mädchen, die zu uns kommen, haben noch nicht entbunden. Sie wollen ein gutes Zuhause für ihre Babys finden. Manche von ihnen haben die Kinder auch schon bekommen. Ich habe Kontakte im gesamten Bundesstaat, die die Augen offenhalten, um …«

Ich schneide ihr das Wort ab. »Es geht um illegale Einwanderinnen.«

Leila schluckt, wischt sich über die Augen und nickt schließlich.

»Ja, Einreisende ohne Papiere. Die meisten von ihnen fliehen aus Mexiko, vor den Kartellen und Gangs. Sie wollen ihren Kindern eine Chance geben, die sie selbst nie hatten. Über die Jahre hinweg haben wir immer mehr von diesen Mädchen geholfen. Meistens werden sie früher oder später von den Grenzbeamten gefasst und zurückgeschickt, doch bis dahin haben wir ihre Babys schon an gute Familien vermittelt.«

»Und wollte Juana nicht, dass ihr Baby auch in eine gute Familie kommt?«

»Doch, ich glaube schon. Sie war nervös – das war extrem auffällig. Sie hat mir noch nicht vertraut.«

»Hast du ihr Geld gegeben?«

Leilas Mundwinkel schießen nach unten. »Geld? Nein, natürlich nicht. Wir zahlen den Mädchen nichts dafür, dass sie ihr Sorgerecht abgeben. Niemand von uns verdient etwas daran. Warum fragen Sie das?«

Ich zögere, da ich mir im ersten Moment nicht sicher bin, ob ich das Geld erwähnen soll. Doch dann beschließe ich, einfach alle Karten auf den Tisch zu legen.

»In der Tasche war auch ein kleines Portemonnaie mit fünfhundert Dollar. Die Scheine sahen druckfrisch aus, als wären sie gerade von der Bank gekommen.«

Leila schüttelt den Kopf.

»Ich habe keine Ahnung, wo dieses Geld hergekommen sein soll. Jedenfalls nicht von mir oder irgendjemand anderem von den Little Angels.«

»Als ich heute Morgen mit dir gesprochen habe, schienst du schon zu ahnen, dass Juana tot ist.«

»Richtig.«

»Warum?«

»Es war mir einfach intuitiv klar. Manchmal kriegt man doch so einen Anruf, wo man eigentlich schon, bevor man rangegangen ist, weiß, dass etwas Schreckliches passiert ist. Genau dieses Gefühl hatte ich, als Sie angerufen haben.«

»Die Männer, die sie umgebracht haben … irgendeine Idee, wer sie sind?«

Ich erwarte eigentlich, dass Leila mal wieder den Kopf schüttelt, deswegen bin ich überrascht, als sie nickt.

»Ich glaube schon, ja.«

»Und?«

»Ich kenne ihre Namen nicht. Ich habe sie auch noch nie gesehen. Aber ich habe Geschichten gehört – über zwei Männer, von denen der eine immer einen Cowboyhut trägt. Sie fahren durch die Gegend und machen Jagd auf die Mädchen.«

Sie hält wieder inne und muss ihre Tränen zurückhalten. Es sieht so aus, als wäre sie kurz davor, einen Weinkrampf zu bekommen, doch sie schafft es, wieder die Kontrolle über sich zu gewinnen.

»Diese Männer … nach allem, was ich weiß, entführen sie die Mädchen und … tun ihnen schreckliche Dinge an.«

»Was denn zum Beispiel?«

»Benutzen Sie Ihre Fantasie. Sie haben doch gesagt, dass Sie einen abgehackten Finger gefunden haben. Das kratzt nur an der Oberfläche. Und ich weiß leider mit Sicherheit, dass sie gerade noch ein anderes Mädchen in der Mangel haben.«

»Von wem redest du?«

»Ein Mädchen, mit dem ich mich vor Kurzem getroffen habe. Sie heißt Eleanora. Ich habe gehört, dass sie entführt wurde. Diese Männer haben sie einfach in ein Auto gezerrt.«

»Woher weißt du das?«

»Ein anderes Mädchen, das in dem Moment mit Eleanora unterwegs war, hat es mir erzählt. Sie sagte, sie wäre kurz in ein Geschäft gegangen, um die Toilette zu benutzen, und als sie wieder herauskam, sah sie gerade noch, wie sie die Tür zugeschlagen haben und dann mit Eleanora davonfuhren.«

»Weißt du, wo die sie hingebracht haben?«

Leila nickt wieder leicht. »Ich glaube schon. Diese Männer haben eine Basis mitten im Nirgendwo, in der Nähe einer verlassenen Ölraffinerie. Einen Schuppen. Da bringen sie die Mädchen hin.«

»Wie kannst du davon wissen?«

»Eines von den Mädchen konnte fliehen. Sie ist völlig verstört zu mir gekommen. Ich habe ihr gesagt, dass wir die Polizei einschalten müssen, aber sie hat sich geweigert. Am nächsten Tag war sie verschwunden. Ich bin sogar bei der Raffinerie vorbeigefahren, aber ich hatte nicht den Mut, genauer nachzuschauen. Ich hätte es aber tun sollen ... ich hätte es tun *müssen*.«

»Hast du die Polizei informiert?«

Leila lässt ein nervös klingendes Lachen los. Ich glaube, sie ist kurz davor, einen Nervenzusammenbruch zu kriegen. »Selbstverständlich! Sie haben behauptet, sie würden jemanden dort hinschicken, aber ich habe nie eine Rückmeldung erhalten. Als ich nachgefragt habe, sagten sie mir, ich solle ihre Zeit nicht verschwenden. Also habe ich mich ans FBI gewendet, aber von denen habe ich auch nichts mehr gehört. Diese Männer sind offenbar ICE-Agenten. Die haben hier in der Gegend eine Menge Autorität. Manchmal habe ich das Gefühl, die haben sämtliche Cops in ihrer Tasche.«

ICE steht für »Immigration and Customs Enforcement« – die Vollstreckungsbehörde für Einwanderungs- und Zollfragen. In den letzten Jahren waren sie besonders damit befasst, illegale Einwanderer abzuschieben, und diese Anstrengungen wurden in den letzten Monaten erneut massiv verstärkt. ICE-Agenten durchkämmen regelrecht die Ortschaften und greifen jeden auf, der keine Papiere hat – Männer, Frauen und Kinder. Natürlich ist es logisch, dass sie in einem Grenzstaat besonders aktiv sind. Was weniger logisch ist, ist, dass sie ohne Skrupel eine Frau mitten auf der Straße hinrichten.

Immer wieder fahren Autos an uns vorbei – Pkws, ein paar Pick-up-Trucks sowie einige schwere Lastwagen. Ich schaue ihnen für einen Moment hinterher, dann wende ich mich der Frau zu.

»Okay.«

Sie verzieht das Gesicht. »Okay?«

»Ich vertraue Ihnen. Jedenfalls weit genug. Nach dem Erlebnis letzte Nacht wollte ich kein Risiko eingehen. Ich wollte sichergehen, dass das Baby in gute Hände kommt.«

Leila nickt und schiebt sich die Sonnenbrille wieder ins Gesicht. »Das verstehe ich. Ich muss zugeben, dass diese ganze Aktion mich ziemlich aufgeregt hat, aber ich verstehe es. Also, wo ist das Baby?«

»In Alden.«

»Alden? Das ist ja über eine Stunde entfernt!«

»Ja. Da ist aber nun mal die Mutter der Kleinen ermordet worden.«

9

Meredith scheint nicht begeistert sein, mich zu sehen. Jedenfalls zeigt sie es nicht – oder sie kann es nicht zeigen, bei der ganzen Erschöpfung, die sich in ihrem Gesicht breitmacht.

»Wo zur Hölle warst du?«

Sie hat die Arme verschränkt, ihr Kinn zeigt nach unten. Ihr Baby sitzt zu ihren Füßen und schreit sich die Lungen aus dem Leib. Weiter hinten im Wohnzimmer ist die Lautstärke eines Zeichentrickfilms noch lauter als am Morgen.

»Es tut mir leid. Hat länger gedauert als geplant.«

»Ach wirklich? Du hast gesagt, es ginge um ein paar Stunden. Jetzt ist es fast zwei Uhr nachmittags! Ich schaffe es ja kaum, mit zwei Kindern zurechtzukommen, aber drei ist unmöglich.«

Ich schweige, um ihr die Möglichkeit zu geben, sich abzureagieren.

Meredith schiebt den Unterkiefer vor und pustet sich eine Haarsträhne aus dem Gesicht.

»Meine Mutter hat angerufen und wollte vorbeikommen, deswegen musste ich eine Ausrede erfinden, um sie mir vom Leib zu halten. Ich habe sie zum Einkaufen in den Supermarkt geschickt und behauptet, ich bräuchte irgendwas ganz dringend. Fühlt sich echt mies an, seine eigene Mutter zu belügen.«

»Konntest du Sternchen denn baden?«

Meredith wirft einen Blick auf das schreiende Baby auf dem Boden, und als sie mich wieder anschaut, hat sich etwas in ihrem Blick verändert. Er ist härter geworden und ihre Stimme klingt jetzt eine Oktave tiefer: »Ich will wissen, wo du sie gefunden hast.«

»Nein, das willst du nicht.«

»Doch, das will ich. Oder ich rufe die Polizei!«

Ich höre plötzlich, wie das Blut durch meine Ohren rauscht. Es ist so laut, dass es sogar das Babygeschrei übertönt.

»Mach doch. Wenn sie hier ankommen, werde ich erwähnen, dass du hier irgendwo Marihuana versteckt hast. Wahrscheinlich ist es nicht genug, um dafür in den Knast zu gehen, aber für eine alleinerziehende Mutter wird es kein gutes Bild abgeben.«

Diese Drohung ist natürlich ein Fehler, aber ich kann nicht anders. Ich habe kaum geschlafen und Merediths Aggressivität ist irgendwie ansteckend. Je wütender sie wird, desto wütender werde ich. Und das hilft der Stimmung auf keinen Fall.

Merediths Blick wird noch fester, hart wie Stein, und sie öffnet den Mund, um etwas zu sagen. Doch ich schüttle den Kopf und halte ihr die Hand entgegen, um sie nicht zu Wort kommen zu lassen.

»Siebenhundert Dollar. Mehr Geld habe ich nicht. Gib mir Sternchen, ich gebe dir das Geld, und wir vergessen beide, dass das hier jemals passiert ist. Abgemacht?«

Meredith antwortet nicht sofort. Ihr Blick ist so feurig, dass ich wünschte, ich hätte mir heute Morgen Sonnenschutzcreme aufgetragen. Doch dann seufzt sie, pustet sich eine weitere Haarsträhne aus dem Gesicht, hebt ihr schreiendes Kind auf und bedeutet mir, hereinzukommen. »Folge mir.«

Ich trete ein und lasse die Fliegenschutztür hinter mir zuknallen. Meredith führt mich durch das Haus. Ihr Ältester sitzt im Wohnzimmer auf dem Boden, seine dünnen Knie an die Brust gezogen, sein Rücken gegen das Sofa gelehnt. Mit großen Augen und scheinbar grenzenloser Faszination starrt er den Fernseher an. Es ist fast verwunderlich, dass nicht auch noch Sabber aus seinem Mundwinkel tropft.

»Hier entlang«, sagt Meredith. Sie führt mich ins angrenzende Zimmer, wo eine ziemlich schäbige Babykrippe in der Ecke steht.

Sternchen liegt darin, inzwischen angezogen, und schläft selig.

Meredith beugt sich hinunter, legt ihr eigenes Kind in die Krippe und holt Sternchen hervor – ein ganz einfacher Tausch. Sternchen hält sie noch zärtlicher als ihr eigenes Fleisch und Blut. Sie lächelt die Kleine an und flüstert: »Sie ist so ein braves Baby. So ruhig. Hat mir überhaupt keine Probleme gemacht.«

»Hast du sie gebadet?«

»Ja. Und gefüttert. Sie hat so gut mitgemacht, es war ein Traum. Ihre Mutter muss überglücklich sein.«

Sie hält inne, und ich sehe, dass die Zahnräder in ihrem Kopf wieder zu arbeiten anfangen. Fragen sind im Begriff, sich zu bilden. Deswegen ziehe ich schnell die Geldscheine aus meiner Tasche – den Stapel Zwanziger, sowie die fünf blitzblanken Hundert-Dollar-Scheine aus Juanas Geldbörse. Ich lege sie auf den Beistelltisch neben der Krippe.

»Hier ist der Rest von meinem Geld. Die dreihundert von heute Morgen, und siebenhundert hier, macht zusammen tausend Dollar.«

Ich mustere sie und warte ab, ob sie eine von diesen Fragen aus ihrem Kopf stellen wird, doch sie mustert nur die Scheine mit gierigem Blick. Sie nickt geistesabwesend, ohne das Geld aus den Augen zu lassen. Dann übergibt sie mir das Baby.

Fünf Minuten später bin ich drei Blocks entfernt. Ich trage wieder meine Einkaufstasche, in der Sternchen selig schläft.

Leila Simmons hat neben der einzigen Bank im Ort geparkt. Die hat um diese Zeit bereits geschlossen und der Parkplatz ist leer, bis auf zwei Fahrzeuge. Am Flaggenmast ist keine Fahne gehisst, doch der Karabinerhaken schlägt im leichten Wind immer wieder gegen den metallenen Mast. Ein durchdringendes, in zufälligen Abständen ertönendes *Ding ... Ding ... Ding*.

Leila steigt aus dem Wagen, als sie mich kommen sieht. Sie steht einfach nur da, mit offener Tür, und ich spüre ihren Drang, auf mich zuzurennen. Doch sie hält sich zurück und behält die Umgebung im Auge, um sicherzugehen, dass uns niemand beobachtet. Ich kann es mir allerdings nicht vorstellen. Es ist schließlich Samstag, die meisten Leute sind entweder zu Hause oder fahren gerade in eine größere Stadt, die mehr zu bieten hat als Alden.

Leila Simmons fragt nicht, wo Sternchen die ganze Zeit war. Sie fragt nicht, wer auf sie aufgepasst hat, oder warum ich sie in einer Einkaufstüte durch die Gegend trage. Sie nimmt die Tasche einfach, als ich sie ihr hinhalte, und verstaut sie sofort auf dem Rücksitz, wo bereits ein Kindersitz aufgebaut ist. Vorsichtig holt sie Sternchen hervor, legt sie in den Sitz und schnallt sie an. Dann macht sie vorsichtig die Tür zu.

Als sie sich mir zuwendet, ist keine Fröhlichkeit in ihrem Gesicht, sondern vor allem Erleichterung.

»Danke.«

»Das Geld aus dem Portemonnaie ...«

»Behalten Sie es. Ich weiß nicht, wo es herkam. Sehen Sie es einfach als kleine Belohnung an, dass Sie sich um das Baby gekümmert haben.«

Details wie Meredith will ich gar nicht erwähnen, deswegen nicke ich einfach. Leila schaut mich noch für einen Moment an, dann steigt sie in den Wagen. Bevor sie vom Parkplatz fährt, winkt sie mir noch einmal zu, dann verschwindet sie in Richtung Highway.

Auch nachdem sie außer Sichtweite ist, bleibe ich noch eine ganze Weile auf dem Parkplatz stehen und denke an Sternchen. Ich hoffe, was auch immer passiert, dass sie in Sicherheit sein wird.

10

An meiner Wohnungstür wartet eine braune Papiertüte auf mich. Außen ist ein gefalteter Zettel angeklebt. Ich knie mich hin und schaue mir erst das Papier an. Ich klappe die obere Hälfte hoch, und kann so die hinterlassene Nachricht lesen: »Ich hoffe, damit läuft es nicht mehr ganz so flüssig.«

In der Tüte ist eine Packung Durchfalltabletten. 48 Stück. Mehr hatte die Apotheke wahrscheinlich nicht auf Lager. »Ha, ha. Sehr witzig, du Blödmann.«

Natürlich ist Erik nicht in Hörweite und kann diese Beleidigung deswegen nicht genießen. Ich werfe einen Blick auf seine Wohnungstür und denke darüber nach, anzuklopfen und ihm für seine Hilfsbereitschaft einen Kuss zu geben. Als ich ihn kennengelernt habe, war er immer sehr ruhig und nachdenklich. Ich hatte das Gefühl, dass er sich und sein Leben zu ernst nimmt. Aber als ich ihn dann besser kennenlernte, auch auf einem intimen Niveau, habe ich herausgefunden, dass er auch wirklich süß und auch albern sein konnte. Das ist nicht gerade das, was man von einem Kerl erwartet, der bei den Marines war – aber genau deswegen mochte ich ihn.

Trotzdem entscheide ich mich dagegen, zu klopfen – er ist wahrscheinlich sowieso arbeiten – und betrete stattdessen meine eigene Wohnung. Obwohl sie eigentlich immer leer ist, fühlt sie sich heute noch leerer an. Ich muss zugeben, dass es schön war, Sternchen hier zu haben. Mal etwas wirklich anderes. Natürlich waren die Umstände, unter denen sie in meiner Wohnung gelandet ist, alles andere als ideal. Aber die Tatsache, ein anderes Lebewesen als Gesellschaft zu haben, fühlte sich wirklich gut an. Wenn auch nur für einen kurzen Moment. Das Baby war nicht einmal für zwölf Stunden bei mir, doch ich hatte das Gefühl, bereits eine Verbindung zu ihr aufgebaut zu haben. Natürlich keine starke, aber da war auf jeden Fall etwas.

Tatsächlich ist es mir wirklich schwergefallen, sie Leila Simmons zu übergeben, und deswegen habe ich auf ein Lebewohl verzichtet. Ich habe kein letztes Mal in die Tüte geschaut, nicht hineingegriffen, um ein letztes Mal ihre weiche Haut zu fühlen. Als Leila sie in den Kindersitz geschnallt hat, habe ich weggeschaut.

Ich bin sicher, dass Sternchen jetzt in guten Händen ist. Ich habe, so gut es geht, Nachforschungen über Leila Simmons angestellt, und was sie zu mir gesagt hat, kam mir ehrlich vor. Ich habe ihr ja auch einiges zugemutet und nehme ihr nicht übel, dass sie sich an der Nase herumgeführt vorkam. Es gab nur keine andere Möglichkeit.

Nun hallen ihre Worte durch meinen Kopf. »*Eines der Mädchen, mit dem ich mich getroffen habe, wurde entführt*« ...

Ich schließe die Augen. »Nein«, drohe ich mir selbst.

»Sie haben eine Basis mitten im Nirgendwo.«

Ich schüttle ruckartig den Kopf, als ob das die Worte hinausschleudern würde. Natürlich funktioniert es nicht. Im Gegenteil: Meine Versuche, ihre Worte zu verdrängen, lassen sie nur noch stärker werden.

»In der Nähe einer Ölraffinerie.«

»Eine Hütte.«

Natürlich hatte ich ihre Worte gehört, und auch die Signifikanz war mir nicht entgangen. Mir lagen Fragen auf der

Zunge. Allerdings hatte ich in diesem Augenblick nur Sternchen und ihr Wohlergehen im Kopf. Alles andere war egal.

Deswegen habe ich Leila Simmons mit Absicht keine Fragen über dieses andere Mädchen gestellt, und erst recht nicht über den genauen Standort dieser Raffinerie. Ich wollte nichts damit zu tun haben. Geht mich nichts an. Nicht mehr. Die Person, die ich früher war – die für die Regierung geheime Mordkommandos ausgeführt hat – hätte diese Fragen gestellt. Denn diese Person hat es für nötig gehalten, jede Ungerechtigkeit auszumerzen. Jeden Streit zu schlichten und jede Bedrohung zu bannen. Denn es gab Menschen auf der Welt, die sich nicht wehren konnten, die hilflos und schwach waren, und die Person, die ich einst war, sah sich gezwungen, für diese Bedürftigen einzutreten.

Es war natürlich ein nobler Gedanke, aber es war auch dumm. Immer wieder brachte ich mich in höchst brenzlige Situationen, und einige mir wichtige Menschen bezahlten dafür mit ihrem Leben. Deswegen existiert diese Person nicht mehr, und deswegen habe ich Leila Simmons auch nicht weiter gefragt, wer das Mädchen war, oder wo genau sie hingebracht wurde.

Ich muss plötzlich gähnen, richtig doll, und ich werfe einen Blick auf die Wanduhr. Fast drei Uhr nachmittags. Das bedeutet, ich bin seit über vierundzwanzig Stunden wach. Ich brauche Schlaf, und zwar eine Menge. Also muss ich meine Schicht heute Nacht absagen. Meinem Boss wird das die Laune vermiesen, aber er hat sowieso immer miese Laune.

Da ich immer noch das Wegwerfhandy habe, mit dem ich Leila Simmons kontaktiert habe, ziehe ich es hervor und wähle die Nummer der Bar. Nach zehn oder zwölf Mal klingeln geht Brenda ran, eine der Kellnerinnen, die Tagschichten machen.

»Ist Reggie da?«, frage ich.

Brenda erkennt meine Stimme, fragt mich, wie es mir geht, aber gibt mir gar nicht die Zeit zu antworten, bevor sie »Moment, bitte« sagt.

Der Moment dauert etwa eine Minute. Da das Telefon auf dem Tresen liegt, höre ich gedämpfte Musik und Stimmen im Hintergrund. Dann schnappt sich Reggie den Hörer und ich höre, wie sein nikotinverseuchter Rachen sich räuspert.

»Ja?«

»Reggie, Jen hier. Ich kann heute Nacht nicht arbeiten.«

»Warum zur Hölle nicht?«

Dieser Reggie ist ein echter Charmebolzen. »Mir geht's nicht gut.«

»Es ist Samstag! Heute Abend wird der Laden knallvoll sein! Wir brauchen dich hier!«

»Aber ich sagte doch schon, mir geht's nicht gut. Ist besser, wenn ich nicht komme.«

»Ach ja, und was hast du?«

Ich denke an die Tabletten in der Papiertüte und beschließe, dass ich mich in dieser Situation so bildhaft wie möglich ausdrücken sollte.

»Dünnschiss! Ich hab Dünnschiss, Reggie.«

11

Ich stehe inmitten einer leeren Straße, eine Pistole in der Hand. Ich drehe mich einmal komplett im Kreis – im ersten Moment weiß ich nicht, wo ich bin oder was ich hier mache, doch Stück für Stück wird es mir klar. Die Häuser um mich herum, mit ihren brüchigen Fassaden. Der dunkle, wolkenlose Himmel. Hier war ich schon mal. Genau an diesem Ort. Vor ziemlich genau einem Jahr.

Ich bin nur wenige Meilen von Culiacán entfernt und die Lichter des Ortes schimmern in der Ferne. Die dazugehörigen Geräusche kann ich hingegen nicht wahrnehmen, was auch kein Wunder ist. Denn ich befinde mich in einem Traum.

Es herrscht völlige Stille, als wäre ich in einem Vakuum. Wie mitten im Weltraum. Ich bin mir sicher, wenn ich jetzt meine Waffe abfeuern würde, könnte ich den Schuss nicht mal hören.

Also lasse ich es bleiben. Stattdessen fange ich an, die Straße hinunterzulaufen. Meine Schritte sind tonlos. Selbst mein Atmen – falls man im Traum überhaupt atmet – ist stumm.

Ich weiß, wo ich hingehe, da ich diese Straße schon mal mitten in der Nacht mit einer Pistole in der Hand entlanggegangen bin. Gabrielas Haus ist nur noch zwei Blocks entfernt. Die furchtlose Gabriela. Ihre Eltern waren durch die Grausamkeit des Kartells ums Leben gekommen, und so hatte sie es auf sich genommen, sich diesen Verbrechern in den Weg zu stellen. Sie wagte es, über ihre Taten zu berichten, wenn öffentliche Medien aus Angst schwiegen. Sie wusste, dass sie sich damit in Lebensgefahr begab, doch davon ließ sie sich nicht abbringen. Deswegen war sie wahrscheinlich auch nicht überrascht, als die Killer vor ihrer Tür standen.

Schon bald stehe ich direkt vor Gabrielas Haus. Es sieht genau aus, wie das letzte Mal, als ich es gesehen habe. Die Garagentür ist geschlossen, doch das Tor wurde aufgebrochen. Damals war mir klar, dass es eine Falle sein könnte – dass die Gangster möglicherweise drinnen auf mich warteten. Doch jetzt zögere ich nicht, die Metalltür beiseitezuschieben und den Vorgarten zu betreten.

Obwohl der Himmel wolkenlos ist, lastet die Dunkelheit schwer auf mir. Ich ziehe eine Mini-Taschenlampe hervor, genau wie damals, und leuchte die Haustür an. Auch sie wurde aufgebrochen, das Schloss ist zertrümmert. Doch die Tür wurde anschließend wieder zugemacht, sodass Passanten auf den ersten Blick nicht merken würden, dass etwas nicht stimmt.

Ich lege meine Hände überkreuz – die Lampe in meiner Linken, die Pistole in der Rechten. Dann trete ich die Tür ein und stürme hinein.

Genau wie vor einem Jahr ist das Wohnzimmer verlassen. Nur, dass doch jemand da ist. Statt Gabrielas Großmutter ist es im Traum jedoch Leila Simmons, die in einem Sessel in der Ecke aufgebahrt ist. Ihr Kopf ist zur Seite geneigt, die toten Augen offen. Ihre Kehle wurde aufgeschlitzt und getrocknetes Blut bedeckt ihre Bluse.

Im echten Leben hatte die Oma nichts auf dem Schoß, deswegen bin ich überrascht, dort einen großen Schatten zu sehen, und leuchte mit der Lampe dorthin. Es ist ein Rucksack.

Ein Teil von mir will sofort dort hinrennen, sich die Tasche schnappen und hineinschauen. Das ist die einzige Möglichkeit, um zu erfahren, ob Sternchen darin ist. Doch ich tue es nicht. Ich bewege den Lichtkegel weg von Leila Simmons und dem Rucksack. Denn deswegen bin ich nicht hier. Mein Unterbewusstsein möchte mir etwas ganz anderes zeigen.

Weil ich schon mal hier war, und jedes Zimmer einzeln durchsucht habe, weiß ich, dass ich damit nicht meine Zeit zu verschwenden brauche. Stattdessen gehe ich auf die Tür zu, die zur Garage führt, die Pistole starr nach vorn gerichtet.

Als ich ankomme, schalte ich die Taschenlampe aus und betätige den Lichtschalter der Garage. Die einsame Glühbirne an der Decke erwacht klackend zum Leben.

Die Backsteinwände sehen noch genauso aus, wie ich sie in Erinnerung habe. Ebenso die Werkzeuge, die auf dem Boden verteilt sind – kreisrund um die Stelle, wo Juanas toter Körper auf dem kalten Stein liegt. Genau wie bei Gabriela damals sieht es so aus, als hätten sie sich alle Zeit der Welt gelassen, um sie zu foltern.

Meine Aufmerksamkeit ist so fest auf die Überreste der jungen Frau gerichtet, dass ich den Mann in der Ecke erst gar nicht wahrnehme. Er trägt einen Cowboyhut und die Dienstmarke an seinem Gürtel glitzert im gelblichen Licht. Während er die Pistole lässig in der linken Hand trägt, tippt er sich mit der rechten an die Hutkrempe.

»N'Abend, schöne Frau.«

Er sagt diesen Satz, doch da ich mich in einer Welt der Stille befinde, höre ich die Worte nicht wirklich – außer in meinen Gedanken.

Ebenso geräuschlos kommen die Worte seines Partners in meinen Kopf, als er von hinten an mich herantritt.

»Wieso hat das so lange gedauert?«

Die tonlosen Worte hallen durch meinen Verstand, während der Mann den Lauf seiner Waffe von hinten gegen meinen Nacken schiebt und abdrückt.

12

Ich schrecke aus dem Schlaf und setze mich kerzengerade auf. Ich bin komplett durchgeschwitzt und greife instinktiv nach der Pistole unter meinem Kissen. Dann dämmert mir, dass ich schon seit Monaten keine Waffen mehr mit ins Bett nehme.

Im Zimmer ist es dunkel, aber der Schein der Straßenlaterne direkt vor dem Fenster kommt an den Rändern ein wenig durch die schweren Gardinen, sodass ein Minimum von Licht vorhanden ist. Langsam gewöhnen sich meine Augen daran und ich sehe die P320 auf dem Nachttisch – wo ich sie hingelegt habe, als ich ins Bett gefallen bin. Das muss Stunden her sein.

Ich setze mich auf die Bettkante, atme tief durch und versuche, meinen Herzschlag zu verlangsamen und entspannt Luft zu holen. Ich kann mich nicht erinnern, wann ich zuletzt einen derart lebhaften Traum hatte. Die Waffe lasse ich da, wo sie ist, und gehe zur Tür. Im Wohnzimmer habe ich das Licht angelassen, deswegen kann ich die Wanduhr mit einem Blick erfassen. Es ist halb zehn, also habe ich immerhin sechs Stunden geschlafen. Nun stehe ich inmitten meiner kaum möblierten Wohnung und weiß nicht, was ich mit mir anfangen soll. Auf jeden Fall erst mal duschen. Aber was dann?

Etwas essen wäre nicht schlecht, aber der Kühlschrank ist fast leer. Im Ort kann ich mich nicht blicken lassen, denn das würde Reggie eventuell zu Ohren kommen. Und mit einem Lieferdienst sieht es auch nicht besser aus, schließlich habe ich einen Durchfall vorgetäuscht. Was mich zu dem Gedanken bringt, doch zur Arbeit zu gehen und Reggie zu sagen, dass es falscher Alarm war und gar kein echter Dünnschiss.

»Was für ein Schwachsinn«, murmle ich vor mich hin. Ich kann jetzt noch fünf Minuten hier stehen und weiter überlegen, oder auch zehn, eine halbe Stunde von mir aus, und mir die wildesten Gedanken machen. Ich weiß aber ganz genau, dass das alles keine Rolle spielt, denn ich weiß sowieso schon, was als Nächstes passieren wird. Das weiß ich schon, seit ich heute mit Leila Simmons auf dem Parkplatz stand und die Lastwagen an uns vorbeigerauscht sind.

»Eines von den Mädchen, mit denen ich mich vor Kurzem getroffen habe, wurde entführt.«

Das Handy liegt immer noch auf dem Küchentisch. Das Wegwerfhandy, das ich nicht weggeworfen habe. Ich hätte den Akku rausnehmen müssen, das Gerät zertrümmern und die Reste in den Müll bringen sollen. Nicht, dass ich vermute, jemand würde mich gerade aktiv suchen, aber alte Gewohnheiten wird man eben schwer los.

Aber halt, eigentlich war das keine alte Gewohnheit. Jedenfalls nicht für Jen Young, diese neue Person, zu der ich geworden bin. Holly Lin hatte vielleicht solche Gewohnheiten. Aber sie existiert nicht mehr.

Wem mache ich hier etwas vor? Ich schüttle den Kopf, verfluche mich selbst und gehe zum Küchentisch. Ich schnappe mir das Gerät und drücke auf Wahlwiederholung.

Dreimal klingelt es, bevor sie zögerlich flüsternd antwortet: »Hallo?«

»Hier ist Jen. Von heute Mittag.«

»Ja, ich weiß schon.«

»Alles in Ordnung? Du klingst bedrückt?«

»Ich bin zu Hause. Mein Mann ist im Zimmer nebenan. Was kann ich für dich tun, Jen?«

»Ich wollte nur fragen, wie es Sternchen geht.«

»Sternchen?«

»Juanas Baby.«

»Ach so, klar. Alles super. Ich habe eine Notaufsicht gefunden – ein nettes Ehepaar kümmert sich heute um sie, und ich habe auch schon erste Schritte eingeleitet, dass sie adoptiert werden kann.«

»Fantastisch.«

»Ja, das ist es. Danke, dass du dich an mich gewendet hast.«

Ich sage nichts weiter, denn plötzlich bin ich unsicher, wie ich weitermachen soll. Natürlich wollte ich wissen, wie es Sternchen geht, doch deswegen habe ich nicht angerufen. Und das spürt sie wahrscheinlich, während sie extra im Nebenraum steht und flüstert, damit ihr Mann nichts mitbekommt. Ich glaube zwar nicht, dass sie das Gespräch vor ihm geheim halten muss, doch in ihrer Branche ist Anonymität natürlich das höchste Gut. Deswegen hat sie es wahrscheinlich im Blut, einen ruhigen Ort aufzusuchen, wenn sie einen Anruf annimmt.

»Kann ich sonst noch etwas für Sie tun?«, fragt sie nun.

»Ja, schon. Als wir heute gesprochen haben, hattest du erwähnt, dass ein Mädchen entführt wurde.«

Ihre Stimme wird nun noch leiser. »Ja, das stimmt. Es tut mir leid, ich hätte das nicht sagen sollen. Verzeihen Sie mir bitte.«

»Nein, so war das nicht gemeint. Ich glaube, ich könnte bei der Sache helfen.«

Ein Zögern setzt am anderen Ende der Leitung ein. »Wie meinen Sie das?«

»Ich kenne einen Polizisten, vom Dezernat des Colton Country Sheriffs. Er ist ein guter Mann und definitiv vertrauenswürdig. Wenn du mir sagst, wo das Mädchen hingebracht wurde, dann kann er helfen.«

Die Stille an ihrem Ende wird länger und länger. Ich stelle mir vor, dass sie sich auf die Unterlippe beißt und über die Schulter nach ihrem Mann sieht, während sie die Risiken abwägt. Die Wahrheit – dass ich überhaupt nicht vorhabe, mit Erik zu reden – braucht sie nicht zu wissen.

»Ich weiß nicht, ob sie wirklich dort ist«, sagt sie schließlich. »Selbst wenn es so war, muss es nicht mehr so sein.«

»Das spielt keine Rolle. Würde es nicht in jedem Fall dein Gewissen beruhigen, zu wissen, ob sie noch dort ist?«

Sie antwortet nicht und ich stelle mir vor, dass sie sich hinsetzt, sich nach vorn lehnt und ins Leere starrt, während sie um einen Entschluss ringt.

»Leila, ich verstehe, dass das nicht leicht ist. Aber glaube mir, es ist zu ihrem Besten. Entweder ist sie da oder auch nicht. Willst du es nicht wissen?«

»Aber was ... was, wenn sie wirklich dort ist?«

»Wenn sie dort ist, dann ist es doch wichtig, dass sie so bald wie möglich befreit wird, oder nicht?«

Ich halte das Telefon weiter ans Ohr gedrückt und gehe ins Schlafzimmer. Ich mache das Licht an und knie mich vor der Kommode hin. Dann ziehe ich die untere Schublade auf, schiebe die Jogginghosen beiseite und hole meine andere Pistole hervor. Es ist eine SIG Sauer TACOPS 1911. Sie ist ein gutes Stück schwerer als die P320, ist mit einem Fünf-Zoll-Lauf ausgestattet und mit acht Kugeln mit 45er-Kaliber geladen.

Ebenfalls unter den Klamotten vergraben ist ein Strat-Ops-Springmesser von SOG. Es hat eine zehn Zentimeter lange Klinge, die auf Knopfdruck herausschießt.

Ich lege die 1911 und das SOG aufs Bett, stehe auf und bemerke, dass die Stille schon viel zu lange andauert.

»Bist du noch dran?«

»Ja«, flüstert Leila mit brüchiger Stimme.

»Ich will dich nicht unter Druck setzen, aber ich denke, hier gibt es nichts zu überlegen. Du hast doch selbst gesagt, dass diese Männer gefährlich sind. Verdammt noch mal, ich habe selbst gesehen, wie sie Juana erschossen haben. Wollen wir das andere Mädchen etwa dem gleichen Schicksal überlassen?«

Indem ich *wir* sage, lasse ich es so klingen, als wären wir ein Team. Ich muss sie dazu bringen, mir zu vertrauen. Denn ich muss sie auf meine Seite bringen, wenn ich dieses Mädchen retten will.

Als Leila Simmons wieder das Wort ergreift, klingt ihre Stimme entschlossen. »Nein, das wollen wir nicht.«

»Wir wollen sie retten, nicht wahr?«

»Ja.«

»Dann sag es mir, Leila ... sag mir, wo ich sie finde.«

13

Genau wie in meinem Traum ist die Nacht dunkel und wolkenlos, aber es gibt hier keine in der Ferne schimmernden Lichter. Auch die Stille ist nicht so absolut wie im Traum, denn alle möglichen Insekten zirpen im spärlich verteilten Büffelgras. Eine leichte Brise weht lose Erde über den ausgetrockneten Boden und lässt die dürren Büsche erzittern.

Leila sprach von einer Ölraffinerie, doch das stimmt nicht ganz. Es ist eher ein Ölfeld, und zwar ein ehemaliges. Jedenfalls sieht es nicht so aus, als ob diese zwölf alten Bohrtürme in den letzten Jahrzehnten genutzt worden wären. Sie stehen wie eingefroren in der Landschaft und sehen in der Dunkelheit wie monströse Bestien aus Stahl aus.

An einem von ihnen schleiche ich vorbei, als ich mich auf den Weg zu der Hütte mache. Ich trage dunkle Jeans, ein schwarzes Hemd und Turnschuhe. Nicht gerade die perfekte taktische Bekleidung für einen Nachteinsatz, aber ich hatte keine brauchbaren Alternativen. Besonders unzufrieden bin ich mit meinen Turnschuhen, denn sie haben einen Sohlenabdruck, den man zurückverfolgen könnte. Das bedeutet, ich muss sie hinterher wegschmeißen – und um neue zu kriegen, muss ich mindestens eine Stunde Fahrt zum nächsten Einkaufszentrum auf mich nehmen. Solche Gedanken gehen mir durch den Kopf, wenn ich kurz davor bin, einen Haufen miese Typen umzulegen.

Das Springmesser habe ich mit einem Clip am Gürtel befestigt. Die P320 drückt mir in den unteren Rücken, die 1911 habe ich locker in der Hand. Und so lange hatte ich fast ein Jahr keine Pistole in der Hand. Trotzdem ist das Gefühl sehr vertraut, es hat fast etwas von einer Heimkehr. Von einer ziemlich kranken Heimkehr, die ich noch nicht akzeptieren möchte.

Die Hütte ist deutlich größer, als ich erwartet hatte. Sie ist etwa anderthalb Stockwerke hoch und scheint Raum für zwei bis drei Lastwagen zu bieten. Vorn ist eine riesige Scheunentür, an der Seite ein normaler Personeneingang. Keine Fenster.

Ich beobachte das Gebäude gute fünfzehn Minuten lang hinter einen Busch gekauert, bevor ich beschließe, meinen Einsatz zu beginnen. So weit habe ich nichts gesehen, was beunruhigend wäre. Wenn das Mädchen in dem Schuppen ist, hat sie jedenfalls keinen Mucks von sich gegeben. Also ist sie entweder nicht da, schläft, ist tot, oder so stark gefesselt, dass sie sich nicht bewegen kann.

Laut Leila Simmons heißt das Mädchen Eleanora. Sie soll höchstens siebzehn Jahre alt sein. Und sie ist schwanger, oder zumindest war sie es, als Leila sie zuletzt gesehen hatte. Also vor ein paar Tagen. Bevor sie von diesen ICE-Agenten entführt wurde. Ich glaube, Leila wurde die Tragweite ihres Versagens erst klar, als sie mir die Details erzählt hat. Sie sagte mir, dass es ihr sehr leidtue, dass sie nicht mehr unternommen habe, aber dass sie Angst hatte. An diesem Punkt des Gesprächs hörte ich die Stimme ihres Mannes im Hintergrund, der fragte, ob alles in Ordnung sei. Leila ließ sich nichts anmerken, schnaubte sich die Nase und sagte, sie würde nicht mehr lange telefonieren.

Nun stehe ich hier im Dreck, die 1911 in der Hand, und schleiche, so leise ich kann, auf den Schuppen zu. Trotzdem knirschen meine Turnschuhe im Sand so laut wie Pistolenschüsse. Ich umkreise das Bauwerk. Das Einzige, was ich dabei finde, ist ein vor sich hin rostender Stromgenerator. Sieht nicht so aus, als würde das Ding noch funktionieren. Die große Tür ist verschlossen. Sie sieht verwittert aus, genau wie der Rest des Schuppens. Als wäre er fünfzig Jahre alt und nie neu gestrichen worden. In der Mitte prangt ein dickes Vorhängeschloss, die Seitentür hat jedoch keines. Dort ist zwar auch eine Schiene, an der man ein Schloss befestigen könnte, doch sie ist leer. Langsam schiebe ich die Tür auf und richte die Pistole in die Dunkelheit.

Nichts passiert.

Niemand mit einem Cowboyhut oder einem blauen Polohemd kommt mit erhobener Waffe heraus.

Ich halte kurz inne und horche in die Finsternis. Und dann höre ich es: ein gedämpftes Geräusch. Als würde jemand um Hilfe rufen wollen, der aber geknebelt ist.

Ich ziehe die Taschenlampe hervor und schalte sie an, dann richte ich den Lichtkegel in den Schuppen. Darin steht ein grüner Traktor, an den ein riesiges Mähwerk angekuppelt ist. Mehr ist nicht zu sehen. Das dumpfe Murmeln geht weiter, es klingt jetzt noch erregter.

Neben dem Traktor stehen andere Gerätschaften, die mir nichts sagen. Landwirtschaftliche Ausrüstung und ein paar Stahlfässer. Es stinkt nach Öl und Benzin. Doch dann fällt der Lichtschein auf die Geräuschquelle: Das Mädchen sitzt auf einem Holzstuhl an der Wand. Es sieht so aus, als hätte man eine ganze Rolle Dichtungsband benutzt, um die junge Frau zu fixieren. Es läuft um ihre Knöchel, die Beine, ihre Taille und die Schultern, und natürlich auch über ihren Mund.

Ich schleiche auf sie zu. Statt mich zu beeilen, achte ich auf eine möglichst gleichmäßige, geräuschlose Geschwindigkeit. Auf dem Weg schwenke ich den Rest des Raumes mit der

Lampe ab, um unliebsame Überraschungen ausschließen zu können.

Als ich sie erreiche, richte ich den Lichtkegel wieder auf sie und stelle fest, dass sie eindeutig schwanger ist. Ich tippe auf den achten Monat.

»Eleanora?«

Das Mädchen hört für einen Moment auf, durch das Klebeband hindurch schreien zu wollen. In ihren dunklen Augen erkenne ich Verwunderung – sie hat definitiv nicht erwartet, dass ich ihren Namen weiß. Sie nickt eifrig und versucht wieder, etwas zu sagen.

»Leila Simmons hat mich geschickt. Ich heiße Jen.«

Ich nehme die Lampe zwischen die Zähne, sodass Eleanoras Gesicht angestrahlt bleibt, und ziehe ihr unter Anstrengung das Klebeband vom Mund. Ein Schluchzen entfährt ihr und Tränen fangen an, aus ihren Augen zu schießen. »Gracias, gracias, gracias«, schluchzt sie immer wieder.

Ihre Stimme ist zu laut, also sage ich ihr auf Spanisch, dass sie still sein soll, als ich die Taschenlampe aus meinem Mund nehme.

»Bitte, mach mich los«, fleht sie mich auf Spanisch an. Das habe ich natürlich auch vor. Ich nehme die Lampe wieder zwischen die Zähne, um das Messer von meinem Gürtel abzuclippen, doch bevor ich den Knopf drücke, halte ich inne. Ich friere förmlich ein und halte den Atem an.

»Was machst du?«, fragt Eleanora erschrocken.

Ich schüttle den Kopf, wobei der Lichtkegel der Lampe durch den Raum tanzt, doch sie scheint mich nicht zu verstehen. Sie atmet ein, um ihre Frage zu wiederholen, doch bevor sie das tun kann, habe ich ihr den Mund schon wieder zugeklebt.

Ihre Augen weiten sich und sie versucht wieder, trotz des Dichtungsbandes zu schreien. Ich befestige das Messer wieder an meinem Gürtel, nehme die Lampe aus dem Mund und lehne mich dann dicht an Eleanora: »Ruhe!«

Sie beruhigt sich, ist jedoch sichtlich verwirrt. Als ich das Licht ausmache und uns damit in Dunkelheit tauche, zische ich: »Hörst du das nicht?«

Endlich hört sie auf, sich zu bewegen, und dadurch werden die Geräusche noch deutlicher: ein laufender Motor und das Knirschen von Reifen im Sand.

»Da kommt jemand!«

14

Das Fahrzeug hält an und der Motor wird ausgeschaltet. Zwei Türen öffnen sich. Ich kann natürlich aus der Hütte die Männer nicht sehen, die aus dem Auto steigen, da die Seitentür geschlossen ist und wir uns in kompletter Dunkelheit befinden. Doch ich stelle mir vor, dass es die beiden von letzter Nacht sind. Der Fahrer mit dem Cowboyhut, die Dienstmarke stolz am Gürtel zur Schau gestellt. Ich höre gedämpfte Stimmen – die Männer beraten sich – und dann den Klang von Stiefeln, die auf die Hütte zukommen. Natürlich könnte es auch die Polizei oder das FBI sein, die Leilas ursprünglichem Anruf nachgehen, aber ich bezweifle es. Es könnte auch ein Farmer aus der Gegend sein, oder der Eigentümer des Grundstücks, der nach seinem Equipment schauen will. Mir ist zwar kein Alarmsystem ausgefallen, aber es könnte natürlich trotzdem sein, dass ich irgendeinen Mechanismus ausgelöst habe. So unwahrscheinlich das auch ist. Gemäß der Regel von Ockhams Rasiermesser sollte man von mehreren möglichen Erklärungen die einfachste Theorie auswählen. Wenn ich auf abschweifende Hypothesen verzichte, ist es am wahrscheinlichsten, dass ich es hier mit den Kerlen zu tun habe, die Juana letzte Nacht ermordet haben.

Einer der Männer rüttelt an dem Vorhängeschloss der großen Tür, während der andere auf die Seitentür zuzukommen scheint. »Hier drüben«, ruft er anschließend. Also lässt der andere von dem Schloss ab und eilt zu seinem Partner. Ein Augenblick vergeht, dann wird die Tür aufgeschoben und ich sehe den Kerl mit dem Cowboyhut draußen stehen. Er hat eine Pistole in der einen Hand, eine Taschenlampe in der anderen.

Ich befinde mich auf der anderen Seite des Traktors und kauere hinter einem der riesigen Räder. Die 1911 habe ich auf die Tür gerichtet. Aus diesem Winkel habe ich freie Schussbahn auf den Cowboy. Ich muss nur abdrücken, dann ist er erledigt. Doch wenn ich das mache, ist sein Partner alarmiert und ich bin hier drinnen mit Eleanora gefangen. Also warte ich lieber, bis sie beide reingekommen sind, um sie gleichzeitig oder nacheinander auszuschalten.

Doch der Cowboy bleibt draußen stehen. Von der Türschwelle aus schwenkt er den Raum mit der Taschenlampe ab. Als der Strahl in meine Richtung kommt, ducke ich mich und schließe für einen kurzen Moment die Augen, um mein Atmen und meinen Herzschlag zu beruhigen.

In dem Moment kann Eleanora sich nicht länger zusammenreißen und schreit auf. Natürlich ist ihre Stimme immer noch stark gedämpft, doch der Lichtkegel schnellt sofort in ihre Richtung.

»Heilige Scheiße«, ruft der Cowboy, »sie ist hier!«

Mir fällt auf, dass er überrascht zu sein scheint, was für mich keinen Sinn ergibt. Doch bevor ich darüber nachdenken kann, tritt er ein.

Sein Partner aber nicht. »Ich schaue mal, ob ich den Generator in Gang kriege«, sagt er stattdessen.

Er entfernt sich und dem Geräusch seiner Schritte nach zu urteilen, hat er den Generator fast erreicht. Ich überlege, durch die Wand auf ihn zu schießen. Denn der Cowboy ist schon drinnen, und so könnte ich sie beide erledigen. Doch es ist immer noch dunkel, ich kann nur auf die Lampe schießen, und das ist kein verlässliches Ziel. Es ist besser, zu warten, bis das Licht an ist. Vielleicht kommt sein Partner dann auch rein, sodass ich sie endlich beide vor mir habe.

Der Cowboy wartet allerdings nicht auf Strom, er geht auf Eleanora zu und hält den Lichtkegel auf ihr Gesicht gerichtet. Sie hält die Augen krampfhaft geschlossen und versucht, sich von dem grellen Licht wegzudrehen. Sie fängt wieder an zu schluchzen und Tränen laufen ihr die Wangen hinunter. Als der Cowboy sie fast erreicht hat, murmelt er: »Keine Sorge, Liebling, wir werden uns ganz hervorragend um dich kümmern.«

Die Art, wie er diese Worte sagt, lassen mich den Griff der 1911 so fest umklammern, dass ich befürchte, ihn zu zerbrechen.

Ich beschließe, dass ich nicht zulassen werde, dass der Cowboy Eleanora auch nur ein Haar krümmt – doch ich kann nichts tun, bis sein Partner auch hereingekommen ist.

Der Cowboy beugt sich nun zu ihr hinunter, seine Stimme noch tiefer: »Bist du schon mal von einem Amerikaner gefickt worden? Das ist eine riesige Verbesserung im Vergleich zu diesen Waschlappen, die du von zu Hause kennst.«

Draußen reißt sein Partner am Starter des Generators – einmal, zweimal – und beim dritten Mal springt das Ding an und ein paar funzelige Glühbirnen leuchten im Schuppen auf.

Der Cowboy hält inne, dreht seinen Blick Richtung Decke und pfeift durch die Zähne. »Na, das nenne ich mal ein Zeichen vom allmächtigen Herrgott! Er gibt seinen Segen für das, was wir mit dir vorhaben!«

Eleanora schluchzt weiter, doch ihre Augen sind weit aufgerissen, und genau das verrät mich. Denn ihre Pupillen verschieben sich in meine Richtung, nur ein ganz kleines Stück, doch es reicht, um den Cowboy zu alarmieren. Er blickt über seine Schulter und sieht, wie ich mit erhobener Waffe auf ihn zugerannt komme. Sofort wirbelt er herum und schießt auf mich, genau in dem Moment, wo ich ebenfalls abdrücke. Sein Schuss geht über meinen Kopf, doch ich treffe seine Schulter, was ihn zur Seite reißt. Ich wollte ihn eigentlich ausgeschaltet haben, bevor sein Partner in den Schuppen kommt, doch es ist zu spät. Er taucht im Türrahmen auf und feuert eine Sekunde später auf mich. Ich drehe den Oberkörper und verpasse ihm drei Kugeln in die Brust. Er trägt ein hellgrünes Polohemd, in dessen Mitte sich nun drei scharlachrote Blüten ausbreiten.

Ich wende mich wieder dem Cowboy zu und muss feststellen, dass er auf mich zukommt, die Waffe direkt auf meinen Kopf gerichtet. Im letzten Moment lasse ich mich nach hinten fallen, richte meinen Lauf wieder auf ihn, doch da schlägt er mir die 1911 aus der Hand, sodass sie klappernd auf den Boden fällt. Aber ich habe ja noch das Messer, das ich in meine rechte Hand werfe, während ich einen Schritt auf ihn zu mache. Mit einer schnellen Bewegung verpasse ich ihm einen großen Schnitt quer über den Bauch.

Der Cowboy grunzt und zieht mir seinen Handrücken durchs Gesicht. Ich stolpere zurück, das Messer noch in der Hand, und habe vor, wieder auf ihn loszugehen – doch dann wird mir klar, dass der Abstand zwischen uns jetzt zu groß ist. Ich werde ihn nicht erreichen, bevor er den Abzug drückt. Also mache ich einen Hechtsprung zur Seite, hinter den Traktor, als der Cowboy ein paar Kugeln abfeuert.

Ich knie mich auf ein Bein, ziehe die P320 aus dem Hosenbund und schnipse den Sicherungshebel beiseite.

»Du hast mich aufgeschlitzt, du gottverdammte Schlampe!«, brüllt der Cowboy. Während ich den Traktor als Deckung nutze, werfe ich einen Blick auf Eleanora, die uns beide mit panisch aufgerissenen Augen anstarrt.

»Verdammte Schlampe!«, schreit der Cowboy noch einmal.

»So hast du mich schon genannt«, erinnere ich ihn.

»Wer bist du, verdammt noch mal?«

Ich behalte das Messer für einen Augenblick in meiner linken Hand, bevor ich es in Richtung des Traktorhecks werfe. Der Cowboy, der seinen blutenden Bauch mit seiner linken Hand zudrückt, folgt dem Geräusch mit seinem Blick, aber nicht mit dem Lauf seiner Waffe. Die hält er weiter auf das Vorderteil der Maschine gerichtet, also ist er immerhin kein kompletter Idiot. Das muss ich anerkennen, trotzdem liegt er einen Schritt zurück. Denn ich tauche auch nicht hinten auf – stattdessen bewege ich mich *über* den Traktor. Ich benutze die metallene Stufe am Einstieg und springe von dort auf den Sitz, die P320 genau auf den Cowboy gerichtet.

Sein Kopf wird einen Sekundenbruchteil, nachdem ich den Abzug betätigt habe, zurückgerissen. Für einen Moment steht er einfach so da, die Pistole in der einen Hand, die andere gegen seinen blutenden Bauch gedrückt, und dann fällt er einfach um.

Ich stehe derweil aufgerichtet auf dem Fahrersitz des Traktors und schaue mich noch einmal um, damit ich sicher sein kann, dass sowohl der Cowboy als auch sein Partner tot sind. Dann springe ich auf den Boden, hebe mein Messer und die 1911 auf und eile dann zu Eleanora.

Ich ziehe ihr das Klebeband vom Mund, schneide sie aus dem Stuhl und helfe ihr auf die Beine. Ihr erster Impuls ist, mir um den Hals zu fallen und bitterlich zu weinen. Ich schiebe sie weg und deute auf die Tür: »Lass uns verschwinden!«

Sie macht immer noch große Augen, schaut sich die Leichen an, dann mich, wobei ihr Mund weit offensteht. Doch sie sagt nichts, nickt nur, und ich habe das Gefühl, dass sie mir überallhin folgen würde. Ich lasse den Blick noch einmal durch den Schuppen schweifen. Wieder fallen mir diese Metallfässer ins Auge und ich mache mir Gedanken über den Benzingeruch. Dann sage ich Eleanora, sie soll nach draußen gehen. Sie hat Todesangst und zittert am ganzen Körper, doch sie reißt sich zusammen und humpelt zum offenen Seiteneingang. Nachdem sie außer Sichtweite ist, leere ich die Taschen der Männer. Ich finde ihre Brieftaschen und schaue mir ihre Ausweise an. Der im hellgrünen Polohemd heißt Samuel Mulkey, der Cowboy Philip Kyer. Kyer hat wieder seine Polizeimarke an den Gürtel geclippt, während Mulkey seine in der Tasche trägt. Die Dienstmarken sehen echt aus. Was das Ganze irgendwie noch schlimmer macht. Es gibt nichts Widerlicheres als korrupte Polizisten. Und hier habe ich gleich zwei von denen vor mir.

Beide Männer haben außerdem Handys bei sich. Mulkey hat dazu noch Nikotin-Kaugummis, während Kyer der Sucht offenbar immer noch frönte: Er hat zwar keine Zigaretten dabei – wahrscheinlich sind die noch im Auto – aber ein Feuerzeug hat er einstecken. Sogar ein richtig edles Teil, aus rostfreiem Stahl und mit eingravierten Initialen an der Seite.

Ich brauche fünf Minuten, um alles vorzubereiten, dann trete ich nach draußen an die frische Luft. Eleanora ist noch nicht weit gekommen. Sie steht einfach nur da, die Arme verschränkt, um die Kälte auszuhalten. Denn sie trägt nur Shorts, ein T-Shirt und Sandalen. Nicht das ideale Outfit, um nachts mitten im Nirgendwo zu sein.

Ich werfe zum ersten Mal einen Blick auf das Auto, das vor dem Schuppen abgestellt ist – die gleiche Limousine wie letzte Nacht. Dann nehme ich Eleanoras Arm und geleite sie in Richtung des Ölfeldes, hinter dem in zwei Meilen Entfernung mein Auto steht.

Wir haben vielleicht zweihundert Meter hinter uns gebracht, als die Lunte, die ich gelegt habe, ihr Ziel erreicht. Der Schuppen fängt an zu brennen und das Feuer erreicht schließlich die Ansammlung von Fässern in der Ecke. Die Explosion lässt den Boden erzittern. Sie ist lauter, als ich gedacht hätte, und nun mache ich mir Sorgen, dass sie schneller für Aufmerksamkeit sorgt, als ich geplant habe. Also drücke ich Eleanoras Arm etwas fester und sage ihr auf Spanisch, dass wir uns beeilen müssen.

15

Leila Simmons ist schon an der Raststelle, als wir ankommen. In dem Moment, wo ich neben ihrem Wagen anhalte, reißt sie die Tür auf und springt heraus. Der Rastplatz hat keinerlei Beleuchtung – nicht eine einzige Lampe – aber der Halbmond liefert genug Licht, um mich erkennen zu lassen, dass sie eine Jogginghose und ein T-Shirt trägt. Wahrscheinlich die ersten Klamotten, die sie in die Finger bekommen hat, nachdem ich sie angerufen habe.

Sie lehnt sich ans Seitenfenster, um die Person erkennen zu können, die sich auf dem Beifahrersitz befindet. Als sie sieht, dass es Eleanora ist, weiten sich ihre Augen und sie legt eine Hand über ihren Mund. Dann reißt sie die Tür auf und betastet das Gesicht der jungen Frau, als könne sie es nicht glauben, dass sie es wirklich ist.

Wie im Schnelldurchlauf feuert sie ihr spanische Halbsätze um die Ohren – ob es ihr gut geht, ob sie meint, dass das Baby okay ist, ob sie verletzt ist, und Eleanora hat kaum Zeit, etwas zu antworten, bevor die nächste Frage kommt. Endlich hilft Leila ihr beim Aussteigen und geleitet sie zu ihrem Jetta.

Ich steige ebenfalls aus und beobachte sie, ohne ein Wort zu sagen.

Nachdem Leila die junge Frau auf dem Beifahrersitz verstaut und vorsichtig die Tür geschlossen hat, wendet sie sich mir zu.

»Ich ... ich weiß nicht, was ich sagen soll.«

»Du brauchst nichts zu sagen.«

»Wie ...« – sie hält plötzlich inne und schüttelt verwundert den Kopf – »Wie haben Sie das bloß geschafft?«

»Ich habe nichts gemacht.«

Trotz der Dunkelheit erkenne ich die Verwunderung in ihrem Gesicht, doch dann versteht sie, worauf ich hinauswill.

»Waren ... waren diese Kerle da?«

Ich schaue an ihr vorbei und richte meinen Blick auf Eleanora. Vermutlich wird sie ihr alles erzählen. Also, nicht unbedingt, was zwischen mir und den Männern passiert ist, aber was sie ihr angetan haben und was sie ihr antun wollten. Ich hatte versucht, ihr Fragen über ihre Entführung zu stellen, um herauszufinden, wer noch in der Sache drinstecken könnte. Doch sie stand offensichtlich unter Schock, sodass ich sie keinem weiteren Stress aussetzen wollte.

»Ist sie illegal hier?«

Leila schweigt. Was mir als Antwort vollkommen ausreicht.

»Dann gehe ich davon aus, dass du mit niemandem darüber reden wirst. Denn das würde ich nicht empfehlen.«

Wieder nickt sie verständig. »Diese Männer ...«

Ich schneide ihr das Wort ab.

»Die stellen kein Problem mehr dar.«

Ich halte inne und mustere sie in der Dunkelheit. Meine nächste Frage will ich nicht stellen, doch ich weiß, dass ich keine andere Wahl habe.

»Gibt es noch andere?«

»Andere?«

»Die entführt wurden.«

Sie schüttelt den Kopf energisch. »Nicht, dass ich wüsste.«

Mein erster Impuls ist, ihr zu sagen, dass sie mich anrufen soll, wenn noch mehr Mädchen entführt werden. Mulkey und Kyer können nicht die Einzigen gewesen sein, die in der

Sache mit drinstecken. Es muss noch andere geben, aber …
ich kann mich nicht weiter in diese Sache hineinziehen lassen.
Ich habe bereits mehr getan, als ich hätte tun sollen. Ich habe
heute Nacht zwei Menschen getötet, und auch wenn ich in
der Vergangenheit noch viele, viele mehr umgebracht habe,
war das in einem anderen Leben. Diese Person bin ich nicht
mehr, und ich kann keine weitere Aufmerksamkeit riskieren.

Als mir klar wird, dass Leila darauf wartet, dass ich etwas
sage, räuspere ich mich leise.

»Gut.«

Ich lasse einen Moment vergehen, dann deute ich mit dem
Kopf auf ihren Wagen. »Kümmere dich gut um sie.«

»Das werde ich tun«, nickt Leila Simmons.

Ich sage ihr nicht, dass sie sich melden soll, wenn noch etwas
ist. Ich sage ihr auch nicht, dass das Telefon, auf dem sie mich
angerufen hat, jetzt zertrümmert wird und ich die Einzelteile
am Rand des Highways verteilen werde. Denn ich habe nicht
vor, diese Frau jemals wiederzusehen. All das sage ich ihr nicht,
denn ich glaube, sie ist intelligent genug, um es sich selbst
zusammenreimen zu können. Jedenfalls ist sie schlau genug,
um zu wissen, dass sie als Erste den Parkplatz verlassen muss,
damit ich sichergehen kann, dass ihr niemand folgt.

Leila sagt nichts weiter. Sie schaut mich nur noch ein letztes
Mal an, bevor sie in ihren Wagen steigt.

Eleanora dreht sich in ihrem Sitz herum, als der Wagen
anfährt und hebt ihre Hand, um mir Lebewohl zu sagen.
Doch ich mache mir nicht die Mühe, die Geste zu erwidern.
Ich lasse mich nicht einmal zu einem Nicken herab. Denn
ich kann keine weitere Energie in das Mädchen oder die
Frau investieren. Es mag hart klingen, doch für mich sind sie
Fremde, und daran wird sich auch nie etwas ändern.

Der Jetta beschleunigt und fährt gen Westen. Die roten
Rücklichter sind das Letzte, was von dem Wagen in der Nacht

verschwindet. Ich warte noch eine weitere Minute und lausche in die Stille der Nacht; dem fernen Chor der Insekten, die aus der Wüste nach Aufmerksamkeit rufen. Dann gleite ich auf den Fahrersitz und fahre zurück zu dem Ort, den ich als mein Zuhause betrachte.

16

Vor meiner Wohnungstür wartet eine weitere braune Papiertüte auf mich. Diesmal ist das Geschenk darin groß genug, dass ich es sofort an seiner Form erkennen kann. Es ist rund und stämmig, und die Notiz obendrauf, die wieder auf ein gefaltetes Stück Papier geschrieben ist, lautet einfach nur: »Falls es zur Neige geht.«

Eine Rolle Klopapier.

Zum Kaputtlachen.

Ich überlege, ob ich bei Erik klopfen und ihm die Rolle nonchalant ins Gesicht pfeffern soll. Aber ich bin mit Schweiß überzogen und stinke nach Benzin, außerdem habe ich meine Waffen noch dabei.

In meiner Wohnung stelle ich das Klopapier auf den Küchentisch, direkt neben die Packung mit der Durchfallmedizin. Das Messer und die Pistolen folgen. Ich muss sie reinigen, und das werde ich direkt nach der Dusche machen. Es wird sich gut anfühlen, diese über lange Jahre einstudierten Handgriffe mal wieder auszuführen – bei dem Gedanken daran wird mir klar, dass ich es wirklich vermisst habe. Trotzdem muss es warten.

Ich gehe ins Bad und werfe schon auf dem Weg dorthin meine Klamotten ab, sodass ich nur noch BH und Unterhose trage, als ich das Licht anmache. Ich studiere mein Gesicht im Spiegel. An der Stelle, wo der Cowboy mir eine verpasst hat, bildet sich schon ein Bluterguss. Aber das ist nichts, was eine ordentliche Ladung Make-up nicht verdecken kann.

Ich schiebe den Duschvorhang beiseite und drehe so lange an den Armaturen, bis die Temperatur genau richtig ist. Dann steige ich in die Wanne, ziehe den Vorhang hinter mir zu und lasse das Wasser von hoch oben auf Hinterkopf und Nacken prasseln.

Ein Teil von mir hofft, dass das Wasser nicht nur Schweiß und Benzin wegwaschen wird, sondern auch meinen irren Gemütszustand, der mir beinahe wie ein Rausch vorkommt. Zum ersten Mal in den letzten 12 Monaten fühle ich mich wirklich lebendig. So, als ob mein Dasein wieder einen Sinn hat. Endlich eine Aufgabe, die sich nicht banal anfühlt – wie Bücher sortieren und Getränke servieren. Für ein paar Stunden war ich wieder Holly Lin.

Dabei geht es nicht einmal nur darum, dass ich Eleanora gerettet habe, auch wenn das eigentlich reichen sollte. Aber noch wichtiger ist, was ich mit diesen beiden Männern gemacht habe. Durch mich mussten sie für ihre Verbrechen bezahlen, und durch mich werden sie nie wieder einer hilflosen Person Gewalt antun.

Stopp. Hör einfach auf.

Ich will dieses Leben nicht mehr! Oder doch? Aber ich habe doch den Entschluss gefasst, alles hinter mir zu lassen. Ich habe Walter Hadden gesagt, dass ich damit fertig bin. Nicht nur mit dem Job, den Bodyguard für seine Kinder zu spielen, sondern auch mit dem ganzen anderen Kram. Die geheimen Arbeiten für die Regierung. Die Undercover-Missionen. Die verdeckten Mordanschläge. Das Wissen, dass jede Exekution, die ich ausführe, dem amerikanischen Volk zu mehr Sicherheit verhilft, damit unbescholtene Bürger in Seelenruhe ihrem Alltag nachgehen können, ohne zu wissen, in welcher Gefahr sie sich befinden.

Doch natürlich war es nicht nur diese Arbeit und Walter, die ich zurücklassen wollte. Es war auch das Wissen darum, dass mein Vater – unser Teamleiter, der mein ganzes Leben für mich ein Held war – nicht wirklich tot war. Dass er seinen Tod nur vorgetäuscht hatte. Dass er irgendwo da draußen ist, wo er nun gemeinsame Sache mit Terroristen macht. Ein Teil von mir wünscht sich nichts sehnlicher, als ihm eine Kugel in den Kopf zu jagen, während ein anderer Teil … nun ja, während ein anderer Teil diesen Gedanken furchtbar findet, weil er auch immer noch mein Vater ist.

Meine Mutter kennt die Wahrheit über ihren Ehemann nicht, genauso wenig wie Tina, meine Schwester, die Wahrheit über ihren Vater kennt. Sie wissen nur, dass er für das Militär arbeitete. Nicht, dass er ein im Auftrag der US-Regierung handelnder Killer war. Sie wussten nicht, dass in Fällen, wo ein CIA-Einsatz noch zu auffällig gewesen wäre, mein Vater und sein Team geschickt wurden.

Neben mir war der einzige andere Mensch, der von diesem Team noch übrig war, Nova Bartkowski, den ich schon seit einem Jahr nicht mehr gesehen oder gesprochen habe. Nicht, seit wir von einem Blitzeinsatz in Mexiko zurückgekommen waren, wo ich ihn mal wieder in einen großen Schlamassel hineingezogen hatte. Jetzt, wo ich über ihn nachdenke – was hat er im Anschluss wohl gemacht? Er sagte, dass er seinen Vater finden wollte, aber nicht viel mehr als das. Ich hatte keine Ahnung, wie es ihm ging – er könnte genauso gut tot sein.

Ich blinzle und schüttle den Kopf, denn mir wird klar, in welche Richtung meine Gedanken gehen. Dabei stehe ich doch immer noch unter der Dusche – mein Zeitgefühl habe ich jedoch komplett verloren. Wie lange bin ich schon hier? Ich betaste meine Fingerspitzen und stelle fest, dass sie schon ganz schön eingeschrumpelt sind. Genug bescheuerte Gedanken!

Ein paar Minuten später habe ich mich fertig abgeduscht, steige aus der Wanne und trockne mich ab. Meine Haare sind zwar noch nass, doch da ich sie jetzt kurz trage, trocknen sie schnell. Ich wickle mich in ein Handtuch, gehe in die Küche und schnappe mir eine Flasche Wasser aus dem Kühlschrank. Als ich die Kappe abgeschraubt habe und die Flasche gerade zum Mund führe, klopft es an der Tür: »Polizei, aufmachen!«

Ich werfe einen Blick auf die beiden Pistolen und das Messer, die direkt neben Eriks Geschenken auf dem Küchentisch liegen. Mit einer schnellen Handbewegung befördere ich die Waffen in eine Schublade, bevor ich zur Tür gehe.

Ein kurzer Blick durch den Türspion bestätigt mir, dass es wieder Erik mit seinem typischen Scherz ist. Er ist gerade schon am Gehen, wahrscheinlich hat er sich zusammengereimt, dass ich entweder schlafe oder sauer auf ihn bin.

Ich öffne die Tür.

Er hält inne und blickt über die Schulter. »Oh, hallo.«

Seine Worte klingen total unschuldig, als wäre es vollkommen normal, um drei Uhr nachts bei seinen Nachbarn zu klopfen.

»Schläfst du eigentlich nie?«, frage ich. Er dreht sich zu mir um und zuckt mit den Schultern. »Ich habe noch gelesen. Ich glaubte, gehört zu haben, dass du nach Hause gekommen bist und wollte fragen, wie es dir geht.«

Ich starre vorwurfsvoll auf seine leeren Hände. »Was, ohne Bier?«

Er lächelt mich verlegen an, dann hebt er die Augenbrauen. »Ich dachte mir, du hast wahrscheinlich sowieso keine Lust auf einen Drink. Warum bist du eigentlich so spät unterwegs? Ich habe vorhin bei Reggies vorbeigeschaut, da haben sie mir gesagt, du hättest dich krankgemeldet.«

»Überwachst du mich etwa?«

Wieder ein Schulterzucken.

»Ich bin nur ein besorgter Nachbar, mehr nicht.«
»Vielleicht hatte ich ein Date?«
»Oh, wie schön.«
»Erik.«
»Ja?«
»Ich muss dir etwas gestehen.«
»Okay.«

Ich mache eine lockende Geste mit meinem Finger und er tritt auf mich zu. Ich werfe einen Blick den leeren Gang hinunter, als würde ich erwarten, dass uns eine ganze Menschenansammlung beobachtet. Dann senke ich die Stimme. »Mein Problem von letzter Nacht? Es existiert nicht mehr.«

»Oh, okay ... das ist doch gut, oder?«

»Zu schade, dass du keine Bierchen mitgebracht hast.«

Seine Augen leuchten auf.

»Ich bin gleich wieder da!«

Doch bevor er gehen kann, hake ich einen Finger in seinen Gürtel und ziehe ihn in meine Wohnung. Ich strecke ihm den Kopf entgegen, um ihn zu küssen, und gurre: »Lass uns das Biertrinken überspringen!«

Erik leistet keinen Widerstand. Er steigt in das Spiel ein und küsst mich. Seine Hände erfühlen mich durch das Handtuch. Ich springe auf ihn zu und schlinge meine Beine um ihn, während er ein paar weitere Schritte in meine Wohnung macht und nebenbei die Tür zuschlägt.

17

Wieder verirrt sich ein wenig Licht von der Straßenlaterne durch den Vorhang. Es ist nicht viel, doch es reicht, dass die Augen nach ein wenig Eingewöhnen das Schlafzimmer erkennen können.

Wir liegen in meinem Bett, Erik und ich, und ich starre an die Decke. Wir sind beide durchgeschwitzt und erschöpft. Als wir bei der Sache waren – unsere Hände und Lippen die bekannten Sphären unserer Körper erforscht haben, als ich Eriks Bizeps umklammert habe, während er in mich eindrang – waren wir wie aus der Zeit gefallen. Ein vertrauter Rhythmus hatte sich eingependelt, denn wir wussten beide schon, was dem anderen gefiel. Doch es war das erste Mal, dass wir dabei in meiner Wohnung waren. Das erste Mal, dass Erik sieht, wie ich lebe. Jetzt hängt eine etwas peinliche Stimmung in der Luft, da er ohne Frage gern wüste, warum ich so karg eingerichtet bin – warum ich nicht mal einen Fernseher habe. Ich wohne jetzt fast ein Jahr gegenüber von ihm auf dem Flur, und es sieht so aus, als wäre ich gerade erst eingezogen. Oder, als wäre ich im Begriff, wieder auszuziehen.

Doch Erik fragt nicht. Er liegt neben mir, atmet tief durch, und schiebt sich dann zur Seite, sodass seine Füße auf dem Teppich landen. Ich bewege mich nicht. Ich drehe nicht mal den Kopf. Aber ich beobachte ihn im Dunklen – wie die Muskeln an seinem breiten Rücken in Bewegung treten, als er anfängt, aufzustehen. Er denkt, dass er sich jetzt in seine Wohnung zurückziehen soll, denn das mache ich immer, sobald wir fertig sind. Ich habe nie mehr als ein paar Minuten länger dort verbracht. Am Anfang habe ich immer noch irgendwelche Entschuldigungen vorgebracht, warum ich wegmusste. Irgendwann hat er dann verstanden, dass ich lieber allein schlafe, und ich habe es einfach gar nicht mehr kommentiert. Bin einfach aus dem Bett gerutscht, habe mich angezogen und bin dann geräuschlos zur Tür geeilt, wo ich kurz durch den Spion die Lage checkte, um sicherzugehen, dass die Nachbarn nichts mitbekamen, bevor ich wieder in meine Wohnung flitzte.

»Du brauchst nicht zu gehen.«

Seine Schultern zucken. Es ist offensichtlich, dass er nicht erwartet hat, dass ich etwas sage.

»Ich muss morgen arbeiten.«

Er sagt es, ohne mich anzuschauen, und fängt an, seine Boxershorts anzuziehen.

»Um wie viel Uhr?«

Er hält inne und dreht seinen Kopf leicht zur Seite, wodurch ich sein Profil in der Dunkelheit ausmachen kann.

»12 Uhr mittags.«

»Und wie spät ist es jetzt?«

Erik schnappt sich seine Uhr vom Nachttisch. »Fast halb vier.«

»Gut. Dann musst du dich ja nicht hetzen.« Ich halte kurz inne und beobachte ihn. »Aber wenn du gehen musst, dann geh.«

Er setzt sich wieder hin, und die alten Federn meines Bettes quietschen wie immer leise zum Protest. Erik dreht sich zu mir ein, schiebt sein linkes Bein aufs Bett und lässt seine Finger dann meinen Arm entlanglaufen. Obwohl es so dunkel ist, traut er sich anscheinend nicht einmal, mir in die Augen zu schauen. Stattdessen starrt er auf meinen Arm.

»Ich mag dich sehr gern.«

»Ich mag dich.«

Er streichelt weiter meinen Arm, ohne mich anzusehen.

»Nein, ich meine, ich mag dich *wirklich* gern. Ich denke die ganze Zeit an dich. Wenn du nicht da bist, dann …«

Seine Worte kommen ins Stocken, er schüttelt den Kopf. »Ach, egal.«

»Ich weiß«, sage ich.

Er schaut mich zum ersten Mal in den letzten Minuten an. »Wirklich?«

»Ja.«

Niemand fügt etwas hinzu, das die Unterhaltung am Laufen halten könnte. Wir starren uns einfach nur im Dunklen an, bis Erik seinen Finger wegzieht und tief durchatmet.

»Ich weiß nicht, wie lange ich noch so weitermachen kann.«

»Das verstehe ich. Dann lass uns doch mal einen Kaffee trinken gehen.«

»Ich meine es ernst.«

»Ich auch.«

Er schaut mich fragend an und versucht, mein Gesicht in der Finsternis zu studieren.

»Mir ist neulich klar geworden, dass ich dich kaum kenne, obwohl wir eigentlich ziemlich oft Zeit auf diese Art miteinander verbringen.«

Ich würde ihm gern sagen, dass das auch gut so ist. Dass es umso besser ist, je weniger er über mich weiß. Er muss nichts über mein früheres Leben wissen. Und über mein momentanes Leben gibt es nicht viel zu wissen. Natürlich habe ich diese Hintergrundgeschichte, die Atticus für meine neue Identität vorbereitet hat, aber darüber denke ich schon lange nicht mehr nach. Irgendwann habe ich mir gesagt, dass es eigentlich keinen Grund gibt, darauf zuzugreifen. Denn ich hatte nicht vor, jemals wieder jemanden an mich heranzulassen.

Nachdem ein paar Sekunden des Schweigens vergangen sind, nicke ich, damit Erik weiß, dass ich ihn verstanden habe.

»Ich weiß. Ich weiß aber auch nicht viel über dich.«

»Um ehrlich zu sein, Jen, will ich mehr.«

»Ich auch.«

Zugegebenermaßen bin ich selbst überrascht über diese Worte, die da aus meinem Mund kommen.

»Wirklich?«, fragt er ebenso überrascht.

Ich strecke meine Hand aus und ergreife die seine, drücke sie leicht. Aber aus irgendeinem Grund kann ich noch nicht »ja« sagen. Noch nicht. Nicht, bevor ich mir einen Reim auf die letzten vierundzwanzig Stunden gemacht habe. Über das berauschende Gefühl, wieder eine Pistole in der Hand zu halten und den Abzug zu betätigen. Es hat mir nie einen Kick gegeben, einen Menschen umzubringen – aber ich muss zugeben, dass es mir manchmal eine gewisse Befriedigung verschafft hat, Menschen, die ich für abgrundtief böse halte, beim Sterben zuzusehen. Oft habe ich mich gefragt, zu was für einem Menschen mich das macht. Ein Teil von mir hat sich heute Nacht sehr lebendig angefühlt, doch ein anderer weiß genau, dass dieses Handeln ein einsames Leben zur Folge hat – und höchstwahrscheinlich auch einen einsamen Tod.

Erik schaut mich weiter an und wartet, dass ich etwas sage. Ich lecke mir über die Lippen, versuche, zu antworten, doch ich kann es nicht. Ich räuspere mich und versuche es noch mal.

»Sage mir etwas über dich, was niemand anderes weiß.«

Diese Bitte trifft ihn unvorbereitet. Seine Mundwinkel wandern nach unten. »Da fällt mir jetzt auf die Schnelle nichts ein.«

»Bist du in Alden aufgewachsen?«

»Nein.«

»Dann sag mir etwas darüber, wo du herkommst. Erzähle mir von deiner Kindheit.«

Erik starrt mich einen Moment an – offensichtlich fragt er sich, ob ich es ernst meine. Dann atmet er tief durch, starrt auf den schwachen Lichtschein, der hinter den Vorhängen vorbei an die Wand und auf den Boden fällt und erzählt mir von seiner Kindheit. Darüber, dass er seine Mutter nie kennengelernt hat. Wie seine Oma ihn aufgezogen hat. Wie seine Oma dann kurz vor seinem sechsten Geburtstag an einem Schlaganfall gestorben ist. Wie er dann in ein Pflegeheim kam und von einer Familie zur anderen gereicht wurde, ohne jemals wirklich Anschluss zu finden. Wie er dann immer aggressiver zu seinen Altersgenossen wurde, wie er angefangen hat zu klauen, was sehr schnell eskalierte. Wie er dann als Dreizehnjähriger mit einem gestohlenen Auto auf eine Spritztour gegangen ist und dann im Jugendknast landete, wo er ein Jahr absitzen musste. Wie er dann nach Norden geschickt wurde, zu einer Frau namens Ruby, die sich um Kinder wie ihn kümmerte. Kinder, die keine Familie hatten. Es gab viele andere Kinder in Rubys Haus – ein paar ältere Jungs, die ebenfalls auf die schiefe Bahn geraten waren. Am Anfang legte Erik sich mit Ruby an, genau wie er es mit jedem anderen Erwachsenen getan hatte. Doch Ruby hatte Geduld, vielleicht sogar etwas zu viel Geduld, und diese Geduld hat ihn kleingekriegt.

Ruby war gutmütig, aber auch streng. Stets sagte sie Erik und den anderen Jungs in ihrem Haus, dass sie sich an ihre Regeln halten mussten, ohne Wenn und Aber. Natürlich probierten Erik und die anderen ihre Grenzen aus, aber Ruby machte ihnen klar, dass sich jeder von ihnen nur drei Verwarnungen abholen durfte – dann würden sie rausgeschmissen werden. Und sie sollten doch bitte daran denken, wie gut sie es bei ihr hatten.

Das Wichtigste aber war, dass sie Ruby nicht egal waren. Sie interessierte sich für ihre Jungs und kümmerte sich um sie, und das war etwas, das Erik nicht mehr gekannt hatte, seit seine Oma gestorben war. Natürlich waren auch den Mitarbeiterinnen in den Heimen die Kinder nicht egal, den Gasteltern auch nicht, doch er hatte nie das Gefühl, irgendjemandem *wirklich* etwas zu bedeuten. Erst in Rubys Haus lernte er, was Respekt war. Das motivierte ihn, besser in der Schule zu werden, auf sich achtzugeben, und direkt nach seinem Schulabschluss heuerte er bei den Marines an. Und die schafften es, die Geister seiner Vergangenheit auszutreiben. Er verbrachte einige Jahre dort, bis er ein Mädchen kennenlernte, das er heiraten wollte. Doch die Sache ging schief und Ruby – zu der er all diese Jahre Kontakt gehalten hatte – ermutigte ihn, sein Leben in die eigene Hand zu nehmen.

»Am Ende gab es nicht viel zu tun. Ich wollte einfach nur … verschwinden. Also habe ich mir ein paar Jobangebote angeschaut, und Deputy in Colton County zu werden, war eines davon. Ein paar Jungs, die ich kannte, haben dann rumgewitzelt, dass es keine besonders gute Idee wäre, als Schwarzer nach Texas zu gehen. Aber was soll ich sagen, das Büro des Sheriffs hat sofort angerufen und mir den Job angeboten, von daher …«

Er zuckt mit den Schultern und schaut mich zum ersten Mal an, seit er angefangen hat, die Geschichte zu erzählen.

»Deswegen bin ich hier.«

Ich lehne mich zu ihm und drücke seine Hand. »Danke.«

»Wofür?«

»Dass du mir das erzählt hast.«

Er zuckt mit den Schultern und lächelt. »Jetzt bist du dran.«

Ich lächle zurück.

»Nicht heute – ein anderes Mal. Zum Beispiel, wenn du mich wie besprochen auf eine Tasse Kaffee einlädst.«

»Moment mal« – sein Gesicht wird auf einmal todernst – »Ich dachte, du bezahlst den Kaffee!«

Erst lächle ich, dann lache ich, und es fühlt sich wirklich gut an. Ich weiß nicht, wann ich das letzte Mal so natürlich, so ehrlich gelacht habe.

Ich drücke Eriks Hand noch einmal und ziehe ihn zu mir. Er ist natürlich viel stärker als ich, doch er spielt mit und fällt auf seine Seite. Nun liegt sein Kopf wieder auf dem Kissen und er starrt mich an.

»Bleib hier«, flüstere ich.

Er schaut mich für einen Moment an, dann küsst er mich. Es ist kein besonders langer Kuss, auch kein besonders kurzer Kuss, doch es ist ein Kuss, von dem ich ganz genau weiß, dass ich ihn nie vergessen werde. Danach sagt er nichts mehr, und ich tue es auch nicht. Er liegt einfach nur da, ich auch, und zum ersten Mal seit langer Zeit denke ich nicht an mein früheres Leben, an die Menschen, die ich ermordet habe, nicht einmal an die beiden Kerle, die ich heute Nacht umgebracht habe. Alles, woran ich denke, ist Erik, und dass ich mit ihm allein in diesem Bett liege. Das verschafft mir ein Gefühl, dass ich schon lange nicht mehr gespürt habe.

Sicherheit.

18

Das Licht, das durch den Vorhang kommt, hat sich verändert. Es drängt jetzt förmlich herein, denn die Sonne ist vor etwa einer Stunde aufgegangen.

Ich habe gerade die Augen aufgemacht und festgestellt, dass Erik noch neben mir im Bett liegt. Nur bin ich nicht sicher, ob ich überrascht darüber sein sollte. Jedenfalls kann ich mich nicht erinnern, wann ich zum letzten Mal mit Gesellschaft aufgewacht bin.

Erik schläft noch. Er liegt auf der Seite, in meine Richtung gedreht und schnarcht leise. Ein Teil von mir möchte sich zu ihm lehnen und ihn mit einem Kuss wecken, doch ein anderer Teil möchte ihn schlafen lassen. Er muss schließlich noch arbeiten und braucht so viel Schlaf wie möglich. Ich werde wahrscheinlich auch zur Arbeit gehen, aber erst am späten Nachmittag. Auf jeden Fall muss ich Reggie anrufen und ihm sagen, dass ich wieder fit bin. Hoffentlich ist er nicht so wütend, dass er mich feuert.

Ich gleite aus dem Bett, komplett nackt. Kein Wunder, da ich letzte Nacht nur mit einem Handtuch bekleidet an die Tür gegangen bin. Allerdings ist die Realität nicht ganz so sexy, wie es sich anhört. Wenn ich gewusst hätte, wo die Nacht hinführt, hätte ich wahrscheinlich ein wenig länger im Bad verbracht und mir die Beine rasiert.

Während ich mich anziehe, wacht Erik gähnend auf.

»Wie spät ist es?«

Nachdem ich mir ein T-Shirt über den Kopf gezogen habe, werfe ich einen Blick auf seine Uhr, die auf dem Nachttisch liegt.

»Fast acht.«

Sein Kopf ruht immer noch auf dem Kissen, als er die Augen zusammenkneift und in meine Richtung schaut. »Hast du Kaffee?«

Leider nicht. Ich besitze nicht mal Kaffeefilter, und ich fürchte, das lässt mich sehr verdächtig wirken. Normale Erwachsene haben irgendeine Möglichkeit, Kaffee zu machen, oder? Deswegen zucke ich mit den Schultern.

»Kann sein, ich schaue mal nach!«

Gähnend murmelt er irgendwas von weiteren fünf Minuten, dann dreht er mir den Rücken zu. Ich nutze die Chance und eile in die Küche. Natürlich mache ich mir gar nicht die Mühe, nachzuschauen – ich habe so gut wie gar keine Nahrungsmittel im Haus und weiß nicht, wie ich das erklären soll.

Wahrscheinlich war es ein Fehler, ihn in meine Wohnung zu lassen. Statt ihn am Gürtel hier reinzuziehen, hätte ich die Hand auf seine Brust legen und ihn in Richtung seiner Wohnung schieben sollen. Gestern Nacht hat er noch keine Fragen gestellt, aber das wird kommen. Erst recht, falls unsere Beziehung ernster wird. Wenn wir uns wirklich zum Kaffeetrinken verabreden, zum Beispiel. Letzte Nacht war ich noch vollkommen sicher, dass es das ist, was ich möchte – eine echte Beziehung, jemanden, der mir etwas bedeutet und um den ich mich kümmern kann – aber jetzt bin ich mir nicht mehr so sicher. Denn ich werde niemals komplett ehrlich zu ihm sein können. Ich werde immer Geheimnisse wahren müssen. Doch ohne Ehrlichkeit kann man keine belastbare Beziehung führen, oder? Ich bin ziemlich sicher, dass ich das mal in einer Kummerkasten-Kolumne gelesen habe.

Die Stille in der Küche ist auffälliger als sonst. Normalerweise höre ich beim Nachbarn den Fernseher laufen. Doch an diesem Morgen ist er aus, und das macht es hier merkwürdig ruhig. In weiter Ferne höre ich, wie ein paar Autotüren zugeschlagen werden, sonst nichts.

Ich gehe zum Fenster und spähe durch einen Spalt im Vorhang. Sofort fallen mir die roten und blauen Lichter ins Auge. Einen Sekundenbruchteil später nehme ich die drei Polizeiwagen wahr, die auf der Straße stehen, dann Männer in schusssicheren Westen, die ausströmen und ihre festgelegten Positionen einnehmen. Neben einem der Wagen steht, von einer Handvoll Cops umringt, Sheriff Gilbert. Ein Mann, den ich noch nie getroffen habe, den ich aber aus Bildern der örtlichen Zeitung kenne. Er deutet auf den Wohnblock – um genauer zu sein, direkt auf mein Fenster.

Ich schrecke einen Schritt zurück und halte plötzlich den Atem an. Haben die mich gesehen? Ich glaube nicht. Und wenn doch; es spielt sowieso keine Rolle. Viel wichtiger ist, dass ich kaum Zeit habe.

Ich schließe die Augen und lausche in die Stille. Ich höre die Schritte auf dem Gehweg. Die Männer versuchen, so leise wie möglich zu sein, doch meine Ohren sind auf bestimmte Geräusche trainiert – wie zum Beispiel, dass jemand seine Pistole entsichert. In wenigen Augenblicken werden sie die Eingangstür durchqueren, dann die Treppe heraufkommen.

Es gibt nur einen Weg hinaus aus dem ersten Stock, wenn man die Fenster nicht mitzählt. Und das Treppenhaus wird streng bewacht sein. In weniger als einer Minute sind die Männer hier oben.

Wie dumm. Dumm, dumm, dumm. Wie konnte ich nur so dumm sein? Als ich die Wohnung angemietet habe, dachte ich offensichtlich nicht daran, dass ich jemals von hier fliehen müsse. Aber jetzt ist es soweit.

Ich eile in die Küche. Reiße die Schublade mit den Pistolen und dem Messer auf. Dann schiebe ich die Tabletten und das Klopapier vom Tisch und lege die Waffen an ihre Stelle. Ich nehme die Magazine aus beiden Waffen, positioniere sie gut sichtbar auf dem Tisch und ziehe die Schlitten zurück, um die beiden letzten Kugeln aus den Läufen zu entfernen. All das schiebe ich auf dem Tisch zusammen, direkt neben dem Messer.

Dann halte ich einen Moment inne und lausche. Hat da eine Diele im Flur geknarrt? Wahrscheinlich habe ich nur noch dreißig Sekunden.

Ich eile ins Schlafzimmer und sehe, dass Erik immer noch auf der Seite liegt, Richtung Fenster gedreht.

»Steh auf!«

Er grunzt und murmelt wieder etwas von fünf Minuten.

Ich reiße die Schranktür auf und greife ganz nach oben, schiebe die Kissen beiseite und ziehe die Mossberg hervor. Obwohl sie nicht geladen ist – die Packung mit Patronen ist noch oben im Schrank – lade ich sie einmal durch und richte sie auf Erik. Als ehemaliger Marine und als Polizist erkennt er natürlich das Geräusch einer Schrotflinte, die schussbereit gemacht wird, sofort. Wie elektrisiert springt er auf.

»Was zur Hölle?«

Ich richte die Waffe weiter auf ihn. »Komm mit ins Wohnzimmer! Sofort!«

Er steht in seinen Boxershorts da und starrt mich fassungslos an. Dann fangen seine Augen an, den Raum nach etwas abzusuchen, mit dem er sich verteidigen kann.

Die Männer, die die Treppe heraufkommen, kann ich nicht hören, aber ich kann sie mir vorstellen. Die Griffe ihrer Schusswaffen fest umklammert, werden sie ihrem Anführer direkt zu meiner Wohnungstür folgen. Sie werden jede Sekunde hier sein. Und ich gehe nicht davon aus, dass sie höflich anklopfen werden.

»Hör auf, Zeit zu schinden! Beweg dich!«

Ich trete einen Schritt zurück, um ihm Platz zu machen. Er zögert noch einen Moment, dann leistet er meinen Worten Folge. Er geht an mir vorbei, raus aus dem Schlafzimmer und hinein ins Wohnzimmer. Als er die Waffen sieht, die auf dem Küchentisch verteilt sind, hält er inne.

»Was hast du vor, verdammt noch mal?«

»Ich versuche, dich am Leben zu erhalten! Runter auf die Knie, und dann die Hände hinter dem Kopf verschränken!«

Er dreht den Kopf zur Seite und starrt mich finster an. »Fick dich!«

Ich trete einen Schritt nach vorn und recke ihm die Schrotflinte entgegen. »Jetzt sofort!«

Ich mache mir Sorgen, dass er es nicht tun wird. Dass er einen Hechtsprung nach dem Messer auf dem Tisch machen wird. Oder nach einer der Pistolen, allerdings kann er sehen, dass sie nicht geladen sind. Außerdem mache ich mir Sorgen, dass er etwas Dummes tun wird, wenn die Polizisten die Tür eintreten, und er dann deswegen erschossen wird. Von daher halte ich es für das Beste, wenn die Männer uns sofort sehen, wenn sie die Wohnung betreten. Wenn wir im Schlafzimmer bleiben würden, könnten sie denken, dass wir uns dort mit massenhaft Waffen verschanzt haben.

Endlich gehorcht Erik, lässt sich auf die Knie hinunter, hebt dann die Hände und verschränkt sie hinter dem Kopf.

Im Flur höre ich jetzt eindeutig Schritte. Wir haben vielleicht noch zehn Sekunden. Ich senke die Mossberg und gehe auf die andere Seite des Wohnzimmers, direkt vor die Couch. Dort lasse ich mich auf die Knie sinken und verschränke auch meine Finger am Hinterkopf. Erik starrt mich fassungslos an. »Es tut mir leid«, flüstere ich.

Eine Sekunde später wird die Tür aufgetreten.

19

Das Colton County Sheriff's Department befindet sich etwa fünfundvierzig Minuten südlich von Alden. Dort bringen sie mich hin, aber sie werfen mich nicht in eine der Zellen. Stattdessen werde ich direkt in den Verhörraum gebracht. Ein hell erleuchtetes Zimmer mit einem Metalltisch, zwei metallenen Stühlen und einer Sicherheitskamera, die sich ganz oben in einer Ecke des Raumes befindet. Mit Handschellen werde ich an eine im Tisch befindliche Halterung gekettet, dann lässt man mich erst mal für eine Stunde oder zwei allein, bis sich die Tür wieder öffnet und Sheriff Gilbert eintritt.

Er sagt nichts, als er die Tür schließt. Räuspert sich nicht einmal, als er einen Blick auf die Kamera wirft. Stattdessen tritt er einfach an den Tisch, zieht den anderen Stuhl hervor und setzt sich. Er hat einige Unterlagen in der Hand – Papiere, Fotografien – und legt sie auf die Tischplatte.

Ich trage Turnschuhe, aber keine Socken. Irgendwie muss ein Kieselstein in den rechten Schuh gelangt sein, denn der nervt mich schon die ganze Zeit. Doch ich kann nichts dagegen tun. Immerhin durfte ich die Jogginghose und das T-Shirt anbehalten, nachdem sie mich durchsucht und mich anschließend aus dem Gebäude geleitet hatten.

»Wer bist du?«, fragt Sheriff Gilbert.

Er ist ein älterer Herr in den späten Fünfzigern, seine weißen Haare sind zu einem akkuraten Bürstenschnitt geschoren, die

Haut ist sonnengegerbt und ledrig. Doch seine Augen haben etwas Freundliches, und das könnte der Grund sein, warum er als Sheriff stets wiedergewählt wird.

Als ich nicht antworte, verlagert er sein Gewicht im Stuhl und räuspert sich. »Wir wissen, dass Jen Young nicht dein echter Name ist. Oder sagen wir mal, wir sind uns ziemlich sicher. Deine Papiere sehen echt aus, und es gibt auch Einträge im System, aber meine Leute haben genauer nachgeforscht. Heutzutage kommt man nicht einfach so aus dem Nichts. Jeder hinterlässt einen Fußabdruck im Internet.«

Atticus hat mir diese Identität besorgt. Er hat jede Menge Ressourcen zur Verfügung, und ich bin sicher, dass der Ausweis technisch gut gemacht ist – doch wenn man lange genug sucht, findet man immer einen Fehler.

Der Sheriff räuspert sich erneut.

»Du hattest eine Mossberg-590A1-Schrotflinte in deinem Besitz, dazu eine SIG Sauer P320 Nitron Compact und eine SIG TACOPS 1911, ganz zu schweigen von einem taktischen Messer von SOG. Ich schätze unser Grundrecht, Waffen zu besitzen, ja wirklich sehr, aber für ein junges Mädchen in deinem Alter scheint mir das doch ein wenig excessiv.«

Ich bezweifle, dass er dasselbe über einen *jungen Mann* in meinem Alter sagen würde, aber ich gehe nicht auf den Köder ein.

Sheriff Gilbert verlagert wieder sein Gewicht und atmet tief durch.

»Außerdem haben wir einen abgetrennten kleinen Finger in deinem Kühlschrank gefunden. Da deine Gliedmaßen alle intakt sind, muss ich fragen: Wem gehört dieser Finger?«

Ich schweige und die Augen meines Gegenübers verengen sich.

»Zu welchem Grad ist mein Hilfssheriff in die Vorgänge von letzter Nacht involviert?«

Scheiße. Die wollen Erik da mit reinziehen. Nicht, dass mich das überrascht, aber ich hatte gehofft, es würde ihm erspart bleiben. Trotz der Tatsache, dass er da war, als sie mein Appartement gestürmt haben – halb nackt, auf den Knien und mit den Händen hinter dem Kopf verschränkt.

Ich lasse mir nichts anmerken und schaue den Sheriff fest an, als ich die Gegenfrage stelle: »Was für Vorgänge von letzter Nacht?«

Die Freundlichkeit in seinen Augen verschwindet. »Du weißt ganz genau, was letzte Nacht passiert ist. Zwei Bundesagenten wurden ermordet, und du bist die Mörderin!«

»Ich weiß nicht, wovon Sie reden.«

Sheriff Gilbert grunzt frustriert, als er die Mappe vor sich aufreißt. Jetzt sehe ich, dass es sich nicht um Papiere handelt, sondern nur um Fotos, die auf die Größe von Briefbögen aufgezogen wurden, sodass man jedes Detail erkennt. Es sind insgesamt drei, und er fächert sie vor mir auf, wie ein Croupier am Blackjack-Tisch. Mit dem Zeigefinger tippt er energisch auf das mittlere Foto.

»Das bist du, oder etwa nicht?«

Ich bin es, doch ich lasse ihm nicht die Befriedigung, es zuzugeben. Keine Antwort, keine Reaktion in meinen Augen. Trotzdem lächelt er und nickt, während er das Bild weiter anstarrt.

»Tja, wir haben den Fotobeweis, dass du diese Männer ermordet hast. Ich bin kein Anwalt, aber ich mache den Job lange genug, um zu wissen, dass du am Arsch bist.«

Das besagte Bild zeigt mich, wie ich auf der anderen Seite des Traktors stehe. Das heißt, die Kamera muss über dem Seiteneingang positioniert gewesen sein. Als das Licht anging, hatte ich zwar einen schnellen Kontrollblick durch den Raum geworfen, doch dieses Detail hatte ich offensichtlich übersehen. Vielleicht war die Kamera auch getarnt.

Die beiden anderen Bilder zeigen, wie ich über den ICE-Agenten stehe, Mulkey und Kyer. Auf beiden Bildern halte ich die 1911 in der Hand. Auf beiden Bildern sind die Männer tot.

Keines der Bilder zeigt Eleanora.

Der Sheriff lehnt sich zurück, verschränkt die Arme und atmet tief durch.

»Als Nächstes passiert Folgendes: Innerhalb der nächsten Stunde werden dich U.S. Marshals in Haft nehmen. Sie werden dich nach San Antonio bringen, wo du einem Haftrichter vorgeführt werden wirst.«

»Sheriff Gilbert.«

Irgendwie löse ich etwas in ihm aus, mit der lockeren Art, wie ich seinen Namen sage. Seine Mundwinkel wandern nach unten, aber er sagt nichts.

»Wer hat Ihnen diese Fotos zukommen lassen?«

Er antwortet nicht. Sitzt einfach nur da und mustert mich. Er ist ganz offensichtlich unsicher, wie er nun weitermachen soll.

Ich betrachte erneut das Bild in der Mitte, das ganz eindeutig mein Gesicht zeigt. Es ist fast schon zu perfekt. Es ist klar, dass mir eine Falle gestellt wurde – die Frage ist nur, von wem und warum.

»Wie viele von diesen Bildern haben Sie erhalten?«

Keine Antwort.

»Haben Sie die von dem Grundstückseigentümer bekommen, auf dessen Land diese Vorgänge angeblich stattgefunden haben?«

Keine Antwort.

»Ich bin sicher, dass sie bereits mit dem Eigentümer gesprochen haben. Meine Frage ist, hat er oder sie bestätigt, dort eine Überwachungskamera installiert zu haben?«

Sheriff Gilbert schweigt weiter. Er beobachtet mich aufmerksam, die Lippen zusammengekniffen.

»Behaupten wir mal, der Eigentümer hätte gar keine Überwachungskamera in dem Gebäude gehabt. Wie sind diese Aufnahmen dann entstanden, und warum?«

Die Güte in den Augen des Sheriffs ist längst verschwunden und plant anscheinend auch keine Rückkehr. Auch sein Kiefer ist mittlerweile verkrampft. Sein Stuhl quietscht, als er sich nach vorn lehnt, um die Fotos wieder zusammenzulegen.

»Wann kann ich den mir gesetzlich zustehenden Anruf machen?«

Die Härte in seinen Augen wird zu einem lodernden Feuer.

»Du hast zwei Bundesagenten getötet! Du kriegst keinen gottverdammten Anruf!«

Ich sollte es dabei belassen – ihn aus dem Zimmer stürmen lassen, damit er draußen tief durchatmen und sich abregen kann – doch das tue ich nicht.

»Verstehe ich das richtig – Sie respektieren unser zweites Grundrecht – Waffen zu tragen – aber nicht das sechste Grundrecht, das uns ein verzögerungsfreies Gerichtsverfahren mit einer fairen Jury garantiert? Ich …« Sheriff Gilbert knallt seine Faust auf den Tisch, sein Gesicht ist inzwischen knallrot. »Du hast kaltblütig zwei Bundesagenten ermordet!«

Ganz ruhig halte ich seinem lodernden Blick stand. »Mutmaßlich«, füge ich eiskalt hinzu. Sein Gesicht wird noch röter, die Zähne mahlen aufeinander. Es sieht so aus, als würde er gleich explodieren, doch da klopft es an der Tür. Plötzlich ist es so, als hätte jemand den Sheriff mit einer Nadel angestochen. Wie ein Luftballon sinkt er in sich zusammen. Einen letzten bösen Blick wirft er mir noch zu, dann schnappt er sich den Umschlag und springt auf. Er reißt die Tür beinahe aus den Angeln, dann schlägt er sie mit aller Wucht zu. Draußen ein kurzer Moment der Stille, bevor er »Was?« schreit. Es folgt ein Wortwechsel, den ich nicht ausmachen kann. Dann öffnet er die Tür wieder, doch diesmal kommt er nicht an den Tisch, sondern bleibt im Türrahmen stehen.

»Dein Anwalt ist hier.«

Seine Worte triefen nur so vor Verachtung. Ich lasse mir keinerlei Reaktion anmerken – kein Lächeln, kein Schmollen – denn ich will ihn nicht noch mehr provozieren. Und abgesehen davon ... was für ein Anwalt? Natürlich steht mir per Gesetz einer zu, so haben es die Gründerväter in unserer Verfassung festgelegt. Nur habe ich keinen Anwalt, ich kenne nicht mal einen. Ich wollte nur meinen Anruf tätigen, damit ich Atticus informieren kann. Natürlich hätte ich ihn nicht sprechen können, zumindest nicht sofort. Denn die einzige Nummer, die ich von ihm habe, führt zum Anrufbeantworter von einem Reinigungsservice, den es in Wahrheit gar nicht gibt. Dort soll ich eine Nachricht hinterlassen, wenn ich ein Problem habe – und dies scheint wohl einer dieser Fälle zu sein. Ich bin zwar nicht sicher, was er für mich tun könnte – die Fotos, die Sheriff Gilbert mir gezeigt hat, sind jedenfalls sehr eindeutig – aber zumindest ist Atticus jemand, an den ich mich wenden kann. Denn ... na ja, ich habe nun mal niemanden außer ihm.

Der Sheriff knallt die Tür zu. Für eine Minute herrscht absolute Stille, dann öffnet sich die Tür wieder. Und auch diesmal reagiere ich nicht, als jemand den Raum betritt. Sie trägt einen schwarzen Business-Anzug. Halbhohe Absätze. Eine dick gerahmte, rechteckige Brille. Ihre Haare sind jedoch nicht mehr gelockt wie gestern, sondern glatt und lang.

Sobald die Tür geschlossen ist, geht sie direkt zu der Kamera in der Ecke, ihre Aktentasche in einer Hand, stellt sich auf die Zehenspitzen und zieht das Stromkabel heraus. Dann wendet sich Leila Simmons mir zu, ein Lächeln auf den Lippen.

»Hallo, Holly.«

20

Sie bewegt sich langsam, lässt sich mit allem Zeit, doch niemals wendet sie den Blick von mir ab. Erst platziert sie ihre Aktentasche auf dem Tisch, dann zieht sie sich den Stuhl heran und setzt sich.

»Hat es dir die Sprache verschlagen?«

Als ich nicht antworte, verzieht sie nachdenklich das Gesicht. »Schon ein seltsamer Ausdruck, oder? Verschlagen? Warum ausgerechnet schlagen? Den Atem verschlagen, den Appetit verschlagen … keine Ahnung, warum man dieses Wort benutzt. Vielleicht, weil der Sinneseindruck in dem Moment so heftig ist, dass es wie ein Angriff wirkt?«

Ich sage nichts zu ihren Ausführungen.

»Ernsthaft, Holly. Sag etwas. Du machst mich nervös.«

Ich starre sie einfach nur weiter an und frage mich, wie ich so unvorsichtig sein konnte. Dabei dachte ich, genug Nachforschungen über sie angestellt zu haben – offensichtlich war das ein Fehler.

»Falls du dich das fragst, mein Name ist nicht wirklich Leila Simmons. Aber du kannst den Vornamen Leila gern weiter benutzen. Nebenbei bemerkt, Eleanora geht es gut. Das ist wirklich ihr richtiger Name. Genauso wie Juana der richtige Name des Mädchens war, das diese beiden Agenten umgebracht haben.«

Sie hält inne und schüttelt mit einem leisen Seufzen den Kopf.

»Es ist wirklich ein Jammer, dass das passieren musste. Aber sie wusste, auf was sie sich einließ. Alle Mädchen, die wir aufnehmen, wissen das. Sie sind verzweifelt, das ist dir sicher klar. Um ihre Kinder zu retten, würden sie alles tun. Alles, nur um ihnen ein besseres Leben zu ermöglichen, als sie es selbst hatten.«

Eine weitere Pause entsteht, in der ihr angedeutetes Lächeln erkaltet.

»Natürlich werden sie am Ende immer verarscht. Doch die Schuld daran hat die aktuelle Marktsituation. Die Kinder sind einfach viel mehr wert als die Mädchen. Bis sie bei uns ankommen, sind sie meistens schon ziemlich lädiert. Sie sind einfach nicht mehr so *unberührt,* wie unsere Käufer das gern hätten.«

Okay, ich habe genug von dieser Scheiße gehört. Zeit, das Wort zu ergreifen: »Gib mir einen Grund, warum ich nicht den Sheriff rufen und dich verhaften lassen sollte.«

Die Frau lächelt wieder, drückt die Verschlüsse an ihrer Aktentasche zusammen und öffnet sie. Dann hebt sie den Deckel nach oben und zieht ein paar Fotografien heraus. Sie sind groß, wenn auch nicht ganz so groß wie die von Sheriff Gilbert, aber dafür sind sie in Farbe. Es sind ebenfalls drei Stück. Sie breitet sie vor mir aus, und was ich sehe, bringt mein Herz ins Stocken.

Leila tippt mit ihrem Fingernagel auf den Tisch, während sie weiterspricht: »Wir haben nicht viel Zeit, also komme ich zur Sache. Wir wissen, wer du bist. Wir wissen, dass du Holly Lin heißt. Dass du Geheimmissionen für die US-Regierung ausgeführt hast. Dass du die Tage damit verbracht hast, auf die Kinder von General Walter Hadden aufzupassen. Dass dein Vater ebenfalls in diesem Geheimprogramm tätig war, aber vor ein paar Jahren abtrünnig geworden ist.«

Sie tippt weiter mit dem Finger, es ist ein konstanter, durchgehender Rhythmus.

»Wissen deine Schwester und deine Mutter, was du wirklich getan hast? Oder was dein Vater gemacht hat? Fragen sie sich, warum du verschwunden bist, oder hast du es ihnen vorher gesagt?«

Das Foto in der Mitte zeigt meine Mutter. Es sieht aus, als wäre sie in einem Supermarkt. Sie schaut sich gerade ein Bündel Bananen an.

»Deine Neffen sind ja wirklich süß. Wie heißen sie? Wir wissen, dass der eine Matthew gerufen wird, aber der andere …?«

Sie lässt den Satz so stehen, als würde sie glauben, dass ich die Lücke für sie schließe, doch ich schweige weiter. Ich starre auf das linke Bild, das die beiden Jungs beim Spielen im Park zeigt. Doch ich werde ihr garantiert nicht sagen, dass mein anderer Neffe Max heißt.

Leila tippt weiter auf den Tisch. »Der Name deines Schwagers ist Ryan. Wir wissen, wo er arbeitet. Wir kennen einige seiner Mitarbeiter. Wir wissen, wo er in der Mittagspause am liebsten essen geht.«

Auf dem dritten Bild sind meine Schwester und ihr Mann, Ryan. Es ist aus einiger Entfernung aufgenommen. Alle Fotos sind aus der Ferne geschossen worden. Meine Familie – zu deren Schutz ich Washington verlassen habe – wird von diesen Leuten beobachtet. Oder wurde beobachtet. Je nachdem, wie alt diese Bilder sind.

Ich hebe meinen Blick, um sie anzuschauen, und ich brauche meine gesamte Willenskraft, um nicht über den Tisch zu hechten, um sie zu erwürgen. Natürlich kann ich das nicht tun, weil ich angekettet bin. Das weiß sie natürlich, und ihrem Blick nach zu urteilen, scheint es ihr unglaubliche Genugtuung zu bescheren.

Als ich das Wort ergreife, ist meine Stimme kaum mehr als ein Flüstern: »Was wollt ihr?«

Sie hebt einen Finger und bewegt ihn hin und her, wie ein Metronom. Dann greift sie wieder in die Brieftasche. Wieder holt sie ein Bild hervor, ebenfalls in Farbe. Und wieder stoppt mein Herz. Aber nicht vor Angst, sondern diesmal vor Überraschung.

Leila legt das Bild auf die anderen. »Kommt dir das bekannt vor?«

Das tut es. Natürlich tut es das. Es ist das Schlafzimmer eines Anwesens, das über dem Ort La Miserias thront. Es gehörte einem Mann namens Fernando Sanchez Morales. Seine Familie war der Kern des letzten Kartells, auf das es der Serienmörder Alejandro Cortez abgesehen hatte, um seine Familie zu rächen. Morales und seine Männer hatten La Miserias in jener Nacht überfallen, um die Dorfbewohner dafür zu bestrafen, dass sie sich gegen Morales aufgelehnt hatten. Morales' Frau und sein Sohn wurden zurückgelassen, bewacht nur von einer Handvoll Männer. Als Nova und ich dort ankamen, waren diese Männer bereits tot, und Morales' Frau und Kind kauerten in einer Ecke des Schlafzimmers, während Alejandro Cortez seine Waffe auf sie richtete.

Leila beobachtet mich, während ich das Foto anstarre.

»Morales wurde regelrecht paranoid davon, dass er in seiner Villa eingesperrt war. Er wollte dafür sorgen, dass seine Familie sicher ist, deswegen hat er Sicherheitskameras installieren lassen. Gleichzeitig wollte er aber auch nicht, dass seine Frau sich überwacht fühlt, deswegen waren es sehr kleine, gut versteckte Kameras.«

Dem muss ich zustimmen, denn ich kann mich nicht erinnern, irgendwelche Kameras gesehen zu haben. Allerdings war ich auch extrem darauf konzentriert, die Frau und das Kind zu retten. Dabei waren mir irgendwelche Kameras wirklich herzlich egal.

»Was hast du eigentlich mit seiner Leiche gemacht?«

Bei dieser Frage schaut sie mich aufmerksam an – zu erfahren, wo wir die Leiche des Mannes vergraben haben, den die Medien »El Diablo« nannten, scheint ihr wirklich am Herzen zu liegen.

Also schweige ich.

Leila zuckt mit den Schultern, sammelt die Fotos ein und legt sie wieder in den Aktenkoffer.

»Andererseits will ich es auch gar nicht wissen. Ich mag ungelöste Geheimnisse. Dadurch bleibt das Leben spannend.«

Sie lässt die Schlösser des Koffers zuschnappen.

»Dein Freund ist wirklich ein gutaussehender Mann. Aber schwer zu finden – wir haben es schon versucht, aber bisher ohne Erfolg. Anscheinend ist er besser darin, von der Bildfläche zu verschwinden. Du, auf der anderen Seite ... du hast es auch ganz gut gemacht, aber Social Media hat dich dann doch auffliegen lassen.«

Sie wartet einen Moment auf eine Reaktion, und als diese ausbleibt, lächelt sie wieder.

»Weißt du, die Leute, für die ich arbeite, haben wirklich erstklassige Verbindungen und außerdem eine Menge Geld. Genug Geld, um die sozialen Medien nach wirklich jedem zu durchsuchen. Mit Gesichtserkennungs-Software wurde das ganze Netz nach den biometrischen Daten deines Gesichtes, das wir von Morales' Kameras kennen, durchforstet. Es hat sieben Monate gedauert, bis wir einen Treffer gelandet haben – ein Instagram-Bild, das an deiner Arbeitsstätte aufgenommen wurde. Du warst nur im Hintergrund, aber es hat gereicht. Nachdem wir herausgefunden haben, wo sich die Bar genau befindet, haben wir ein paar Leute hingeschickt, die deine Identität bestätigt haben. Seitdem beobachten wir dich.«

»Und wie lange?«

Sie scheint überrascht, dass ich das frage. »Was meinst du?«

»Wie lange ihr mich schon beobachtet.«

»Etwa zwei Monate. Das sollte dich überraschen. Denn es ist ja nicht so, dass wir Leute in einem Lieferwagen vor deiner Wohnung sitzen hatten. Wir haben einfach ein Auge auf dich gehalten, bis die Zeit kam, wo wir deine Hilfe brauchten.«

»Ich werde euch nicht helfen.«

»Ach nein? Nun komm schon, Holly, denk doch mal an die Bilder, die wir von deiner Familie haben. Wir wissen, dass der Sohn von Ernesto Diaz sie bedroht hat. Deswegen hast du ihn getötet und bist nach Mexiko gefahren, um auch Ernesto selbst auszuschalten.«

Damit hat sie natürlich recht. Javier Diaz hat meine Familie bedroht, und deswegen habe ich ihn und seine Männer umgebracht. Ich wusste, dass sein Vater sich rächen würde, sobald er davon erfuhr. Also bin ich ihm zuvorgekommen und habe ihn ebenfalls erschossen. Und so bin ich in den Krieg zwischen Alejandro Cortez und Fernando Sanchez Morales geraten.

Leila lächelt wieder, sie ist offensichtlich mächtig stolz auf sich.

»Die einzelnen Punkte waren schon immer sichtbar, wir brauchten nur den Startpunkt, dann konnten wir sie miteinander verbinden. Glaube bloß nicht, dass Javier Diaz nicht nur seinen Vater davon in Kenntnis gesetzt hat, dass er dich erledigen wollte. Andere wussten das auch. Deswegen wissen wir schon die ganz Zeit über deine Familie Bescheid. Wir waren nur nicht sicher, was wir mit ihnen anstellen sollten. Aber wie gesagt, wir haben ein Auge auf dich gehalten, da wir wussten, dass du uns sehr nützlich sein könntest … und was diese beiden ICE-Agenten angeht, sagen wir mal, haben wir zwei Fliegen mit einer Klappe geschlagen.«

Plötzlich fängt sie an zu lachen – es ist ein leises Kichern. Dann schüttelt sie den Kopf. »Endlich passt dieser Spruch mal so richtig gut. Und dieser Gedanke, zwei Lebewesen mit einer Aktion auszulöschen, der hat etwas richtig schön Barbarisches, findest du nicht?«

Ich mache mir nicht die Mühe, zu antworten. Ich denke nur noch an die Fotos in ihrem Aktenkoffer. Leila scheint das zu ahnen und zieht ihn näher an sich heran. »Offenbar nimmst du das alles nicht wirklich ernst. Du willst wohl, dass deine Familie stirbt. Dann sei es so.«

Sie macht sich daran, aufzustehen und den Raum zu verlassen, doch ich sage ihr, dass sie warten soll. Also steht sie einfach da und schaut mich an.

»Was willst du?«

»Jetzt gerade im Moment? Will ich einfach nur, dass du weißt, dass wir Leute im Einsatz haben, die deine Familie beobachten. Die sind bereit, auf Kommando deine Mutter und Schwester umzubringen, sogar deine Neffen. Wenn du nicht möchtest, dass das passiert, solltest du ganz genau tun, was wir dir sagen.«

»Und was ist das?«

Das dumme, kleine Lächeln breitet sich wieder in ihrem Gesicht aus.

»Das sage ich dir, wenn es so weit ist. Für den Moment will ich nur sicherstellen, dass wir uns verstehen. Und ich weiß auch, was du denkst – dass die Polizei mich doch verhaften könnte, bevor ich die Wache verlassen habe. Die Fotos in meinem Aktenkoffer sprechen schließlich Bände. Aber davon kann ich dir nur abraten. Wenn ich nicht innerhalb der nächsten fünf Minuten hier raus bin, stirbt deine Familie. Und was deinen Telefonanruf angeht; ich habe denen schon gesagt, dass du keinen Anruf machen möchtest. Abgesehen davon werden auch die U.S. Marshals gleich hier sein. Sobald die dich in Gewahrsam genommen haben, ist dein Recht auf einen Anruf verwirkt.«

Ohne ein weiteres Wort geht sie zur Tür. Ich schaue ihr hinterher, will noch etwas sagen, am liebsten würde ich ihr den Tisch hinterherwerfen und ihr das Rückgrat zerschmettern, doch die Bilder meiner Mutter und Schwester tanzen immer noch vor meinem geistigen Auge. Solange sie in Gefahr sind, kann ich nichts gegen diese Frau unternehmen, und auch nicht gegen die Leute, mit denen sie zusammenarbeitet.

Leila klopft an die Tür, damit unser Aufpasser draußen Bescheid weiß, dass sie fertig ist. Sie wirft noch einen Blick auf die Kamera in der Ecke, von der sie das Kabel herausgezogen hat. Sie zuckt mit den Schultern. Ist nicht ihr Problem.

»Wir sehen uns bald, Holly.«

Die Tür wird mit einem Quietschen aufgezogen und sie tritt hinaus in den Flur.

21

Für eine gute Minute bewege ich keinen Muskel. Ich blinzle nicht. Ich atme nicht mal. Ich starre die Tür an – die Stelle, wo diese Frau stand, und reiße mich sehr zusammen, um nicht zu schreien.

Die Fotografien, die Leila mir gezeigt hat, haben sich in mein Hirn eingebrannt. Selbst mit offenen Augen kann ich sie immer noch sehen. Meine Mutter im Supermarkt. Meine Neffen, wie sie im Park spielen. Meine Schwester und ihr Mann, nebeneinanderstehend.

Alles, was ich getan habe, nachdem ich Javier Diaz umgebracht habe, diente dazu, sie zu schützen. Meine Fahrt nach Mexiko, um Javiers Vater auszuschalten, dann meine Rückkehr in die USA, in die Mitte des Nirgendwo, wo ich ein neues Leben angefangen habe. Vermisse ich meine Familie, obwohl sie mich oft an den Rand des Wahnsinns getrieben haben? Natürlich. Und es war meine Liebe für sie, die mir die Kraft gegeben hat, es durchzuhalten und nie Kontakt mit ihnen aufzunehmen.

Ich dachte, ich hätte die einzige Verbindung zwischen meiner Familie und der Welt der Killer durchtrennt. Aber offensichtlich habe ich mich geirrt.

Endlich schließe ich die Augen und hole laut Luft. Ich brauche schnell einen Plan. Irgendwie muss ich Atticus verständigen. Der wird schon wissen, was zu tun ist. Er wird meine Familie schützen können. Er ... Die Tür öffnet sich wieder. Ich erwarte eigentlich, dass Sheriff Gilbert hereinkommt, oder einer der U.S. Marshals, aber es ist jemand anderer. Erik Johnson trägt Jeans und ein graues T-Shirt. Er steht im Türrahmen. Lehnt sich leicht herein, um einen Blick auf die Kamera werfen zu können. Seine Augen weiten sich, als er merkt, dass sie ausgestöpselt ist. Dann richtet er seinen wütenden Blick auf mich.

»Du bist ekelhaft!«

Es ist eindeutig, dass er diesen Satz einstudiert hat. Ich wette, er ist ihm tausendmal durch den Kopf gerast. Er wird sich die ganze Situation vorgestellt haben, wie er mich anstarren würde, wie er dasteht, mit den Schultern nach hinten, dem Kinn nach oben. Er ist außer sich vor Zorn, weil er denkt, dass ich ihn die ganze Zeit angelogen habe. Natürlich stimmt das auf eine Art auch, aber aus völlig anderen Gründen, als er denkt. Für ihn würde das im Moment aber keinen Unterschied machen, selbst, wenn er es wüsste. Doch trotzdem sehe ich in ihm in diesem Augenblick die einzige Chance, meine Familie zu retten.

»Ich brauche deine Hilfe.«

Das überrascht ihn eindeutig, doch der Zorn in seinem Blick wird nicht weniger. »Warum zur Hölle sollte ich auch nur einen Finger für dich heben?«

»Es geht nicht um mich. Sondern um meine Familie. Sie sind in Gefahr.«

Das überrascht ihn noch mehr. Seine Mundwinkel wandern nach unten.

»Was für eine Familie?«

»Die lassen mich meinen Anruf nicht machen. Diese Frau – sie ist gar kein richtiger Anwalt, sie ist ...«

Tja, wer ist sie überhaupt? Das ist zu kompliziert, um es schnell zu erklären. Sie hat mich in die Falle gelockt, diese beiden Männer umzubringen, weil sie wusste, dass ich es tun würde. Sie wusste, dass ich ein Mensch bin, der den Mord an einer jungen Frau nicht ungesühnt lässt.

Erik tritt einen Schritt zurück und lehnt seinen Kopf nach hinten, um einen Blick den Flur hinunterzuwerfen. Dann starrt er mich wieder an.

»Ich sollte gar nicht hier sein. Sie haben mich suspendiert. Sie haben mich verhört. Gegen mich wird ermittelt. Als ob ich irgendeine Ahnung gehabt hätte, was für ein Monster du bist!«

Offenbar hat er die anderen Hilfssheriffs überredet, ihn hier reinzuschmuggeln, bevor die U.S. Marshals hier eintreffen. Damit er mich beschimpfen kann. Das kann ich ihm nicht mal übelnehmen, und wenn ich nicht gerade diesen Besuch von Leila Simmons gehabt hätte, würde ich ihm einfach zugestehen, dass er sich in Ruhe verbal auskotzt.

»Kannst du dir eine Nummer merken?« Er antwortet nicht.

Ich sage die Nummer auf, die Atticus mir vor einem Jahr gegeben hat – die ich anrufen soll, wenn ich Probleme habe oder ihn anderweitig erreichen muss. Anschließend wiederhole ich sie, noch einmal langsamer, damit sie ihren Weg in Eriks Kopf findet.

»Es wird niemand rangehen. Nur der Anrufbeantworter einer Firma namens Scout's Dry Cleaning. Hinterlasse eine Nachricht. Sage, dass Hollys Familie in Gefahr ist.«

Sein Gesichtsausdruck weicht Verwunderung. »Wer zur Hölle ist Holly?«

Bevor ich das beantworten kann, hallt ein Pfiff den Flur hinunter – das Signal von einem der Deputys, dass unsere Zeit abgelaufen ist.

Erik verschwendet keine Zeit. Er tritt zurück und schließt leise die Tür hinter sich. Ich sitze weiter da, an den Tisch gekettet, und starre in den leeren Raum. Es dauert eine

weitere Minute, bis Sheriff Gilbert den Kopf hereinsteckt. Sein Gesichtsausdruck ist ebenso ernst wie seine raue Stimme:
»Du wirst abgeholt.«

22

Die U.S. Marshals sind zu zweit gekommen. Keiner der Männer sagt etwas. Sie tasten mich kurz ab, einer von ihnen leistet auf einem Klemmbrett eine Unterschrift bezüglich meiner Übernahme, und dann führen sie mich durch den Flur zu einem Seiteneingang.

Draußen steht ein brandneuer Chevrolet Caprice, der in der Mittagssonne regelrecht funkelt. Ein Stück entfernt stehen ein paar Deputys herum, dazu einige Beamte der Bundespolizei und dahinter – jenseits einer Barrikade aus Polizeiwagen – steht der

Ü-Wagen eines örtlichen Fernsehsenders. Ein Kameramann hat sich bereits in Position gebracht, der Ansager steht vor ihm. Alle diese Menschen sehen zu, wie ich in den Caprice geladen werde, wobei meine Knöchel und Handgelenke aneinander gekettet sind.

Bald darauf steigen auch die Marshals in den Wagen und wir setzen uns in Bewegung. Der Kameramann verlagert sein Gewicht, als er hinter uns her schwenkt. Ich spüre seinen Blick aus dem Augenwinkel, doch ich starre stur geradeaus.

Der Motor des Wagens schnurrt, als wir die Straße hinunter beschleunigen und uns dem Highway nähern. Der Beamte auf dem Beifahrersitz tätigt ein kurzes Telefonat, um Bescheid zu sagen, dass wir unterwegs sind. Dann legt er sein Handy beiseite. Sie tragen beide Sonnenbrillen und ignorieren mich. Durch die dunklen Gläser kann ich nicht einmal sagen, ob der Fahrer mich im Rückspiegel beobachtet. Obwohl ich zwei Bundesagenten ermordet habe, ist es offensichtlich keine Sache, die nationale Berichterstattung rechtfertigt. Zumindest bis jetzt noch nicht. Demnach folgt uns kein Kamera-Hubschrauber, nicht mal der Ü-Wagen fährt hinter uns her. Um genau zu sein, folgt uns niemand. Nicht mal eine Polizeistreife. Schon bald rasen wir den leeren Highway hinunter Richtung Süden. Die Landschaft ist extrem flach, abgesehen von ein paar kleinen Hügeln in der Ferne.

Die Klimaanlage läuft, allerdings nur auf niedriger Stufe. Ein unangenehmes Schweigen erfüllt den Wagen, doch ich fühle mich nicht mal ansatzweise versucht, etwas zu sagen. Diesen Marshals muss ich meinen Fall nicht darlegen – sie sind nichts weiter als eine Eskorte. Früher oder später werde ich einem Richter vorgeführt werden, der mich auf Bundesebene anklagen wird. Und es gibt eine Menge äußerst belastender Beweise gegen mich – allen voran die Fotos, aber auch meine Waffen. Ich müsste schon großes Glück haben, um nicht zum Tode verurteilt zu werden.

Meine einzige Hoffnung ist, dass Erik seinen neugewonnenen Hass für mich beiseiteschieben kann und diesen Anruf tätigt. Denn es reicht, wenn Atticus hört, dass meine Familie bedroht wird – dann bin ich so gut wie gerettet. Doch ich habe immer gewusst, dass ein Tag wie heute kommen könnte. In all den Jahren, wo ich für die Regierung getötet hatte, wusste ich ganz genau, dass ich von einem Moment auf den anderen auf mich allein gestellt sein konnte. Dieses Risiko war mir bewusst, und es hat mich nicht gestört – und ebenso wenig stört es mich in diesem Moment, was ich getan habe. Diese Männer waren korrupt. Sie haben Juana getötet, und nur Gott weiß, was sie mit Eleanora gemacht hätten.

Der Marshal auf dem Beifahrersitz stellt an der Klimaanlage herum und öffnet dann sein Fenster ein wenig. Frische Luft pfeift durch den Spalt.

»Ich könnte eine Zigarette vertragen«, sagt er.

Der Fahrer verzieht keine Miene und gibt einen grunzenden Laut von sich. Vor uns ragt eine riesige Werbetafel in den Himmel, sie ist noch ein paar hundert Meter entfernt. Sie ist das Einzige, was weit und breit zu sehen ist, so ein Riesending, das bis zum Boden reicht. Und es ist nicht einmal eine Werbung drauf – nur der Hinweis, dass man diese Fläche mieten kann, dazu eine Telefonnummer.

Aus irgendeinem Grund starre ich weiter auf die Fläche und eine oder zwei Sekunden später wird mir klar, warum. Neben der Werbetafel bewegt sich etwas, offenbar steht dort jemand, und die Sonne hat genau den richtigen Winkel, dass ich ein charakteristisches Glänzen erhasche – der Kerl hat ein Zielfernrohr!

»Aufpassen!«, rufe ich.

Die Windschutzscheibe verwandelt sich in ein Spinnennetz aus Sicherheitsglas und der halbe Kopf des Fahrers verschwindet. Blut und Stückchen von Gehirnmasse sprenkeln den Innenraum des Wagens.

Der Beifahrer reagiert sofort, zieht seine Waffe und lehnt sich rüber, um das Lenkrad zu packen. In diesem Moment höre ich einen schweren Motor grollen und schaue in den Rückspiegel. Ein riesiger Pick-up ist direkt hinter uns. Ich erkenne zwei Männer auf den Vordersitzen, die Sturmhauben tragen.

Unser Verfolger wechselt auf die Gegenspur, beschleunigt und fährt uns dann seitlich ins Heck. Der Beamte versucht, den Wagen gerade zu halten, doch mit einer Hand geht das nicht. Er lässt die Waffe fallen, umklammert das Lenkrad, schiebt sich auf die Fahrerseite und drückt den Fuß aufs Gaspedal.

Die Werbetafel ist weniger als fünfzig Meter entfernt, wir nähern uns schnell. Der Scharfschütze macht einen Schritt auf uns zu und legt an. Der U.S. Marshal weiß, dass es kein Entkommen gibt, und fällt eine Entscheidung. Er reißt das Steuer nach rechts, sodass der Caprice vom Highway hinunterschießt und direkt in den Scharfschützen hineinkracht. Für einen Sekundenbruchteil nehme ich wahr, wie der Mann unter unserem Auto verschwindet. Ich drehe mich um und sehe, dass hinter der Werbetafel ein SUV geparkt ist, als wir daran vorbeirasen. Doch der Boden hier ist extrem uneben. Als der Marshal versucht, uns wieder auf die Straße zu dirigieren, verliert er die Kontrolle über den Wagen und der Caprice fängt an, sich zu drehen, wobei er eine riesige Staubwolke aufwirbelt.

Noch bevor das Auto zum Stillstand gekommen ist, hechte ich zu der Tür, die mir am nächsten ist, aber sie ist verriegelt. Ich probiere es mit der anderen, auch die geht nicht auf.

Vorn duckt sich der Marshal und greift nach seiner Pistole. Außerdem tritt er aufs Gas, doch obwohl der Motor aufheult, bewegen wir uns nicht. Es dauert eine Sekunde, bis dem Kerl klar wird, dass der Gang herausgesprungen sein muss. Bevor er die Automatik wieder auf »D« gestellt hat, kommt der Pick-up mit quietschenden Reifen vor uns zum Stehen. Der Beifahrer springt heraus, ein Colt-M4-Sturmgewehr in den Händen. Er nähert sich von der Seite und feuert zweimal durch das Fenster auf der Fahrerseite. Der Marshal hebt noch seine Waffe, schafft es aber nicht mal mehr, abzudrücken.

Ich habe mich in der Zwischenzeit nach hinten gelehnt und trete so fest ich kann gegen die Fensterscheibe. Einmal, zweimal, dreimal – es ist der vierte Tritt, bei dem die Scheibe endlich klein beigibt und nach außen fliegt. Ich hechte nach vorn, so gut es die Fesseln erlauben, und obwohl noch Glassplitter aus dem Türrahmen ragen, werfe ich mich durch die

Öffnung. Ich pralle hart auf den Boden, wobei eine Welle von Schmerzen durch meinen Körper peitscht. Ich ignoriere sie, kämpfe mich auf die Füße und fange an, mich mit kleinen Sprüngen von dem Wagen zu entfernen.

Hinter mir erklingt eine donnernde Stimme: »Willst du, dass deine Familie stirbt?«

Ich bleibe sofort stehen und starre die Hügelkette in der Ferne an. Ich drehe mich um und sehe, wie die beiden Männer mit den Sturmhauben auf mich zukommen. Sie tragen beide M4-Gewehre. Einer von ihnen schiebt die an einem Gurt hängende Waffe über seine Schulter, als er mich fast erreicht hat.

»Wehre dich nicht!«

Er nimmt mich wie ein Feuerwehrmann auf den Arm und trägt mich in Richtung der Werbetafel und des SUVs, der mit laufendem Motor dahintersteht. Meine Welt steht Kopf, doch aus dem Augenwinkel kann ich den Caprice sehen. Ich höre auch den Insassen – offenbar ist der eine Marshal noch am Leben. Der andere Kerl mit der Sturmhaube rennt mit einem Benzinkanister auf den Caprice zu und schüttet ihn über dem Wagen aus. Der Marshal darin schreit »Nein, nein, nein, nein!«, während er die Tür öffnet und versucht, sich nach draußen zu ziehen. Aber der Mann mit dem Benzinkanister tritt ihm ins Gesicht und schiebt ihn dann wieder ins Innere. Er zündet ein Bengalo-Markierungsfeuer an und wirft es in den Wagen. Der Marshal fängt an zu schreien, während der Chevrolet in Flammen aufgeht.

Ich würde gern etwas tun, ihm irgendwie helfen, doch wir haben bereits den SUV erreicht und ich bin auf einmal wieder richtig herum. Der Kerl hat mich auf den Boden gestellt. Eine der Hecktüren des Wagens wird geöffnet und ich werde hineingeschoben. Ich höre, wie einer der Männer fragt, was sie mit einem Daniel machen sollen. Die Antwort ist, dass man ihn nicht hierlassen könne und er auch in den Wagen geladen werden soll. Ein dritter Kerl kommt auf mich zu, und im ersten Moment kann ich nicht erkennen, was er in der Hand hält, denn die ganze Welt fühlt sich an, als würde sie um mich herumwirbeln, während ich die gellenden Schreie eines Mannes höre, der bei lebendigem Leibe verbrennt. Dann wird mir klar, mein Gegenüber hat eine Spritze in der Hand. Sie wollen mich betäuben. Ich will mich wehren, doch jemand packt mich, und dann spüre ich auch schon den Nadelstich. Ein schwarzer Sack wird mir über den Kopf gezogen und alles ist dunkel.

TEIL ZWEI
NEVERLAND

23

Die Sonne war schon vor Stunden untergegangen – der grenzenlose Himmel hatte sich von einem Dunkelblau zu einem tiefen Lila und schließlich düsteren Schwarz gewandelt. Es war fast zehn Uhr abends, als Sheriff Tom Gilbert zu Hause ankam. Er fuhr nicht seinen eigenen Pick-up, sondern einen der Polizeiwagen. Erik reimte sich zusammen, dass er wohl direkt vom Tatort kam, und nicht noch einmal zurück zur Zentrale gefahren war, um die Fahrzeuge zu tauschen.

Erik hatte weiter die Straße hinunter geparkt, in einem leichten Winkel, sodass er gute Sicht auf das Haus hatte. Sobald der Sheriff auf seine Einfahrt rollte, sprang Erik aus dem Auto und eilte in seine Richtung. Als er das Haus erreichte, war der alte Mann schon fast an seiner Eingangstür, obwohl er eher mit hängenden Schultern schlurfte, als aufrecht zu gehen.

»Sheriff Gilbert!«

Der Angesprochene hielt kurz inne, ließ einen schweren Seufzer los und drehte sich dann zu Erik um, der in seiner Einfahrt stand. Sein Blick war zuerst vorsichtig, doch als ihm klar wurde, dass er einen seiner Deputys vor sich hatte, härtete sich sein Gesichtsausdruck.

»Um Gottes willen, Johnson, ich dachte, du wärst ein Reporter! Was zur Hölle treibst du hier?«

Erik blieb wie angewurzelt stehen und hob seine Handflächen, um deutlich zu machen, dass er nichts im Schilde führte.

»Ich will nur reden.«

Sheriff Gilbert schüttelt den Kopf und seufzte erneut. »Wir haben nichts zu bereden, Junge. Nicht, bevor die Untersuchung abgeschlossen ist.«

»Wie lange wird das dauern?«

»Das kann ich dir aus dem Kopf nicht sagen, aber es ist auch die geringste meiner Sorgen. Tu dir einen Gefallen und geh nach Hause.«

Als der Ältere anfing, sich wegzudrehen, sagte Erik: »Sie wissen, dass ich damit nichts zu tun hatte.«

Sheriff Gilbert atmete tief durch, nickte langsam und musterte seinen Hilfssheriff von oben bis unten.

»Ich weiß, mein Junge. Du warst nur zur falschen Zeit am falschen Ort. Um ehrlich zu sein.«

Er schaute in Richtung des Hauses, um sicherzugehen, dass seine Frau nicht zusah oder zuhörte. Dann senkte er die Stimme. »Um ehrlich zu sein, ich kann es dir nicht verübeln, dass du zu dieser Dame in die Kiste gestiegen bist. Sie ist ohne Frage attraktiv. Aber nach allem, was sie getan hat, müssen wir uns an die Vorschriften halten.«

Der Sheriff schüttelte den Kopf.

»Es gibt einfach nicht das beste Bild ab, dass wir dich halbnackt ihn ihrer Wohnung gefunden haben. Das verstehst du doch, oder?«

»Das tue ich, Sir.«

»Und dann noch die Sache, die vorhin passiert ist ...«

Wieder ein Kopfschütteln, diesmal mit mehr Wut. »Scheiße, Junge, du hättest sehen sollen, was die mit dem Auto angestellt haben. Beide Männer bei lebendigem Leib verbrannt. Und dein Mädel weit und breit nicht zu finden.«

»Das kann sie unmöglich allein geschafft haben!«

»Klar, das weiß ich. Diese Bundesermittler, die extra aus Dallas gekommen sind, wissen es auch. Die haben einen

Suchbefehl für deine Freundin rausgegeben, für sie und jeden, der mit ihr zusammenarbeitet.«

Erik biss sich auf die Innenseiten seiner Wangen. Das war ein Tick, den er sich im Waisenhaus angewöhnt hatte – er machte es immer, wenn er nervös wurde. Er war gekommen, um Sheriff Gilbert zu beichten, dass er sich in den Verhörraum hatte schleusen lassen, um Jen – oder Holly, falls das ihr richtiger Name war – zur Rede zu stellen. Und dass sie ihm gesagt hatte, dass die Anwältin keine echte Anwältin war, und dass ihre Familie bedroht wurde. Die Nummer, die sie ihm gegeben hatte, hatte er nicht angerufen – aus Wut hatte er nicht aufmerksam zugehört und sie sich nur halb merken können. Doch in ihren Augen hatte er etwas gespürt, eine Verletzlichkeit, die er bei ihr noch nie gesehen hatte – nicht einmal beim Sex.

»Sir, diese Anwältin …«

Sheriff Gilbert schnitt ihm mit einem schweren Seufzer das Wort ab.

»Ja, ich weiß, sie ist tot. Im Moment versuchen die Kollegen gerade, die genaue Tatzeit des Mordes herauszufinden.«

Der Sheriff bemerkte, wie Eriks Mundwinkel nach unten wanderten und seufzte schon wieder. »Verdammt noch mal! Du wusstest es nicht? Natürlich wusstest du es nicht!«

»Die Anwältin wurde ermordet?«

»Richtig. Nach der spektakulären Art und Weise, wie ihre Klienten verschwunden sind, sollte sie natürlich als Erste befragt werden. Natürlich musste sie sich ausweisen, um zur Gefangenen vorgelassen zu werden, doch als wir versucht haben, sie zu erreichen, ging niemand ran. Also haben wir jemanden hingeschickt, und da …«

Sheriff Gilbert schüttelte den Kopf.

»Schau mal, ich darf mit dir nicht darüber reden. Nicht, solange die Untersuchung läuft.«

Erik machte einen Schritt auf seinen Vorgesetzten zu, sein Körper zitterte förmlich vor Anspannung, denn die Worte von Jen, beziehungsweise Holly, echoten immer noch durch seinen Kopf – diese Frau war keine echte Anwältin.

»Sir, wissen wir überhaupt mit Sicherheit, dass sie Anwältin ist?«

Der Sheriff verzog das Gesicht. »Was für eine Frage ist das denn? Natürlich wissen wir, dass sie Anwältin ist. Aber die Frau, die gekommen ist, um deine Freundin zu sehen?« Er zuckte mit den Schultern. »Wir haben keine Ahnung, wer das ist.«

Die Aussage ließ Erik zusammenzucken. Er hatte gedacht, die Frau, die bei Holly war, wäre ermordet worden. »Moment. Wollen Sie damit sagen …«

Sheriff Gilbert schnitt ihm wieder das Wort ab: »Dass die Frau, die in die Zentrale gekommen ist, vorgegeben hat, die Frau zu sein, die ermordet wurde? Das ist korrekt. Aber jetzt schau mal, Johnson, du musst wirklich gehen. Ich weiß, dass du helfen willst, aber das geht im Moment nicht. Erst, wenn die Untersuchung beendet ist. Und bevor du fragst: Nein, ich habe keine Ahnung, wie lange das dauert.«

Erik nickte. Er hatte eigentlich gar nicht mit einer so freundlichen Behandlung gerechnet. Er respektierte Sheriff Gilbert, sah in ihm fast so etwas wie eine Vaterfigur, und hasste sich dafür, ihn enttäuscht zu haben.

Die Haustür öffnete sich einen Spalt und Mrs. Gilbert streckte den Kopf hervor. »Tom?«

»Ich bin gleich da, Liebling«, sagte der Sheriff.

Er wartete, bis seine Frau die Tür wieder geschlossen hatte, dann räusperte er sich, was ein dezentes Signal an Erik sein sollte, dass er jetzt gehen könne. Doch das konnte er nicht. Noch nicht.

»Sir, wie stehen die Chancen, dass ich wieder in den Dienst gestellt werde?«

Es gab keine unmittelbare Antwort des Sheriffs. Der Mann musterte ihn für einen Moment, der ewig zu dauern schien, und selbst in der Dunkelheit der Nacht konnte Erik einen Funken Traurigkeit in seinen Augen sehen.

»Ich weiß es nicht, mein Junge. Es sieht wirklich nicht gut aus, erst recht nicht nach dem, was heute mit diesen Marshals passiert ist. Jetzt sind wegen deiner Freundin schon vier gute Männer tot.«

Erik musste sich zusammenreißen, um seine Stimme ruhig und klar zu halten. »Sie ist nicht meine Freundin, und ich hatte nichts damit zu tun.«

»Das weiß ich, mein Junge. Aber wenn so etwas passiert, müssen immer Köpfe rollen. Besonders, wenn die Zeitungen rausfinden, dass du heute Morgen bei ihr warst. Das wird natürlich nicht von mir kommen, aber so was kommt immer früher oder später heraus.«

Sheriff Gilbert schüttelte den Kopf.

»Lass dich nicht unterkriegen! Fahr nach Hause und erhole dich. Ich brauche auch ganz dringend meinen Schlaf. Heute war ein langer Tag, und irgendetwas sagt mir, dass es morgen noch schlimmer wird.«

24

Erik trottete die Stufen zum ersten Stock hoch, wobei er seine Hände unbewusst immer wieder zu Fäusten ballte. Es war riskant gewesen, Sheriff Gilbert auf diese Art und Weise zu konfrontieren, doch er hatte keine Wahl gehabt. Erstens wollte er gern helfen, falls das irgendwie möglich wäre, und zweitens hatte er wissen wollen, wie es um seinen Job bestellt war. In diesem Punkt war er nun insofern schlauer, als dass er mit etwas Pech keinen Job mehr hatte. Viel hatte der Sheriff nicht dazu gesagt, doch was Erik zwischen den Zeilen gelesen hatte, war eindeutig. Er fragte sich, ob er vielleicht sein Amt freiwillig niederlegen sollte, um einer Kündigung zuvorzukommen. So oder so würde er nicht in Alden bleiben können. Denn er war Deputy durch und durch, es war sein Beruf und seine Berufung. Etwas anderes zu machen, konnte er sich nicht vorstellen. Das bedeutete, er würde wegziehen müssen, um irgendwo anders einen Job als Gesetzeshüter antreten zu können. Allerdings war er sich ziemlich sicher, dass Gerüchte schnell die Runde machen würden – egal ob er sein Amt freiwillig niederlegte oder nicht. Jeder, der im Bereich der Strafverfolgung eine Stelle zu vergeben hatte, würde ganz genau wissen, was in Alden passiert war: Dass Erik halbnackt und auf den Knien in der Wohnung einer Frau verhaftet wurde, die zwei ICE-Agenten ermordet hatte.

Sein Blick fokussierte sich auf die Tür gegenüber seiner Wohnung, als er den Flur hinunterlief. Eine Bekanntmachung der Polizei war quer über das ramponierte Türblatt und den Rahmen geklebt worden, dass es als Siegel fungierte. Die Wohnung war zwar kein Tatort, doch die Polizei wollte sichergehen, dass nichts angefasst wurde, falls sie zu einem späteren Zeitpunkt eine weitere Beweisaufnahme durchführen wollten. Soweit Erik wusste, war alles bereits durchsucht worden – genau wie seine eigene Wohnung, nachdem er seine Zustimmung dazu gegeben hatte – doch es gab immer die Chance, dass sie noch mal zurückkommen mussten.

Erik schloss die Augen und schüttelte den Kopf. Er musste die Sache vergessen. Schnell an etwas anderes denken, nur nicht an das, was heute passiert war. Doch natürlich war das unmöglich. Je mehr er versuchte, andere Bilder in seinem Kopf heraufzubeschwören, desto eher sah er Jen, oder wie auch immer sie verdammt noch mal hieß, wie sie die Schrotflinte auf ihn richtete und ihn herumkommandierte.

Er öffnete die Augen wieder, atmete tief durch und warf einen letzten Blick auf die Tür, bevor er sich seiner eigenen Wohnung zuwendete, den Schlüssel in der Hand.

Als er gerade im Begriff war, aufzuschließen, hielt er plötzlich inne und drehte sich wieder langsam in Richtung der gegenüberliegenden Tür, die er noch einmal aufmerksam musterte. Und tatsächlich: Der Aufkleber von der Polizei war der Länge nach durchtrennt. Vom Flur aus war der Schnitt nicht zu sehen, doch aus diesem Winkel war eindeutig, dass etwas nicht stimmte.

Erik zog den Schlüssel leise wieder heraus und ging auf die andere Tür zu – nahe genug, um mit Sicherheit sagen zu können, dass das Siegel tatsächlich durchtrennt war.

Er machte einen weiteren Schritt nach vorn und hielt sein Ohr an die Tür. Es war nichts zu hören, aber das hatte nicht viel zu bedeuten. Vielleicht waren der oder die Einbrecher schon längst über alle Berge. Vielleicht hatten sie ihn gehört und waren deswegen leise. Vielleicht stand auch jemand direkt auf der anderen Seite der Tür, schaute durch den Spion und richtete eine Waffe genau auf seine Brust.

Erik handelte, ohne nachzudenken. Er wusste, dass er keine Zeit hatte, seine Pistole aus seiner Wohnung zu holen – nicht seine Dienstwaffe, die hatte er heute abgeben müssen, sondern seine private Glock. Ohne Zeit zu verlieren, postierte er sich seitlich von der Tür, drehte den Knauf und schob sie nach innen. Mit angehaltenem Atem wartete er darauf, dass ein Schuss abgegeben werden würde, oder dass jemand aus der Tür stürmte.

Nichts.

Er wartete einen Augenblick und horchte in die Stille, bis ihm klar wurde, dass die Tür natürlich abgeschlossen hätte sein müssen.

Rufe Sheriff Gilbert an! Das wäre jetzt die richtige Entscheidung. Er sollte den Vorfall melden, damit die Sache seinen geregelten Gang gehen konnte. Doch er wusste, dass er hier die Chance vor sich hatte, seinen guten Ruf wieder herzustellen. Falls jemand in der Wohnung war und ihm eine Festnahme dieser Person gelang, wäre das sicher einiges wert. Sein Job wäre höchstwahrscheinlich gerettet.

Es waren bereits fünf Sekunden vergangen, seit er die Tür geöffnet hatte. Den Flur hinunter dröhnte der Fernseher von Mister Hobbs, er war um einiges lauter, als es für die vorgerückte Stunde angemessen gewesen wäre. Erik überlegte, ob er »Hände hoch, Polizei!« rufen sollte – doch er beschloss, anders vorzugehen.

Er atmete noch einmal durch, dann durchquerte er mit einer schnellen Bewegung die Tür und betätigte den Lichtschalter … der nicht funktionierte.

Die Wohnung lag immer noch in völliger Dunkelheit.

Erik hielt wieder inne, er war auf einmal nervös. Von der Selbstsicherheit, die er vor wenigen Augenblicken noch verspürt hatte, war nichts mehr da. Er beschloss, sich in seine Wohnung zurückzuziehen, sich die Glock zu schnappen und Sheriff Gilbert anzurufen. Doch da spürte er eine Bewegung hinter sich.

Er wirbelte nach links und duckte sich instinktiv, dann riss er seine rechte Faust in einem Uppercut nach oben. Seine Haut rieb für einen kurzen Moment gegen Polyester, bevor die Person hinter ihm zur Seite auswich und damit seinem nächsten Schlag auswich. Erik spürte, wie ein Ellenbogen schwer auf seinen Nacken niederging. Er stolperte zur Seite, fing sich und warf sich dem Angreifer entgegen, den er so gegen die Wand schubste. Er spürte, dass es ein Riesenkerl mit ordentlich Muskeln war. Natürlich war Erik selbst kein Hänfling, doch der andere brachte sicher zwanzig, dreißig Kilo mehr auf die Waage, überwiegend Muskelmasse. Bevor Erik sich versah, wurden ihm die Beine von einem Fußfeger weggerissen und er prallte unsanft auf den Rücken, sein Hinterkopf schlug hart auf den Boden. Er versuchte, zur Seite wegzurollen und sich auf die Füße zu kämpfen, doch sein Gegner war bereits auf ihm, und dann spürte Erik, wie kaltes Metall an seine Schläfe gepresst wurde.

»Keine gottverdammte Bewegung«, knurrte eine tiefe Stimme.

25

Wie er so auf dem Boden der Wohnung lag, festgeklemmt durch das Gewicht eines Hünen und den Lauf einer Waffe an seinem Kopf, dachte Erik über seine Möglichkeiten nach. Schnell wurde ihm klar, dass er keine hatte. »Okay«, presste er also hervor.

Zuerst bewegte der Mann sich nicht und hielt seine Pistole fest in Position. Erik nahm leise Schritte in einem anderen Teil der Wohnung wahr, was bedeutete, dass der Kerl nicht allein war. Es gab mindestens einen weiteren Eindringling. Vielleicht mehr.

Die tiefe Stimme flüsterte wieder: »Bleib flach auf dem Boden liegen! Wenn du auch nur einen Muskel bewegst, schieße ich dir das Gesicht weg!«

Erik antwortete nicht. Der Fremde wartete einen Moment, dann stand er langsam auf und der Druck auf Eriks Oberkörper ließ nach. Folgsam starrte Erik weiter an die Decke und fragte sich, ob der andere Eindringling ebenfalls bewaffnet sei. Er fragte sich, wie die Chancen standen, dass er an eine dieser Waffen herankommen konnte, ohne erschossen zu werden.

»Alles klar, weitermachen«, sagte die tiefe Stimme.

Im ersten Moment war Erik unsicher, was er tun sollte – sprach der Fremde mit ihm? Doch dann hörte er wieder die leisen Schritte hinter sich und ein Licht ging an. Ein merkwürdig weiches, blaues Glimmen, das das gesamte Appartement durchflutete.

Erik betrachtete den Mann, dessen Waffe er am Kopf hatte – er war extrem kräftig, wie Erik schon vermutet hatte, und trug einen üppigen Bart. Genauer gesagt die Art von Bart, die auf die Angehörigkeit zu einer militärischen Eliteeinheit schließen ließ, wie den Navy Seals.

Als er seinen Blick nach oben verlagerte, konnte Erik den anderen Mann sehen, der ebenfalls hochgewachsen war, aber viel dünner. Dieser Fremde betrachtete ihn neugierig. Er schien ein Telefon in der Hand zu haben, aber keine Waffe.

Der Seal war immer noch über Erik gebeugt und hielt seine Pistole auf ihn gerichtet. In dem schwachen Licht sah Erik, dass es sich um eine FNX-45 handelte, die einen spezialangefertigten Lauf hatte.

»Wer zur Hölle bist du?«, fragt der Mann. Erik leckte sich über die Lippen, sagte jedoch nichts.

»Wir haben keine Zeit für so einen Scheiß. Hast du ein Portemonnaie?« Erik nickte einmal knapp.

»Gib es mir!«

Für einen kurzen Moment schoss Erik der irre Gedanke durch den Kopf, dass er möglicherweise gerade ausgeraubt wurde. Doch waren diese Männer wirklich hier, um zu klauen? Alden war ein wirklich kleiner Ort mit nur einer Handvoll Einbrüchen im Jahr, und meistens wurden diese von dummen Jugendlichen ausgeführt, die nichts Besseres mit ihrer Zeit anzufangen wussten.

»Ich frage dich nicht noch mal«, drohte der Mann.

»In meiner linken Arschtasche«, flüsterte Erik.

»Dann zieh es raus. Aber langsam!«

Erik tat wie ihm geheißen und zog seine Geldbörse hervor. Außer seinem Führerschein, einer Kreditkarte und ein paar Geldscheinen war nichts darin.

Der Seal schaute gar nicht erst hinein und warf das Portemonnaie seinem Kollegen zu. Der öffnete es und nahm als

Erstes die Fahrerlaubnis heraus. Im ersten Moment verstand Erik nicht, was er vorhatte, doch dann sah er, dass der Fremde ein Foto davon mit seinem Handy machte.

»Was zur Hölle haben Sie vor?«

»Wir überprüfen deine Personalien«, sagte der Seal. Erik versuchte, sich aufzusetzen, doch sofort hatte er wieder den Pistolenlauf im Gesicht.

»Mal nicht übermütig werden, Meister!«

Erik senkte seinen Kopf wieder auf den Teppich. Er sammelte sich, atmete tief durch. So wollte er nicht sterben. Nicht durch diese beiden Arschlöcher.

»Und?«, fragte der Seal.

Er sprach nicht mit Erik. Der andere Mann trat an ihn heran und hielt ihm das Telefon hin. Der Seal betrachtete das Display, bevor er nickte und seinen Blick auf Erik richtete.

»Erik Johnson. Kindheit im Waisenhaus. Mit achtzehn bei den Marines eingetreten. Nach fünf Jahren mit allen Ehren entlassen. Arbeitet jetzt als Deputy im Colton County Sheriff's Department in Drecksloch, Texas.«

Der Mann hielt inne und grinste Erik an.

»Da steht zwar nicht Drecksloch, aber seien wir mal ehrlich: Es ist ein ziemliches Drecksloch.«

»Wer zur Hölle seid ihr?«, fragte Erik.

Der Mann ignorierte ihn. »Deputy Johnson, ist Ihnen klar, dass Sie sich unerlaubt auf fremdem Grund und Boden befinden?«

»Fickt euch, Ihr seid hier unerlaubt auf fremdem Grund und Boden!«

Der Seal warf noch einen Blick auf das Telefon. »Über lahmarschige Retourkutschen steht nichts in deinem Eintrag, aber natürlich ist keine Datenbank absolut vollständig.«

Mit diesen Worten gab der Hüne das Handy seinem Kollegen zurück, dann kniete er sich neben Erik. Er war nahe genug an ihm dran, dass er ihm eine Kugel in den Kopf jagen konnte, bevor Erik auch nur einen Muskel bewegte.

»Was führt Sie heute Abend hierher, Deputy Johnson?«

Erik spürte, wie seine Kiefermuskulatur sich verspannte.

»Fick dich!«

»Haben Sie nicht den Aufkleber an der Tür gesehen? Die Polizei verbietet jedem, die Wohnung zu betreten, und das schließt auch Nachbarn mit ein. Und sagen Sie mir bitte nicht, dass Sie selbst Polizist sind. Ich habe gelesen, dass Sie heute suspendiert wurden. Was hat das zu bedeuten?«

Ein kalter Schauer lief Erik den Rücken hinunter. Es hatte ihn zwar nicht überrascht, dass diese Männer grundlegende Daten über ihn abrufen konnten, aber das war doch gerade erst an diesem Nachmittag passiert!

Da Erik nicht antwortete, bohrte der Mann nach: »Mein Kollege und ich haben nicht die ganze Nacht Zeit.«

Erik befeuchtete wieder seine Lippen.

Für einen Moment fürchtete er, kein Wort hervorbringen zu können, doch dann sagte er: »Ich war heute Morgen hier.«

»Sie waren hier?«

»In dieser Wohnung.«

»Warum waren Sie in dieser Wohnung?«

»Ich habe ... bei ihr übernachtet.«

Auch in dem schwachen Licht sah Erik, dass etwas Bewegung in das Gesicht seines Gegenübers kam.

»Und weiter?«

»Mehr gibt es nicht zu sagen. Die Polizei ist hier reingestürmt und hat sie verhaftet. Weil ich auch da war, haben sie mich verhört, und wegen der Schwere ihrer Taten haben sie mich dann suspendiert.«

Erik erwartete, dass der Mann mehr darüber wissen wollen würde, was Holly getan hatte, doch das war nicht der Fall. Er warf einen Blick auf seinen schlanken Kollegen und wandte sich dann wieder Erik zu.

»Man möchte echt nicht in deiner Haut stecken, was?«

Erik hatte längst nicht mehr das Gefühl, dass sein Leben in Gefahr war. Natürlich war es verdächtig, was diese Typen abzogen, aber sie schienen ihm nichts tun zu wollen.

»Darf ich mich aufsetzen?«

Der Mann trat einen Schritt zurück, richtete jedoch die FNX-45 weiter auf ihn.

»Fühl dich wie zu Hause.«

Erik richtete sich langsam auf und drehte sich ein wenig, sodass er seinen Rücken an die Wand lehnen konnte. Er wusste nicht, was als Nächstes passieren würde, doch er hatte das Bedürfnis, weiterzusprechen: »Kennen Sie sie?«

»Kenne ich wen?«, sagte sein Gegenüber, ohne die Miene zu verziehen.

»Holly, oder wie auch immer sie heißt. Ich habe sie kurz gesprochen, bevor die Marshals sie mitgenommen haben. Sie hat mir gesagt, dass ihre Familie in Gefahr ist.«

Wieder hatte Erik das Gefühl, eine leichte Regung im Gesicht des Seals wahrzunehmen.

»Sie sagte, die Anwältin, die bei ihr gewesen war, sei keine echte Anwältin. Und dann habe ich erfahren …«

Erik unterbrach sich, als ihm klar wurde, dass er vielleicht doch in Gefahr war – vielleicht waren es diese beiden, die die echte Anwältin umgebracht hatten.

Der Seal legte den Kopf schief. »Was hast du erfahren?«

Erik befeuchtete seine Lippen.

»Habt ihr sie umgebracht?«

»Wen?«

»Die Anwältin?«

Der Seal tauschte vielsagende Blicke mit dem anderen Mann aus und schaute dann mitleidig auf Erik hinab.

»Meister, ich kann zwar nicht für meinen Kollegen sprechen, aber ich habe heute definitiv niemanden umgebracht. Würde es dir was ausmachen, Klartext zu reden?«

Erik hatte das Gefühl, dass der Mann wirklich nichts davon wusste und beschloss, weiterzumachen. »Es hat sich rausgestellt, dass die echte Anwältin heute Morgen ermordet wurde. Eine andere Frau ist auf die Wache gekommen und hat ihre Identität genutzt.«

Der Mann schaute wieder zu seinem Kollegen und diesmal lag etwas Schweres in seinem Blick, das Erik verriet, dass hier viel mehr hinter den Kulissen passierte, als er geahnt hatte.

»Irgendeine Idee, wer diese Frau gewesen sein könnte?«, fragte der Hüne.

»Nein.«

»Hat Holly dir noch irgendetwas anderes gesagt?«

Der Mann sprach den Namen so beiläufig und natürlich aus, dass Erik klar wurde, dass es ihr echter Name sein musste.

»Sie hat mir eine Nummer gegeben, die ich anrufen solle. Irgendwas mit einer Reinigung, die aber keine echte Reinigung ist. Sie sagte, ich solle anrufen und eine Nachricht hinterlassen, dass ihre Familie in Gefahr ist. Aber ich bin davon ausgegangen, dass sie mir nur irgendeine Scheiße erzählt, deswegen …«

Er hielt inne, als er den Gesichtsausdruck des Mannes sah. Das hatte definitiv etwas bei ihm ausgelöst.

»Okay, es war also keine Scheiße, hab ich recht?«

»Wer bist du?«, fragte sein Gegenüber.

»Was meinen Sie? Sie haben mir doch eben meine Lebensgeschichte vorgelesen!«

»Ich meine, wer bist du für sie – ein One-Night-Stand, oder etwas Ernstes?«

Erik dachte kurz darüber nach. »Schon etwas Ernsteres. Warum?«

»Weil es klar ist, dass sie dir vertraut. Sonst hätte sie dir nicht die Nummer gegeben. Bist du sicher, dass sie sagte, dass ihre Familie in Gefahr ist?«

»Absolut.«

»Sonst noch etwas?«

»Nein.«

»Okay. Dann wird jetzt folgendes passieren: Mein Kollege und ich hauen ab, du gehst in deine Wohnung und dieses Gespräch hat niemals stattgefunden.«

Erik machte sich daran, aufzustehen, doch die Waffe, die ihm entgegengereckt wurde, sprach eine eindeutige Sprache. Er lehnte sich wieder an die Wand.

»Wo gehen Sie denn hin?«

»Das braucht dich nicht zu kümmern.«

»Aber wenn Sie … wenn Sie versuchen werden, ihre Familie zu retten, dann möchte ich helfen.«

»Keine Chance, Romeo. Du bleibst hier!«

»Bitte!«

Es schwang mehr als eine Spur Verzweiflung in seiner Stimme mit, und das konnte er nicht verstecken. »Ich *muss* helfen!«

Der Mann studierte aufmerksam seine Gesichtszüge. »Warum?«

»Ich kann doch nicht einfach … tatenlos hier rumsitzen!«

Der schlanke Mann tippte mit dem Fuß auf den Boden, und als er die Aufmerksamkeit des Seals hatte, warf er ihm das Handy zu.

Der Bärtige betrachtete das Display und schüttelte den Kopf. »Auf gar keinen Fall!«

Der Schlanke nickte nachdrücklich, sein Gesichtsausdruck war äußerst ernst.

»Schon gut, schon gut«, sagte der Seal. »Ich rufe ihn an und wir schauen, was er sagt.«

Er drückte eine Taste, hielt sich das Telefon ans Ohr und hörte für einen Moment zu. Dann sagte er: »Nein, das halte ich für keine gute Idee.«

Wieder hörte er zu und antwortete, »Wir wissen überhaupt nichts über ihn.«

Nach einem weiteren Wortschwall auf der anderen Seite sagte er konsterniert: »Okay, von mir aus«, legte auf und warf das Handy zurück zu seinem Eigentümer.

Der Seal sah Erik streng an. »Du willst also helfen?«

»Ja, natürlich.«

»Dann tust du alles, was ich dir sage!«

»Was soll ich denn tun?«

»Als Allererstes, die Fresse halten und zuhören! Du wurdest suspendiert und es läuft gerade eine Untersuchung gegen dich. Verstehst du, wie es aussehen wird, wenn du plötzlich verschwindest?«

Erik nickte – es würde überhaupt nicht gut aussehen. Der Mann fuhr fort: »Hollys Familie wohnt in der Gegend von Washington. Da fahren James und ich als Nächstes hin. Wir haben hier in der Wohnung keine Hinweise gefunden, wo Holly sein könnte. Sie ist wie ausgelöscht. Also haben wir nur eine einzige Spur – wenn wir dir glauben können – und das ist ihre Familie. Auf einem Flugplatz etwa sechzig Meilen von hier wartet ein Privatjet auf uns. Wenn du mit uns in die Hauptstadt kommen willst, kannst du das gern machen, aber wie gesagt: Du musst absolut alles tun, was ich dir sage – ist das klar?«

Erik schaute von einem zum anderen. Irgendwie erwartete er, dass das ein grausamer Scherz sein müsse, und dass sie ihm doch eine Kugel in den Kopf jagen würden.

»Ja«, antwortete er schließlich.

»Nur fürs Protokoll, ich finde, das ist eine beschissene Idee. Aber Holly hat dir eindeutig vertraut, das gibt schon mal eine

Menge Pluspunkte für dich. Außerdem besteht Hollys Familie aus ihrer Mutter und ihrer Schwester, samt Ehemann und Kindern. Was bedeutet, wir können ein weiteres Paar Augen gut gebrauchen. Verstanden?«

Der Mann steckte seine Waffe weg und reichte Erik die Hand, um ihm hoch zu helfen.

»Ich heiße Nova. Das ist James.«

Der Händedruck des Mannes war stark. Erik stand auf und nickte dem dünnen Kerl namens James zu, bevor er seine Aufmerksamkeit wieder dem Mann zuwandte, den er jetzt als Nova kannte.

»Sie heißt also Holly?«

»Ja.«

»Wer ist sie?«

»Darüber können wir uns später unterhalten.«

Erik schaute sich in der dunklen Wohnung um und fühlte sich plötzlich etwas verloren.

»Ich verstehe, dass wir nach D.C. fliegen, wenn ihre Familie da wohnt, aber sollten wir nicht versuchen, rauszufinden, was mit ihr passiert ist?«

»Daran arbeitet Atticus gerade.«

»Wer ist Atticus?«

»Das spielt keine Rolle. Wichtiger ist, dass wir uns auf den Weg machen müssen!«

Erik nickte, fühlte sich aber immer noch seltsam. »Holly muss in Gefahr sein!«

»Da hast du recht«, sagte Nova, »aber das macht nichts.«

»Wie kannst du dir da sicher sein?«

»Glaub mir, Kollege – Holly kann auf sich aufpassen.«

26

Ein entferntes, tiefes Summen, wie ein pulsierender Bienenschwarm.

Ein leises *Brumm, Brumm, Brumm,* das mit jeder Sekunde lauter wird.

Die Bienen sind da draußen, irgendwo in der Dunkelheit. Nur ... es ist gar nicht dunkel, oder?

Ich öffne die Augen. Starre an meine Schlafzimmerdecke. Das Summen kommt von rechts, vom Nachttisch. Der Wecker. Als ich danach greife, fällt mir auf, dass mein Nachttisch links steht. Sofort schrecke ich hoch, als mir klar wird: Das ist gar nicht mein Schlafzimmer.

Der Raum ist klein und leer. Es gibt nur ein Bett, den Nachttisch, eine Tür und einen offenen Durchgang. Dort ist das Badezimmer. Von meiner Position im Bett aus kann ich eine Kloschüssel und ein Waschbecken sehen.

Der Wecker summt immer noch, das unnachgiebige Geräusch hat sich regelrecht zwischen meinen Ohren festgesetzt. Ich strecke meinen Arm aus und schlage so fest auf das Gerät, dass der Plastikrahmen einen Sprung bekommt. Immerhin wirkt es und das Geräusch hört auf.

Ich nehme mir noch einen Moment, um den Raum weiter zu untersuchen. Dabei fällt mir neben den grauenhaften Tapeten noch eine Kamera ins Auge, die in der Ecke über der geschlossenen Tür angebracht ist. Nachdem ich die Kamera für ein paar Sekunden angestarrt habe, fällt mir auf, dass mein Hals leicht abgeschnürt ist. Ich greife dorthin und stelle fest, dass ich eine Art Lederhalsband trage. In Panik taste ich nach einer Schnalle, doch ich kann sie nicht finden. Es scheint, als wäre das Lederband mit meiner Haut verschmolzen. Wild entschlossen reiße ich daran und versuche, das Ding kaputtzukriegen. Doch in diesem Moment schießt eine Ladung Elektrizität durch meinen Körper.

Von einem Moment auf den anderen kann ich mich nicht mehr bewegen – meine Muskeln verkrampfen sich und mein Körper zittert noch ein bis zwei Sekunden unwillkürlich, bis die elektrische Strömung aufhört. Ich liege einfach nur da und bewege mich nicht, meine Gedanken sind komplett wirr und ich japse nach Luft.

Die Tür öffnet sich und ein großer Mann mit Glatze tritt ein. Er hält eine Glock 17 in seiner rechten Hand und einen kleinen, schwarzen Schlüsseltransponder in der linken.

»Fummele nicht an deinem Halsband herum. Das war nur ein kleiner Stromschlag als Warnung. Bei einer vollen Ladung wirst du ohnmächtig«, sagt der Kerl. Und diese Worte gefallen mir gar nicht. Ich wurde an die Leine gelegt wie ein Hund.

»Wo zur Hölle bin ich?«

Das Gesicht des Mannes bleibt ausdruckslos, seine Augen dunkel. »Darüber würde ich mir keine Sorgen machen. Du wirst nicht lange hier sein.«

»Und wo gehe ich stattdessen hin?«

»Das wird dir Mister Hayward erklären.«

»Wer ist Mister Hayward?«

Der Mann tritt ein paar Schritte zurück und wartet darauf, dass jemand den Raum betritt. Ich erwarte den geheimnisumwitterten Mister Hayward, deswegen bin ich ziemlich überrascht, als stattdessen ein Mädchen auftaucht. Sie kann kaum älter als acht Jahre sein, ist klein und zierlich, mit blondem Haar. Ihre Augen sind starr zu Boden gerichtet, als sie sich mir nähert, und in ihren Armen hat sie zusammengefaltete Kleidung. Um ihren Hals schlingt sich ebenfalls ein Lederband.

Das Mädchen bleibt an der Bettkante stehen. Sie schaut mich immer noch nicht an. Mir wird klar, dass sie darauf wartet, dass ich die Kleidung nehme, und obwohl sie den Boden anstarrt, nehme ich die Niedergeschlagenheit in ihrem Blick wahr, die Hoffnungslosigkeit, und das macht mich gleichzeitig traurig und wütend.

Ich schaue an dem Mädchen vorbei und richte meinen Blick auf den Mann, der im Türrahmen steht. Liebend gern würde ich auf ihn zu hechten, ihm seine Pistole abnehmen und ihm in den Kopf schießen. Doch das kann ich nicht machen, jedenfalls jetzt nicht – denn sonst kriege ich wieder einen Stromschlag, und zwar einen, der mich auf die Bretter schickt. Also muss ich diesen Plan für später aufheben.

Ich nehme mir den Stapel Klamotten – Hose, Shirt, Unterwäsche und Socken, sowie ein Paar brandneuer Turnschuhe obendrauf – und lächle das Mädchen an. »Danke dir.«

Sie reagiert kaum auf mich, dreht sich weg und verlässt den Raum, ohne ein Geräusch zu machen.

Der Mann räuspert sich.

»Mister Hayward wollte nicht, dass wir dich umziehen, während du ohnmächtig warst. Diese Kleidung ist für heute Abend. Im Badezimmer gibt es keine Kamera. Also wenn du duschen willst, hast du dort Privatsphäre. Doch das Halsband bleibt dran – wenn du versuchst, es abzunehmen, wird deine Familie die Konsequenzen dafür tragen.«

Der Mann hält inne und wartet, ob ich auf seine Drohung reagiere. Ich starre ihn mit kaltem Blick an und verwehre ihm die Genugtuung.

»Irgendwelche Wünsche fürs Abendessen?«

Weil ich mich in solchen Situationen nicht beherrschen kann, zähle ich die absurdesten Dinge auf, die mir einfallen: »Ich hätte gern ein saftiges Steak, dazu Hummer mit knoblauchgewürzten Stampfkartoffeln und Spargel. Ohm – und ein großes Stück Schokoladenkuchen mit Milch, um das Ganze runterzuspülen.«

Der Mann verzieht keine Miene.

»Ich sage in der Küche Bescheid. Du hast fünfzehn Minuten, bevor ich wieder da bin. Du kannst gern duschen, aber mach schnell. Wenn du in genau fünfzehn Minuten nicht fertig bist, wird der nächste Stromschlag deutlich schlimmer. Hast du das verstanden?«

Ich antworte nicht.

Der Blick des Mannes härtet sich, er senkt seine Stimme.

»Mir ist schon klar, dass du denkst, du bist hart. Das respektiere ich. Sonst würde Mister Hayward nämlich nicht auch denken, dass du hart bist. Doch du musst verstehen, dass du im Moment absolut nichts zu sagen hast. Du musst tun, was man dir sagt, oder die Konsequenzen ertragen. Ganz einfach. Also frage ich noch mal: Jetzt, wo du noch vierzehn Minuten hast, verstehst du das alles?«

Ich schlucke und nicke und sage leise: »Ja.«

Der Mann deutet auf den Wecker, der auf dem Nachttisch steht. »Es ist im Moment elf Uhr siebenundzwanzig. Also, bis in dreizehn Minuten.«

Er schließt die Tür und ich stehe schnell auf, die Kleidung auf die Unterarme gestützt, und eile ins Bad.

27

Der Mann kommt um genau 11:40 Uhr zurück. Er klopft nicht, er reißt einfach die Tür auf.

Ich sitze auf dem Bett. Ich habe nicht geduscht, weil die Zeit nicht gereicht hätte. Ich habe die Kleidungsstücke angezogen – die alle genau meine Größe haben – und stehe in dem Moment auf, wo die Tür sich öffnet.

Der Mann hat seine Pistole diesmal im Holster, doch den Transponder hat er immer noch in der Hand. Mir wird klar, dass das der Auslöser für mein Halsband ist.

»Folge mir«, sagt er.

Ich gehe hinter ihm durch den Flur. Wir kommen an einigen geschlossenen Türen vorbei, dann erreichen wir eine, die nach draußen führt. Der Himmel ist dunkel und klar, Mond und Sterne sind gut zu sehen. Zikaden erfüllen die Nachtluft mit ihrem Gezirpe.

Wir steuern auf ein weiteres Gebäude zu und ich nehme die Umgebung in mich auf. Sieht so aus, als wären wir mitten im Nirgendwo. Drei große Gebäude bilden eine Art U-Form. Am Fuß eines Hügels ist außerdem ein großer Schuppen, ähnlich dem bei dem Ölfeld. Um die Gebäude stehen ein paar Fahrzeuge, überwiegend SUVs und ein paar Pick-ups. Aber auch ein grüner Jetta mit einer fehlenden Radkappe ist dabei. Mir springen außerdem zwei Männer ins Auge, die patrouillieren. Beide haben Gewehre an Schultergurten hängen.

Der Mann führt mich zum mittleren Gebäude. Während die beiden anderen zwei Etagen haben, hat dieses drei. Es scheint etwa ein Dutzend Zimmer zu haben. Mein Führer scheint sich keine Sorgen zu machen, ob ich ihm wirklich folge. Ich könnte auf ihn zustürzen und ihm die Waffe aus dem Holster reißen, doch er weiß, dass ich das nicht tun werde. Nicht, solange ich das Halsband trage.

Als wir innen angekommen sind, gehen wir einen Gang mit edlem Parkettboden entlang. Er führt in ein großes Speisezimmer, wo ein Mann mittleren Alters an einer langen Tafel sitzt. Er trägt eine Brille, hat eine Glatze und steht auf, als wir hereinkommen. Als er Blickkontakt mit mir aufnimmt, deutet er eine Verbeugung an.

»Willkommen in Neverland, Miss Lin. Mein Name ist Oliver Hayward. Ich bin erfreut, Sie kennenzulernen. Louis, bitte sei der Dame behilflich.«

Der andere Glatzkopf zieht den Stuhl hervor, der am anderen Ende der Tafel steht. Ich setze mich, weil ich weiß, dass das von mir verlangt wird. Louis schiebt mir den Stuhl noch ein Stück hinterher, bevor er sich an eine Seitenwand stellt.

Oliver Hayward legt seine Ellenbogen auf die Tischplatte, faltet seine Hände und mustert mich.

»Soweit ich verstanden habe, musste Louis Ihnen schon einen leichten Stromschlag verpassen. Das ist unangenehm, aber solche Dinge passieren. Ich hoffe, während Sie bei uns sind, muss er das nicht wiederholen. Natürlich hängt das einzig und allein von Ihrem Verhalten ab.«

Eine Kerze flackert in der Mitte des Tisches, der Raum ist wenig beleuchtet. Die Stimmung hat fast etwas Romantisches, und ich mache mir etwas Sorgen, in welche Richtung das Ganze gehen soll. Doch da öffnet sich die Tür auf der anderen Seite des Saals und die Frau, die ich als Leila Simmons kenne, taucht auf.

»Ah, meine Liebe! Danke, dass du uns Gesellschaft leistest. Miss Linn kennst du ja schon.«

Die Frau nimmt kaum Notiz von mir. Ihr Haar ist jetzt wieder lockig und sie trägt keine Brille. Sie setzt sich an die Ecke neben Hayward.

»Nur, damit das klar ist: Ich habe schon gegessen.«

»Was?«

»Ich habe mir ein Sandwich gemacht.«

»Aber wir haben doch einen Gast!«

Sie schaut mich an, doch es ist nur ein kurzer, abschätziger Blick. Sie seufzt. »Es ist schon fast Mitternacht. Ich habe dir doch schon gesagt, dass ich nicht so spät essen will.«

Jetzt ist Hayward an der Reihe zu seufzen, doch bei ihm klingt es eher enttäuscht.

Er ist ein merkwürdiger Kerl, ganz anders, als ich es mir auf Basis von Louis vorgestellt hatte. Denn mein glatzköpfiger Aufpasser hat eindeutig eine militärische Karriere hinter sich. Oliver Hayward auf der anderen Seite erinnert mich eher an einen Universitätsprofessor, der noch nicht komplett resigniert ist.

»Wie dem auch sei, Carla« – Hayward lehnt sich in Richtung der Frau und nimmt ihre Hand – »danke, dass du uns Gesellschaft leistest. Es ist in der Tat spät, aber ich dachte, unser Gast würde sich über ein bekanntes Gesicht freuen. Dann fühlt sie sich vielleicht etwas mehr zu Hause.«

Carla sagt nichts dazu. Sie duldet, dass Hayward ihre Hand hält, während sie mit der anderen etwas auf ihrem Handy nachschaut.

Dann öffnet sich die Tür wieder und ein Junge tritt ein. Er ist um die zehn Jahre alt. Er hat ein Tablett dabei, auf dem ein Glas Wasser sowie zwei Weingläser stehen. Ihm folgt ein Mann, der eine Pistole am Gürtelholster trägt und der einen schwarzen Transponder in der Hand hat.

Zuerst hält der Junge bei Hayward und Carla an. Er versucht, das Tablett mit einer Hand zu balancieren und mit der anderen die Weingläser zu greifen. Doch er macht sich offensichtlich Sorgen, dass das Tablett kippen könnte, also setzt er es auf der Tischplatte ab. Er stellt die Weingläser vor Hayward und Carla ab und nimmt sich dann wieder das Tablett, um es zu mir zu tragen. Mit dem verringerten Gewicht hat er keine Schwierigkeiten, mir das Glas Wasser vor die Nase zu stellen. Dann dreht er sich sofort weg und geht auf die Tür zu, durch die er gekommen ist. Doch bevor er den Raum verlassen kann, räuspert Oliver Hayward sich.

»Jose.«

Der Junge hält inne und dreht sich langsam um, den Blick zu Boden gerichtet.

»Wie oft muss man dir noch sagen, dass du niemals das Tablett abstellen darfst?«, fragt Hayward streng.

Der Junge sagt nichts. Er schaut immer noch nach unten, doch sein Körper fängt an zu zittern.

»Ich erwarte eine Antwort, Jose.«

Jose leckt sich über die Lippen. Schluckt. Und antwortet dann mit zierlichem Stimmchen: »Zu oft.«

»Genau, Jose. *Zu* oft. Und ehrlich gesagt bin ich es langsam leid, dich an derart einfache Regeln zu erinnern.«

Bevor Jose etwas erwidern kann, versteift sich sein Körper auf einmal. Sein Kopf fängt an, sich zu schütteln. Und im nächsten Moment liegt er auf dem Boden und windet sich vor Schmerzen. Das Tablett ist ihm aus der Hand gefallen, seine Hände sind zu Fäusten geballt. Er schreit nicht, sondern lässt nur ein gequältes Stöhnen erklingen. Mir ist gar nicht bewusst, dass ich aufgestanden bin, bis Mister Hayward mich anspricht: »Setzen Sie sich, Miss Lin.«

Ich setze mich nicht, ich bewege mich aber auch sonst nicht. Ich betrachte einfach nur den Jungen, der weiter auf dem Holzboden zappelt. Hayward ignoriert den Jungen und beobachtet mich. »In dem Moment, wo Sie sitzen, Miss Lin, werden Joses Schmerzen aufhören.«

Carla scheinen die Qualen, die der Junge durchlebt, überhaupt nicht zu beeindrucken. Sie hält immer noch Haywards Hand und bedient mit der anderen ihr Handy. Als wäre es vollkommen alltäglich, dass ein Kind gefoltert wird. Und wahrscheinlich ist es das auch.

Ich setze mich, und der Mann, der zu Jose gehört, lässt seinen Transponder los. Sofort hört Joses Körper auf zu zittern. Er liegt noch einen Moment auf dem Boden, mit Tränen in den Augen, dann steht er schnell auf, schnappt sich das Tablett und stürmt aus dem Saal. Der andere Mann folgt ihm.

In diesem Moment beschließe ich, darauf zu achten, dass Oliver Haywards Tod äußerst qualvoll wird. Der zieht seine Hand von Carla weg und verschränkt dann wieder seine Finger, während er mich aufmerksam mustert.

»Ich sehe, dass sie unsere Methoden der Konditionierung nicht befürworten. Das ist verständlich. Ich nehme an, Sie wurden in dem Glauben erzogen, dass man Kinder mit positiven Erlebnissen erziehen soll. Dass man sie ermuntern und loben soll, wenn sie das Richtige tun, damit sie dieses Verhalten beibehalten. Das ist theoretisch auch ein schöner Gedanke, aber mehr nicht. Hier in Neverland haben wir festgestellt, dass Kinder am besten durch Schmerzen lernen. Wenn sie etwas falsch machen, kriegen sie einen Stromschlag. Wenn sie jemanden falsch anschauen, bekommen sie einen Stromschlag.«

Carla scheint in einer anderen Welt zu sein, sie tippt inzwischen beidhändig auf ihrem Telefon.

Hayward fällt das auf, doch er hält seinen Blick auf mich gerichtet. »Mein Liebling hat mir mitgeteilt, worüber sie heute Vormittag mit Ihnen gesprochen hat. Dass sie mit

Ihnen die Grundlagen durchgegangen ist. Dass wir Sie seit einer Weile beobachten. Dass wir irgendwann Ihre Dienste in Anspruch nehmen werden müssen, aber dass wir noch nicht wissen, wann dieser Tag kommen wird. Diese ICE-Agenten auszuschalten, war Carlas Idee. Die beiden waren uns seit Monaten ein Dorn im Auge, und das sage ich als jemand, der Gier durchaus zu schätzen weiß. Doch irgendwann wird zu viel Gier zum Problem, und deswegen mussten diese Männer eliminiert werden. Natürlich hätten wir das auch selbst erledigen können – für solche Jobs heuern wir regelmäßig Freelancer an – doch wenn es darum geht, Bundesagenten zu töten, ist es das Beste, der Tat ein Gesicht zu verleihen. Denn sonst gibt es zu viel Drama – die Behörden und auch die Medien brauchen einen Bösewicht.«

Er schaut seine Partnerin bewundernd an.

»Carla hatte den Eindruck, dass Sie einen starken Gerechtigkeitssinn haben. Sie wusste, wenn Juana Ihnen blutüberströmt ein Baby in die Hand drückt, und Sie dann Zeuge werden, wie diese Agenten Juana ermorden … dann würden Sie das nicht ungestraft lassen.«

Ein selbstgefälliges Lächeln kommt über seine Lippen. »Nebenbei, wie fanden Sie die Sache mit dem abgetrennten Finger? Das war meine Idee. Ich war der Meinung, das würde der ganzen Sache noch ein wenig mehr Dramatik verleihen.«

Er kichert, bis ihm klar wird, dass Carla immer noch ihr Telefon anstarrt. Konsterniert richtet er sich auf. »Die Agenten gingen davon aus, dass Juana ihnen Geld liefern würde. Doch wir hatten ihr aufgetragen, sich vor ihr Auto zu werfen. Sie wusste, dass sie an diesem Abend sterben würde, Miss Lin, und trotzdem hat sie die Sache durchgezogen. Das nenne ich den ultimativen Gehorsam, auch wenn der wahre Grund vermutlich Liebe ist. Sie glaubte, wenn sie unseren Forderungen Folge leisten würde, würden wir ihr Kind verschonen.«

Hayward legt eine kurze Sprechpause ein, um sein Weinglas zu ergreifen. »Man muss sagen, Juana war wirklich nicht die Schlaueste.«

Er nippt an seinem Rotwein, dann stellt er das Glas wieder ab. »Als wir wussten, dass Sie unterwegs zu dem Ölfeld waren, haben wir die beiden Agenten kontaktiert, um ihnen zu sagen, dass wir ihnen ein Mädchen dagelassen haben, mit dem sie sich, nun ja, amüsieren könnten. Sie müssen wissen, die Herren hatten beide einen Fetisch für schwangere Frauen.«

Mir fällt wieder ein, dass sich Mulkey und Kyer dem Schuppen genähert hatten, als wären sie noch nie da gewesen – wie sie an dem Schloss gerüttelt hatten, und wie überrascht der Cowboy gewesen war, dass das Mädchen wirklich dort war. Ich starre Hayward auf der anderen Seite des Tisches an und spreche mit klarer, ungefärbter Stimme. »Ich gehe davon aus, dass die Männer vom Highway ebenfalls Freelancer waren?«

»Korrekt.«

»Sie haben zwei U.S. Marshals getötet.«

»Richtig.«

»Und wird das nicht auch für ›Drama‹, wie sie es nannten, sorgen?«

»Mit Sicherheit. Und ich sollte hinzufügen, dass es wirklich eine Schande ist, dass einer der Männer bei diesem Zugriff getötet wurde. Aber das ist nun mal ein Berufsrisiko. Was zählt, ist jedoch, dass das alles auf Ihr Konto gehen wird. Natürlich wird den Behörden klar sein, dass Sie die Marshals nicht im Alleingang erledigen konnten, doch das macht nichts. Für sie ist das nur ein weiterer Schritt auf unserem Spielbrett – erst die ICE-Agenten, dann die Marshals, und dann ...«

Grinsend legt er eine kurze Sprechpause ein. »Meine Liebe, findest du, wir sollten ihr jetzt ihr nächstes Ziel nennen, oder soll es eine Überraschung bleiben?«

Carlas Aufmerksamkeit liegt vollständig auf ihrem Telefon. Abwesend greift sie nach ihrem Weinglas. Hayward versucht es noch einmal, diesmal mit mehr Nachdruck: »Liebling!«

Sie hält inne und wirft ihm einen Seitenblick zu. »Was?«

»Soll ich ihr jetzt das Ziel sagen, oder noch warten?«

Carla wirft mir einen abschätzigen Blick zu, bevor sie mit den Schultern zuckt. »Mir egal.«

Zum ersten Mal an diesem Abend wirkt Hayward pikiert. »Wenn du nicht an unserer Unterhaltung teilnehmen möchtest, kannst du genauso gut gehen.«

Das lässt sich Carla nicht zweimal sagen. Sofort schiebt sie ihren Stuhl zurück und steht auf.

»Gern. Ich hatte sowieso schon einen langen Tag, und wie ich bereits sagte: Gegessen habe ich schon.«

Sonst sagt sie nichts weiter, sie dreht sich einfach weg und stolziert aus dem Saal. Hayward ringt sich ein Lächeln ab. »Frauen! Was soll man da machen?«

Bevor ich ihm sagen kann, dass er der Schlampe eine scheuern soll, geht die Tür wieder auf und Jose taucht auf, gefolgt von seinem Aufpasser. Diesmal trägt er ein Tablett mit zwei Tellern, geht jedoch deutlich selbstbewusster damit um. Einhändig stellt er Hayward seinen Teller hin, während er das Tablett auf der freien Hand balanciert. Dann geht er die Länge des Tisches ab und stellt den zweiten Teller vor mir ab.

Ich bin überrascht, ein dickes Steak vorzufinden, dazu gestampfte Kartoffeln und Spargel. Das Steak sieht perfekt zubereitet aus und riecht fantastisch.

Hayward räuspert sich wieder.

»Louis hat mir gesagt, was Sie sich zu essen wünschen, also habe ich unseren Chefkoch damit beauftragt, das ganz allein für Sie zuzubereiten. Leider haben wir momentan keinen Hummer da, aber das dachten Sie sich vielleicht schon, habe ich nicht recht?«

Etwas in seiner Stimme hat sich verändert – sie klingt tiefer, kantiger. Ich schaue von meinem Teller auf und stelle fest, dass er mich eindringlich anstarrt.

»Sie sind eine smarte Frau, Miss Lin. Sie wissen, dass Sie diese Sache nicht überleben werden. Deswegen sind Sie hier. Wenn Sie Ihre Mission erfüllt haben, brauchen die Behörden jemanden, dem sie die Schuld geben können. Und diese Person werden Sie sein. Natürlich bringt es uns nichts, Sie am Leben zu erhalten, wenn es so weit ist. Deswegen werden Sie in den nächsten zweiundsiebzig Stunden sterben. Doch solange Sie tun, was wir von ihnen verlangen, wird Ihrer Familie kein Haar gekrümmt, verstehen Sie mich?«

Ich mag es gar nicht, wenn man mich bedroht, und erst recht mag ich es nicht, wenn meine Familie bedroht wird. Doch was soll ich machen, wenn ich ein Elektroschock-Halsband trage und hinter mir ein Kerl mit einer Glock steht, ganz zu schweigen von den anderen bewaffneten Patrouillen auf dem Gelände. Sie sind auch so schlau, dass sie mir kein Steakmesser gegeben haben. Es liegen zwar ein Buttermesser und eine Gabel auf dem Tisch, die in den richtigen Händen auch tödliche Waffen sein können. Doch es ist das Wissen um die Gefahr für meine Familie, die mich davon abhält, mit dieser Silberware auf Louis loszugehen. Also halte ich meinen Blick fest auf Hayward gerichtet und antworte: »Ja.«

Lächelnd nimmt sich Hayward seine Gabel. Er spießt ein Stück Spargel auf, beißt ab und kaut für einen Moment. Dann wischt er sich den Mund mit seiner Serviette ab.

»Ich bin froh, dass wir uns verstehen, Miss Lin. Sie verstehen sicher, dass ich Respektlosigkeiten gegenüber äußerst intolerant bin. Was meine Herzallerliebste angeht, nun ja, Sie haben ja selbst gesehen, wie sie sich benimmt. Ihr gestehe ich diese kleinen Ausfälle zu. Aber sonst darf sich hier niemand so benehmen. Und da Sie äußerst frech waren, als sie Ihre

Wünsche für dieses Abendmahl geäußert haben, werden Sie dieses Steak nicht essen. Um genau zu sein, wird es niemand essen. Jose wird ganz schön der Magen knurren, wenn er es wegwirft, denn er hat seit zwei Tagen nichts gegessen.«

Ich sitze reglos auf meinem Stuhl und starre ihn an. Das Lederhalsband ist mir nur allzu bewusst, genauso die Erinnerung an Jose, wie er sich vor Schmerzen auf dem Boden gewunden hatte. Er ist nur ein Junge, aber ich muss zugeben, dass ich wahrscheinlich genauso enden würde, wenn sie mir Elektroschocks der stärksten Dosis verabreichen.

Hayward schiebt sich noch etwas Kartoffelstampf in den Mund und kaut nachdenklich. Dann legt er seine Gabel beiseite und wischt sich den Mund mit seiner Serviette ab.

»Jose, räume ihren Teller ab.«

Der Junge schnappt sich meine Mahlzeit, stellt sie auf das Tablett und geht dann auf die Tür zu, wobei sein Aufpasser dicht an ihm bleibt.

Ich sehe Hayward zu, wie er sein Steak schneidet, sich ein Stück in den Mund führt, ein bisschen darauf herumkaut und dann angewidert den Teller wegschiebt. Er nimmt einen Schluck Wein, starrt mich über den Rand des Glases an und schüttelt schließlich den Kopf.

»Ich hatte gehofft, wir könnten ein schönes, ruhiges Abendessen haben, aber nein, Sie mussten es unbedingt verderben. Ich glaube, Sie wissen die Gastfreundschaft von Neverland nicht zu schätzen.«

Hayward nimmt seine Brille ab und benutzt das Taschentuch aus seiner Brusttasche, um die Gläser zu reinigen.

»Schauen Sie mal, Miss Lin, ich kann durchaus nachvollziehen, warum Sie sich für etwas Besonderes halten. Es ist ohne Frage eine Leistung, was sie mit der Diaz-Familie angerichtet haben, und dass Sie El Diablo zur Strecke gebracht haben. Immerhin haben die Kartelle jahrelang erfolglos versucht, ihn zur Strecke zu bringen. Doch am Ende sind Sie dann doch nichts weiter als ein Freelancer. Sie sind nichts Besonderes. Erst gestern sind zwei Sicarios hier vorbeigekommen. Sie waren Brüder. Stellen Sie sich das mal vor: Zwei Brüder, die als professionelle Killer arbeiten.«

Hayward setzt seine Brille wieder auf und steht langsam auf. Dann fängt er an, auf mich zuzugehen, wobei er immer wieder mit den Fingerknöcheln auf die Tischplatte trommelt.

»Ich bin ein Geschäftsmann, Miss Lin. Nicht mehr und nicht weniger. Mein ganzes Leben war ich einer. Sie verstehen wahrscheinlich nicht, was ich tue, und das ist auch in Ordnung, weil es keine Rolle spielt. Ich bin einfach ein Mann, der seiner Berufung folgt. Menschen, die wesentlich mehr Macht haben als ich, wollen etwas erledigt wissen, und ich bin derjenige, der es in die Tat umsetzt. Das geht nur, wenn Sie genau das tun, was Sie tun sollen. Andernfalls wird Ihre Familie sterben.«

An meiner Ecke des Tisches bleibt er stehen und lehnt sich hinunter, sodass sein Gesicht nur noch Zentimeter von meinem entfernt ist.

»Ich gebe gern zu, dass ich nicht allzu viel über Ihre Vorgeschichte weiß, aber meinem Verständnis nach haben sie Menschen für die Regierung der Vereinigten Staaten umgebracht. Sie waren also ein Arbeiterbienchen. Nur ein ganz kleines Rädchen in der riesigen Kriegsmaschinerie. Sie sind nichts Besonderes. Das sollen Sie bitte verstehen, bevor alles vorbei ist. Wenn Sie Ihren Zweck erfüllt haben und Louis Ihnen eine Pistole an den Kopf hält, dann sollen Sie wissen, dass Sie nichts Besonderes sind.«

Er hält inne und wendet sich dann an Louis. »Geben Sie mir eine Kugel.«

Ich kann den Mangel an Begeisterung in Louis' Stimme förmlich hören. »Sir?«

»Geben Sie mir eine Pistolenkugel.«

Aus dem Augenwinkel sehe ich, wie Louis seine Pistole aus dem Holster nimmt und dann den Schlitten zurückzieht, sodass eine Patrone herausgeschleudert wird. Er fängt sie in der Luft und reicht sie Hayward.

Der Alte hält sich das Projektil direkt vors Gesicht, als würde er einen Diamanten von unschätzbarem Wert mustern. Dann legt er sie auf den Tisch.

»Sehen Sie das? Mehr sind Sie nicht. Sie sind nicht mal eine Waffe. Sie sind nur eine Kugel. Louis, was für eine Art von Patrone ist das?«

»Hollow Point, Sir.«

»Aha, ein Hohlspitzgeschoss also«, sagt Hayward nickend. »Das sind Sie, Miss Linn. Ein Hohlspitzgeschoss, wie passend. Ihre einzige Daseinsberechtigung im Leben ist, zu töten. Männer, die viel mächtiger sind als Sie, haben in der Vergangenheit die Entscheidungen getroffen, und genauso treffen sie diese Entscheidungen noch immer. Sie sind diejenigen, die jemanden wie Sie in ihre Pistole laden. Sie sind diejenigen, die den Abzug betätigen.«

»Sehen Sie, Miss Linn, genau das tun wir hier in Neverland. Wir machen den Kindern klar, dass sie nichts Besonderes sind. Dass sie niemals etwas Besonderes sein werden. Und wissen Sie was? Es funktioniert, und zwar jedes Mal. Natürlich werden Sie nicht genug Zeit hier verbringen, dass wir Sie brechen können, aber ich möchte trotzdem, dass Sie verstehen, dass Sie nichts wert sind. Und diese Kugel hier? Ich werde dafür sorgen, dass Louis gut auf diese Kugel aufpasst, nur für Sie. Wenn die Zeit gekommen ist, und Sie ihre letzte Mission erledigt haben, wird das die Kugel sein, die Ihrem Leben ein Ende setzt.«

28

Sie hatten vor etwa einer halben Stunde eine neue Zeitzone erreicht, also war es jetzt eine Stunde früher als vor einer Stunde, oder etwas in der Art. Erik kam immer durcheinander, wenn er Zeitzonen gegen den Strom durchquerte. So hatte es einmal jemand in seiner Grundausbildung genannt, und die Formulierung war ihm irgendwie im Kopf hängen geblieben. Nun saß er hier in einem Privatjet und flog gegen den Strom.

Er wusste nicht, was für ein Flugzeugmodell es war und wagte auch nicht, es zu fragen. Neben den beiden Piloten, die sich im Cockpit eingeschlossen hatten, waren die beiden Männer aus Hollys Appartement an Bord: Nova und James.

James hatte die ganze Zeit kein Wort gesprochen, und Nova auch nicht viel. Nachdem sie die Wohnung verlassen hatten, waren sie fast eine Stunde gefahren, bis sie den Flugplatz erreicht hatten und in den Jet gestiegen waren. Nur wenige Minuten später waren sie in der Luft gewesen, und jetzt befanden Sie sich entweder über Tennessee oder Kentucky – Erik wusste nicht genau, wo, und traute sich auch hier nicht zu fragen.

Natürlich war er schon einmal geflogen, aber noch nie in einem Privatjet. Er hätte auch nicht gedacht, dass er das jemals tun würde. Privatjets waren etwas für Filmstars, Sportler und Milliardäre, und nichts für einen wie ihn. Es fühlte sich fast obszön an, wie luxuriös die Einrichtung war und wie bequem sich die Sessel anfühlten.

Ein Teil von ihm war erschöpft, doch ein anderer Teil von ihm konnte nicht schlafen – nicht nach all dem, was passiert war. Immer wieder kehrten seine Gedanken zu der jungen Frau zurück, die er im letzten Jahr als Jen gekannt hatte, und die in Wahrheit ganz anders hieß. Dieses Wissen war fast genauso schockierend wie die Tatsache, dass sie zwei Männer getötet hatte. Ein Teil von ihm war auch der Meinung, dass er niemals mit diesen beiden Fremden hätte mitgehen sollen, wohingegen ein anderer Teil ihnen sofort instinktiv vertraut hatte. So wie Erik es sah, hätten sie ihn längst umbringen können, wenn das ihr Plan gewesen wäre.

»Kannst du nicht schlafen?«

Die tiefe Stimme ließ ihn zusammenzucken. Er hatte aus dem Fenster gestarrt, auf die dunkle Landschaft unter ihnen, und jetzt schaute er den großen Kerl an, der ihm gegenübersaß. Novas Kopf war zurückgelehnt, doch seine Augen waren halb offen und er musterte Erik.

Weil ihm nichts Besseres einfiel – und weil Nova ihn erschreckt hatte – sagte Erik das Erste, was ihm einfiel: »Euer Boss muss ja stinkreich sein.«

Nova schob seinen muskulösen Körper etwas in seinem Sessel hin und her. »Er ist nicht mein Boss.«

Eriks Mundwinkel wanderten nach unten. »Aber …«

Nova schwang einen Daumen über die Schulter und deutete damit auf James, der in dem Sitz hinter ihm schlief. »Der arbeitet für den Kerl. Ich dagegen … bin nur so eine Art Bekannter.«

Erik wusste nicht, was das bedeuten sollte, und traute sich auch nicht zu fragen. Irgendwie war er immer noch verwirrt. Also deutete er mit dem Kopf in Richtung James. »Spricht er nie?«

Nova schüttelte den Kopf.

»Er ist stumm. Wohl schon sein ganzes Leben.«

»Kommuniziert er dann über Zeichensprache?«

»Könnte ich mir vorstellen. Aber was nützt dir das?«

»Ich kann tatsächlich Zeichensprache. Habe ich als Kind gelernt. Ich hab es allerdings jahrelang nicht gemacht, deswegen bin ich wahrscheinlich etwas eingerostet. Aber an einiges erinnere ich mich.«

Nova sagte nichts weiter dazu und schaute aus dem Fenster.

»Kannst du mir jetzt irgendwas darüber sagen, was hier los ist?«

Nova starrte aus dem Fenster. »Wir fliegen nach D.C.«

»Ja, das habe ich verstanden. Und wir versuchen, die Kerle zu finden, die Hollys Familie beobachten. Aber was passiert, wenn wir sie finden?«

Nova starrte noch einen Moment nach draußen, bevor er sich Erik zuwandte.

»Schau mal, du scheinst doch ein kluges Kerlchen zu sein. Da müsstest du doch schon gemerkt haben, dass ich nicht so wirklich dafür bin, dass wir dich mitgenommen haben.«

Erik nickte, sagte aber nichts dazu. Die Sache war ihm allerdings aufgefallen.

»Wenn es meine Entscheidung gewesen wäre, hätten wir dich in diesem verkackten Dreckskaff gelassen, am besten in der Wohnung gefesselt, damit du nicht sofort deine Kollegen rufen kannst. Aber die Leute, die hier das Sagen haben, sahen das wohl anders. Atticus ist zwar nicht mein Boss, doch ich vertraue seinen Entscheidungen. Und jedes Mal, wenn ich Hilfe brauchte, war er zur Stelle.«

Erik studierte Nova und versuchte, sich einen Reim darauf zu machen, wo er arbeitete. »Bist du bei der CIA?«

Nova lächelte und schüttelte den Kopf.

»FBI?«

Nova schnaubte verächtlich, verzog das Gesicht und schwieg weiter.

»Ich vermute, du bist auch nicht bei der CIA, und glaube nicht, dass du für ein anderes Land arbeitest.«

»Nein, ich bin Vollblut-Amerikaner«, sagte Nova.

»Also, für wen arbeitest du dann?«

»Ich sagte doch schon, Meister: Ich arbeite für niemanden. Ich bin nur hier, um einer Freundin zu helfen.«

»Holly.«

»Genau.«

»Aber sollten wir dann nicht herausfinden, was mit ihr passiert ist?«

»Atticus arbeitet daran. In dem Moment, wo sie verhaftet wurde, wurde er automatisch benachrichtigt. Deswegen hat er sich dann bei mir gemeldet. Ich war in der Mitte des Nirgendwo, bei einer schönen, kleinen Hütte im Wald, und habe die Kunst des Fliegenfischens praktiziert. Dann hat Atticus angerufen, mir gesagt, dass James mich abholen würde, und ein paar Stunden später waren wir in Alden.«

»Und ich bin euch in die Quere gekommen, als ihr Hollys Wohnung durchsucht habt.«

Nova zuckte mit den Schultern.

»Wir waren eigentlich gerade fertig, als du da reingestolpert bist, aber ja.«

»Hast du es ernst gemeint, was du vorhin gesagt hast?«

»Kommt drauf an, was genau das gewesen sein soll.«

»Dass Holly auf sich selbst aufpassen kann.«

Nova nickte, fast schon nachdenklich, und drehte den Kopf etwas zur Seite, sodass er wieder aus dem Fenster schauen konnte.

Erik dachte, er würde vielleicht noch mehr zu dem Thema sagen, doch das passierte nicht.

»Was machen wir denn, sobald wir gelandet sind?«

Nova richtete seinen Blick wieder auf ihn und atmete tief durch.

»Es werden ein paar Fahrzeuge auf uns warten, und Waffen sowie Kommunikationsausrüstung. Dann werden wir uns aufteilen. Hollys Mutter wohnt am anderen Ende der Stadt, der Mann ihrer Schwester arbeitet unter der Woche. Die Sommerferien haben gerade angefangen, deswegen wird ihr Neffe nicht in der Schule sein, und wir haben keine Ahnung, wo er und seine Mutter tagsüber sein werden.«

»Ich verstehe nicht, warum wir nicht die Polizei einschalten.«

»Was sollen wir denn sagen? Wir haben keine Beweise, dass ihre Familie in Gefahr ist. Wir machen das rein auf Basis deiner Aussage. Und, nimm es mir nicht übel, für mich hat dein Wort überhaupt kein Gewicht. Du könntest sogar zu den Spinnern gehören, die Holly entführt haben. Und uns an der Nase herumführen.«

Erik sagte nichts – er war regelrecht schockiert. Nova verlagerte sein Gewicht, um ihm seine volle Aufmerksamkeit zukommen zu lassen. Seine Hände bewegten sich dabei zwar nicht, doch Erik war vollkommen klar, dass er jederzeit seine FNX-45 ziehen könnte.

»Sag mir die Wahrheit, Erik: Führst du uns an der Nase herum?«

Erik machte sich nicht die Mühe, den Kopf zu schütteln. Er hielt den Blick starr auf Nova gerichtet, als er antwortete: »Nein.«

»Bist du sicher?«

»Ja.«

Nova nickte langsam. Dann schaute er wieder aus dem Fenster. »Ich hoffe, du sagst die Wahrheit. Wäre zu dumm, wenn wir extra nach Washington fliegen und unsere Zeit verschwenden.«

»Was passiert, wenn wir die Kerle finden, die Hollys Familie beobachten?«

Nova starrte weiter aus dem Fenster. »Nichts.«

Das war ganz und gar nicht, was Erik erwartet hatte. »Was meinst du mit nichts?«

»Ich meine es ganz genau so, wie ich es gesagt habe.«

»Aber das ist doch irre – wenn wir die Kerle finden, dann müssen wir ...«

Erik schnitt sich selbst das Wort ab, als ihm die Sache klar wurde. »Verstehe. Wenn wir sie ausschalten, wird Holly umgebracht. Diese Leute wollen irgendwas von ihr, und ihre Familie ist das Druckmittel. Aber trotzdem ... was wäre, wenn wir sie finden, und sie zwingen, uns zu sagen, wo Holly ist?«

»So eine Operation ist wie ein Kartenhaus. Wenn man eine Karte wegzieht, stürzt alles in sich zusammen. Deswegen müssen wir als Allererstes feststellen, ob überhaupt eine Beschattung im Gange ist. Dann warten wir ab.«

Erik schüttelte den Kopf. So frustriert wie in diesem Moment hatte er sich den ganzen Tag nicht gefühlt.

»Aber worauf warten wir dann?«

»Darauf, dass Holly das tut, was sie am besten kann?«

»Und was genau ist das?«

Nova lehnte seinen Kopf wieder nach hinten und schloss die Augen.

»Überleben.«

29

Um Punkt sieben Uhr morgens geht der Wecker auf meinem Nachttisch los. Eine Sekunde später fliegt die Tür auf und Louis steht da, bekleidet mit einem frischen Oberhemd und Anzughosen, die Glock wie immer in seinem Hüftgürtel.

»Willst du duschen?«

Es ist eine seltsame Frage – ich meine, natürlich will ich duschen – aber ich antworte nicht. Ich liege weiter in meinem Bett, den Kopf leicht gehoben, um ihn anzuschauen. Sein Gesichtsausdruck verändert sich nicht.

»Willst du verdammt noch mal duschen oder nicht?« Ich stütze mich auf die Ellbogen und nicke.

Er wirft mir etwas zu.

Es ist klein und landet mit einem »Plopp« auf dem Fußende des Betts. Es ist ein Schlüssel, der mein Halsband öffnen kann.

»Ich muss das Halsband sowieso aufladen. Du hast fünf Minuten!«

Ich stehe auf, schnappe mir den Schlüssel und fange an, nach dem Schlüsselloch zu tasten.

»Oh, und Holly?«

Er greift mit der linken Hand nach etwas im Flur, während er mit der rechten den Verschluss seines Holsters öffnet und die Pistole anhebt. Plötzlich taucht Jose neben ihm im Türrahmen auf und Louis hält ihm die Waffe an den Kopf. Der

Kleine schaut starr zu Boden, doch als der Lauf seine Stirn berührt, zuckt er kurz zusammen.

»Wenn du auf irgendwelche dummen Gedanken kommst, kriegt er eine Kugel in den Kopf!«

Genau wie sein Boss Hayward scheint es Louis enorme Befriedigung zu verschaffen, solche Drohungen auszusprechen. Deswegen beschließe ich, ihn unbeachtet stehenzulassen und ins Bad zu verschwinden, wo ich das Wasser aufdrehe.

Meinen geistigen Countdown habe ich beginnen lassen, als Louis die fünf Minuten erwähnte, und vier Minuten und sechsundvierzig Sekunden später mache ich das Wasser aus, schnappe mir das Handtuch und trockne mich ab. Als ich wieder in das Zimmer komme, nur in das Handtuch gehüllt, finde ich einen frischen Stapel Kleidung auf dem Bett vor. Auf dem Nachttisch steht ein Tablett mit Rührei, Schinken und Toast.

Louis scheint sich kein Stück bewegt zu haben, ebenso wenig Jose. »Ich war in weniger als fünf Minuten wieder da«, sage ich zu Louis.

»Richtig.«

Ich deute auf Jose. »Dann lass ihn gehen.«

Louis bewegt keinen Muskel. Er steht einfach nur da und drückt dem Jungen weiter die Knarre gegen die Stirn. Dann endlich lockert er seinen Griff um Jose.

»Zieh das Halsband an.«

Im ersten Moment bin ich verwirrt – meint er das Halsband, das ich im Bad habe liegen lassen? Doch dann entdecke ich ein neues Halsband auf dem Stapel mit der Kleidung. Er sieht genauso aus und hat ebenfalls einen Schnappverschluss, den man nur mit einem Schlüssel öffnen kann. Er passt absolut perfekt um meinen Hals, ohne einen Millimeter Spiel.

»Wo ist der Schlüssel?«, herrscht Louis mich an. Ich deute mit dem Kopf in Richtung Badezimmer. Diese Antwort scheint ihm nicht zu gefallen und er presst den Lauf seiner Glock wieder gegen Joses Kopf.

Schnell hole ich den Schlüssel und das andere Halsband aus dem Bad und gehe langsam auf Louis zu. Ich halte ihm die beiden Gegenstände entgegen und Jose nimmt sie mir ab, ohne mich dabei anzuschauen.

»Mach vier Schritte zurück«, herrscht Louis mich an.

Ich tue, wie mir geheißen, bis das Bett gegen meine Waden drückt. Louis wartet noch einen Augenblick und nimmt dann die Waffe von Joses Kopf weg. Er steckt sie wieder ins Holster und schiebt Jose den Flur hinunter, wo ich höre, wie die Schritte des Jungen sich schnell entfernen.

Ich beschließe, dass auch Louis sehr leiden wird, wenn ich ihn töte – genau wie sein Boss. Louis bewegt sich nicht von der Stelle.

Ich sage: »Das ist hier kein Strip-Schuppen. Darf ich etwas Privatsphäre haben?«

Louis deutet auf die Kamera in der Ecke. Natürlich. In Neverland gibt es keine Privatsphäre.

»Was steht heute auf dem Programm?«, frage ich.

Louis schaut mich weiter ausdruckslos an. »Du hast zehn Minuten, um dich anzuziehen und zu essen. Sei keine Sekunde zu spät. Sonst wird der Junge für deine Unverschämtheit büßen.«

Bevor ich etwas sagen kann, hat er die Tür geschlossen.

Ich stehe einen Moment verdutzt da, dann verlagere ich meinen Blick auf die Kamera in der Ecke. Mein erster Impuls ist, ihr den Mittelfinger entgegenzurecken, doch dann denke ich an das Halsband. Der Schlag letzte Nacht war heftig, doch ich könnte durchaus noch so einen wegstecken. Aber dann denke ich daran, wie Jose oder ein anderes Kind, wie zum Beispiel das Mädchen von letzter Nacht, wegen mir gequält würden. Ich bin nicht mal einen Tag hier, und schon fängt die

Konditionierung an zu wirken. Ich will mir gar nicht vorstellen, wie die Kinder hier leiden müssen.

Als ich mich von der Kamera abwende und das Handtuch fallen lasse, um mich anzuziehen, fasse ich den Entschluss, dass jeder, der hier arbeitet – egal ob Wachen oder Freelancer – unter starken Schmerzen sterben wird.

30

Louis führt mich nach draußen in die Morgensonne. Der Himmel ist klar, es sind nur ein paar dünne Wolkenstreifen am Horizont, und so kann ich mir viel besser ein Bild meiner Umgebung machen. Neben den drei Gebäuden und der großen Scheune sowie einem Hügel in ein paar hundert Metern Entfernung ist allerdings nicht viel zu sehen. Der Komplex befindet sich im Schutz der Hügelkette, als wären wir in eine Halbkugel eingebettet. Letzte Nacht waren hier noch einige Wachleute zu sehen, doch sie sind alle verschwunden.

»Hier entlang.«

Die Stimme des Mannes klingt flach, desinteressiert, und er läuft vor mir her, ohne Angst zu haben. In seiner linken Hand hat er den Transponder, seine rechte schwebt nahe der Glock 17. Wir kommen auf ein freies Feld. Dort warten vier Männer neben einem Campingtisch und einem Stuhl. Ich schätze, das sind dieselben Freelancer, die die Marshals angegriffen haben. Sie tragen alle Sonnenbrillen und haben 9-Millimeter Beretta-Pistolen an Gürtelholstern. Zur Kommunikation tragen sie offensichtlich kabelgebundene Ohrstücke. Sie sagen kein Wort, während wir uns nähern.

Als wir den Tisch erreichen, sehe ich, dass dort ein Scharfschützen-Gewehr liegt, dazu eine Packung Munition, Ohrstöpsel zum Schallschutz sowie ein Feldstecher.

Louis stellt sich neben den Tisch und verschränkt die Arme.

»Wir wussten nicht, was deine dominante Hand ist, deswegen haben wir dir ein Nemesis Valkyrie besorgt. Kennst du dich damit aus?«

Ich nicke und schaue mir das beidhändig bedienbare Präzisionsgewehr mit Einzelschuss-Vorrichtung an. Die Waffe ist bereits zusammengebaut und auf ein kleines Stativ gestützt.

»Wir haben uns für den 20-Zoll-Lauf entschieden. Dazu hast du mehr als ausreichend 6,5-Zoll Creedmoor-Patronen, um uns zu beweisen, dass du diese Mission schaffen kannst.«

Ich nicke wieder und trete an die Waffe heran. Als ich nach ihr greife, ziehen die Freelancer alle gleichzeitig ihre Pistolen. Daraufhin hebe ich eine Augenbraue. »Entspannt euch, Jungs. Wie soll ich mit dem Ding schießen, ohne es anzufassen?«

Die Männer reagieren nicht, richten allerdings auch nicht ihre Waffen auf mich. Sie halten sich nur bereit für alle Eventualitäten.

Louis räuspert sich.

»Wie du siehst, ist das Gewehr nicht geladen. Wir haben uns gedacht, dass du das lieber selbst machen möchtest.«

Die Valkyrie hat ein Zehn-Schuss-Magazin. Ich öffne die Munitionsschachtel und drücke eine Patrone nach der anderen in das Magazin.

»Worauf schieße ich denn heute?«

Louis deutet auf das weite Feld. »Wir haben etwa ein Dutzend Zweiliterflaschen für dich verteilt, dazu noch ein paar kleinere Flaschen, ungefähr dreihundert Meter entfernt.«

Ich stecke das Magazin in die Waffe und hebe sie an, und in diesem Moment richten sich vier Berettas auf mich. Die Freelancer haben sich in einer V-Formation aufgestellt – jeweils einer links und rechts neben mir, zwei hinter mir. Dadurch könnte ich maximal einen von ihnen ausschalten, bevor die anderen mich erledigen.

»Wie ich schon sagte: Entspannt euch, Jungs!«

Die Freelancer sehen nicht entspannt aus.

»Sie machen nur ihren Job«, sagt Louis. »Also, warum machst du nicht einfach deinen?«

Autsch.

»Wo soll ich mich positionieren?«

Louis schnappt sich das Fernglas und deutet auf den Stuhl: »Benutze den Tisch als Stütze für das Gewehr.«

Ich setze mich und stecke mir die Schallschützer in die Ohren. Dann ziehe ich das Gewehr an mich heran und linse durch das Fernglas. Ich entdecke einige der Flaschen, die sich am anderen Ende des Feldes im Gras verstecken. Ihre Etiketten wurden entfernt und sie scheinen mit Wasser gefüllt zu sein.

Mein Finger berührt den Abzug.

Ich hole tief Luft und lasse sie wieder hinaus. Ich atme noch einmal ein ... und drücke beim Ausatmen den Abzug durch.

Eine der Flaschen explodiert.

Louis, der sich inzwischen auch Ohrenschützer eingesteckt hat, lässt das Fernglas sinken und schaut mich an. »Weiter.«

Ich ziehe den Ladebolzen zurück, sodass die leere Patronenhülse aus der Waffe fliegt. Dann ziele ich auf eine der kleineren Flaschen, drücke wieder ab und pulverisiere mein Ziel dadurch förmlich.

Das ist fast schon zu leicht.

Ich ziehe den Bolzen wieder zurück und bin bereit, weiterzufeuern, als Louis plötzlich aufschreit: »Warte!«

Ich halte meinen Finger auf dem Abzug, aber ich drücke ihn nicht. Stattdessen warte ich ein paar Sekunden, in denen Louis weiter schweigt. Ich lehne mich zurück und schaue in seine Blickrichtung.

Hayward kommt auf uns zu. Er trägt Baumwollhosen mit einem weißen Oberhemd sowie einen Panamahut. Jose und sein Aufpasser folgen ihm, wobei der Junge seinen Blick stur auf den Boden richtet.

Als sie uns erreichen, übergibt Louis seinem Boss den Feldstecher. Hayward inspiziert damit das Feld, dann gibt er ihn zurück.

»Nicht schlecht, Miss Lin. Natürlich sind das unbewegte Ziele. Richtigen Erfolgsdruck gibt es auch nicht. Sie haben hier so viele Versuche, wie Sie brauchen – aber wenn es um Ihr tatsächliches Ziel geht, werden Sie nur einen einzigen Schuss haben.«

»Danke für die aufbauenden Worte, Coach.«

Haywards Gesicht nimmt etwas Farbe an. Er starrt mich böse an, dann wandert sein Blick zu Jose.

»Sie haben doch ein Herz für Kinder, nicht wahr, Miss Lin?«

Jose steht wie versteinert da, sein Gesicht nach unten gerichtet. Weil ich mich nur allzu gut daran erinnere, wie er sich gestern vor Schmerzen auf dem Boden wand, gebe ich Hayward keine schnippische Antwort.

Stattdessen frage ich: »Was ist denn mein tatsächliches Ziel?«

Hayward lächelt milde. »Alles zu seiner Zeit, Miss Lin. Sie werden mindestens noch einen weiteren Tag hier in Neverland zu Gast sein. Sie und ich werden uns besser kennenlernen. Außerdem können Sie weiter ihre Schießkünste verfeinern.«

Er deutet auf das Feld. »Bisher scheinen Sie sich gut zu schlagen, aber vergessen Sie nicht: Wenn die Zeit gekommen ist, werden Sie unter enormem Druck stehen. Denn wenn Sie keinen Erfolg haben, das Ziel zu eliminieren, wird ihre Familie sterben. Ihre Mutter, ihre Schwester, ihr Schwager und natürlich ihre beiden Neffen. Sie wollen doch nicht, dass sie sterben, oder?«

Es ist eine dumme Frage – natürlich will ich nicht, dass sie sterben – aber der Kerl spielt mit mir. Und weil er am längeren Hebel sitzt, habe ich keine andere Wahl, als mitzuspielen.

»Nein.«

»Natürlich, Miss Lin. Natürlich wollen Sie nicht, dass sie sterben. Deswegen halte ich es für das Beste, wenn Sie unter etwas Druck üben. Und deswegen habe ich Jose mitgebracht – um Sie etwas stärker zu motivieren.«

Die Richtung, die das Ganze nimmt, gefällt mir gar nicht.

Hayward lächelt wieder. »Ich will, dass Sie eine der kleinen Flaschen treffen – und wenn Sie danebenschießen, wird Jose leiden.«

Jose, der immer noch zu Boden schaut, beginnt zu zittern.

Ich befeuchte meine Lippen und frage mich, wie ich Hayward am effektivsten quälen kann, wenn ich ihn umbringe. Vielleicht breche ich ihm ein paar Knochen. Oder steche ihm ein Auge aus. Doch diese Gedanken lenken mich nur ab. Ich muss mich konzentrieren, mich beruhigen.

Also wende ich mich dem Gewehr zu. Drücke die Ohrenschützer wieder fest hinein und schaue durch das Zielfernrohr. Ich richte den Lauf auf eine der kleinen Flaschen im Gras, lege den Finger auf den Abzug. Ich atme ein, atme aus. Hole wieder tief Luft … doch als ich den Abzug durchdrücke, tritt Louis gegen den Tisch und der Schuss geht daneben. Sofort schreit Jose auf und fällt zu Boden. Ich springe auf, doch ein elektrischer Schlag peitscht durch meinen Körper, ich zucke zusammen und sinke auf die Knie. Hayward steht einfach nur da, die Hände zusammengefaltet, und beobachtet mich.

Es dauert ein paar Sekunden, dann hat sich das Blitzgewitter in meinem Körper wieder verzogen. Alles, was bleibt, ist der Nachhall unglaublicher Schmerzen – ein Phantomschmerz.

Jose hört auf, sich zu winden, doch er steht nicht auf. Hayward schüttelt den Kopf wie ein enttäuschter Vater. »Anscheinend sind Sie unter Druck nicht besonders gut.«

Er wartet auf eine Antwort von mir, und als keine kommt, wendet er sich dem Jungen zu: »Jose, steh auf.«

Jose kämpft sich in den Stand, so schnell er kann.

Hayward tätschelt seinen Kopf, dann schaut er mich an. »Sie müssen wissen, als Jose hier in Neverland ankam, war er ein sehr sturer kleiner Junge. Er hat sich geweigert, zu gehorchen, selbst mit dem Halsband. Normalerweise lernen die Kinder hier sehr schnell, aber Jose nicht. Sein Starrsinn war ohne Beispiel. Aber jeder hat einen Punkt, an dem er bricht.«

»Was machen Sie mit den Kindern?«

Hayward mustert mich lange und denkt darüber nach, ob er die Frage beantworten soll, bis er schließlich seufzt. »Ich gebe ihrem Leben einen Sinn. Diese Kinder kommen von schrecklichen Orten. In den meisten Fällen wollen ihre Mütter Sicherheit. Das versprechen wir ihnen – wir versprechen ihnen Sicherheit für ihr Kind – und dann benutzen wir sie wie auch immer es uns gefällt. Und nein, bevor Sie falsche Schlüsse ziehen, wir verkaufen die Kinder nicht als Sexsklaven.«

Er hält inne und grinst.

»Also, jedenfalls nicht wissentlich. Was die Kunden mit den Kindern machen, die sie uns abkaufen, geht uns natürlich nichts an, nachdem die Transaktion abgeschlossen ist. Die meisten Kinder werden als gefügige Hausangestellte eingesetzt. Sie machen sauber. Sie kochen. Die meisten von ihnen sind bereits so stark konditioniert, dass sie nicht einmal mehr ein Halsband brauchen. Trotzdem liefern wir mit jedem Verkauf ein Halsband mit. Denn schließlich gibt es auch manchmal Kinder wie Jose hier, die dermaßen stur sind, dass sie im Verlauf der Zeit wahrscheinlich wieder renitente Tendenzen entwickeln. Deswegen ist es uns wichtig, äußerst gründliche Vorarbeit zu leisten.«

Hayward deutet auf das Feld. »Also, Miss Lin, eine der kleinen Flaschen, bitte. Aber diesmal werden Joses Schmerzen nicht aufhören, bis sie ihr Ziel erreicht haben.«

Jose schreit auf und fällt zu Boden. Sofort wende ich mich dem Gewehr zu.

Ich spähe durch das Okular, den Finger auf dem Abzug. Doch ich kann mich nicht konzentrieren. Ich will nicht voreilig einen Schuss abgeben und danebenschießen, denn das wird Jose noch längere Schmerzen bereiten. Gleichzeitig darf ich auch keine Zeit verlieren.

Einatmen, ausatmen. Einatmen, ausatmen.

Ich drücke den Abzug durch und sehe, wie die kleine Flasche am anderen Ende des Feldes explodiert.

»Da! Getroffen!«

Ich lehne mich zurück und will aufstehen, doch die Freelancer machen alle einen Schritt auf mich zu, ihre Pistolen auf meinen Kopf gerichtet.

Jose windet sich weiter am Boden. Hayward nimmt Louis den Feldstecher ab, starrt für einen Moment hindurch und lässt ihn dann sinken.

»Es sieht in der Tat danach aus.«

Jose windet sich immer noch.

»Dann drehen Sie den Strom ab!«, schreie ich.

Haywards Gesicht dreht sich in meine Richtung, die Augen zu Schlitzen verengt. »Sagen Sie mir nicht, was ich tun soll, Miss Lin.«

Ich bereite mich auf einen weiteren Stromstoß vor, denn aus dem Augenwinkel sehe ich, wie Louis seinen Daumen auf den Transponder legt – doch bevor mich der Schlag trifft, taucht Carla bei einem der Gebäude auf. Sie eilt auf uns zu.

Hayward wendet sich ihr zu, und sofort lässt Joses Aufpasser den Transponder sinken. Jose hört auf, sich zu bewegen, und schluchzt stattdessen leise in den Boden. Ich möchte zu ihm gehen und irgendwie seine Schmerzen lindern, doch die Freelancer halten ihre Berettas auf mich gerichtet. Und das, obwohl das Gewehr unberührt auf dem Tisch liegt.

»Was ist los?«, fragt Hayward, als Carla uns erreicht hat.

»Sein Terminplan hat sich geändert. Er wird schon morgen dort sein.«

»Was?«

Haywards Stimme donnert über das Feld. Seine Hände ballen sich zu Fäusten. Ich mache mir Sorgen, dass er seinen Ärger wieder an Jose auslassen wird – dass er dem Aufpasser seinen Transponder entreißt und selbst Stromschläge verteilt. Doch dann geht er auf Carla zu. »Das muss ein Fehler sein!«

Sie schüttelt den Kopf. »Ich habe gerade den Anruf erhalten. Es ist morgen.«

Hayward wendet sich Louis zu, die Zähne zusammengebissen. »Was haben wir für Optionen?«

Louis kaut auf seiner Unterlippe herum und überlegt. »Es sind vierzehn Stunden bis dorthin, je nach Verkehr. Wenn wir sofort aufbrechen, schaffen wir es vielleicht bis Mitternacht und können alles aufbauen. Es ist knapp, aber machbar.«

Hayward denkt einen Moment nach. »Dann machen wir es so. Fesselt sie und packt sie in den Kofferraum.«

Louis gibt den Freelancern ein Signal. Einer von ihnen bleibt, wo er ist, und richtet weiter seine Waffe auf meinen Kopf. Die anderen räumen das Gewehr und die Munition weg.

Hayward wendet sich mir zu, ein verkrampftes Lächeln auf seinen Lippen. »Es scheint, als ob uns doch keine Zeit zusammen bleibt. Das ist eine Schande, denn mir wurde gesagt, dass die Hummerschwänze heute Nachmittag geliefert werden.«

Er tritt näher an mich heran und tätschelt mein Halsband. »Das behalten Sie an. Louis hat den Auslöser. Das Wohlergehen Ihrer Familie hängt von ihrer Fügsamkeit ab. Verstehen Sie das, Miss Lin?«

Ich fühle mich plötzlich sehr leer und nicke geistesabwesend.

Hayward wirft Carla einen Seitenblick zu und räuspert sich.

»Jetzt, da Sie uns schon bald verlassen, kann ich Ihnen wohl verraten, wer Ihr Ziel ist. Soweit ich informiert bin, kannten Sie seinen Sohn. Um genauer zu sein, haben Sie ihn letztes Jahr umgebracht.«

Hayward grinst, als er sieht, wie sich die Erkenntnis auf meinem Gesicht breitmacht.

»Ganz richtig, Miss Lin. Sie werden den Vater von Alejandro Cortez erschießen: den mexikanischen Präsidenten.«

31

Tina Davis wusste nicht mehr genau, wie lange sie mit ihrem Leben schon unzufrieden war. Doch in den letzten Wochen war diese Unzufriedenheit in pure Abscheu umgeschlagen. Mit jedem Tag, der verging, hasste sie ihr Leben noch mehr – egal, ob sie von Ryans Wecker aus dem Schlaf gerissen wurde oder von den Stimmen der Jungs im Flur.

Natürlich war es nicht immer so gewesen. Früher war sie glücklich. Und sie wusste, dass es nicht einmal etwas damit zu tun hatte, dass ihre Schwester verschwunden war. Jetzt, wo sie darüber nachdachte, wurde ihr klar, dass das nun fast ein Jahr her war. Es hatte auch nichts damit zu tun, dass Ryan seinen hochbezahlten Job verloren hatte – etwa einen Monat, nachdem Holly verschwunden war. Doch es muss irgendwann kurz danach angefangen haben, in dieser Zeit, als alles in der Schwebe war, und Ryan ununterbrochen nach einer neuen Anstellung gesucht hatte. Erst vor ein paar Monaten hatte er endlich einen neuen Arbeitsvertrag unterschrieben, und auch wenn der Job deutlich schlechter bezahlt war, brachte er immerhin eine Menge Urlaub und Arbeitgeberleistungen mit sich. Das war schon etwas, doch obwohl die Lage sich zu bessern schien, wuchs ihre Unzufriedenheit noch weiter. So sehr Tina sich auch bemühte, sie konnte die Dinge einfach nicht mehr positiv sehen. So wurde Abneigung zu Hass. Sie hatte zwar keine Selbstmordgedanken; keine Pläne, ihr ungeliebtes

Leben zu beenden, aber sie hasste es einfach, und zwar von ganzem Herzen. Erst waren es nur Kleinigkeiten wie Kollegen, die ihr auf die Nerven gingen, doch dann war es irgendwann alles, woran sie dachte. Frustration und Wut hatten sich immer weiter aufgestaut, bis sie einfach nur noch rot sah.

»Mom? Wann holt Misses Holbrook uns ab?«

Tina blinzelte. Ihr wurde klar, dass sie an der Spüle stand und der Wasserhahn lief. Wieder einmal hatte sie sich in ihren Gedanken verloren. Matthew versuchte es noch einmal, auch wenn in seiner Stimme ein deutliches Zögern mitschwang. »Mom?«

Sie stellte das Wasser ab und drehte sich um. Dann lächelte sie ihre beiden Söhne an, die am Küchentisch saßen. Ihre Tablets hatten sie vor sich aufgeklappt, denn es war die einzige Zeit des Tages, wo sie ihre elektronischen Alleinunterhalter mit an den Tisch nehmen durften. Ab dem Mittagessen waren Tablets streng verboten. Tina hatte sogar Verbotsschilder ausgedruckt, auf denen Tablets rot umrandet und dick durchgestrichen waren, wie bei einem Rauchverbotsschild. Dieser Warnhinweis prangte als stetige Erinnerung auf der Kühlschranktür. Nur einmal hatte Matthew es abgerissen, weil er in der Schule zum Nachsitzen verdonnert wurde und deswegen zu Hause auch noch Tablet-Verbot zur Strafe bekommen hatte.

Doch jetzt starrten ihre Jungs sie beide besorgt an, ihre Pfannkuchen halb gegessen vor sich. Für einen kurzen, irren Moment hatte Tina vor, ihnen zu sagen, dass sie ihr Leben einfach hasste. Ihr Mund öffnete sich sogar, doch bevor der erste Ton herauskam, stürmte Ryan wie ein Tornado in die Küche.

»Sorry, ich bin spät dran!«

Seine Krawatte hing ihm locker um den Hals, die oberen beiden Knöpfe seines Hemds waren noch offen. In einer

Hand hatte er einen Aktenkoffer, in der anderen sein Handy, und das Essen, das Tina ihm hingestellt hatte, ignorierte er. Im Vorbeigehen gab er den Jungs jeweils einen Kuss auf den Hinterkopf und seiner Frau einen auf die Wange, bevor er zum Seitenausgang hinausstürmte. »Ich seh euch dann zum Feierabend!«

Auf eine Antwort wartete er nicht, sondern verschwand einfach draußen. Tina hatte das Gefühl, sie hätte irgendwas nicht mitbekommen, obwohl solche Situationen in letzter Zeit ständig vorkamen. Ryan blieb immer lange auf, weil er nicht schlafen konnte, dann stand er viel zu spät und gehetzt auf.

Tina wusste, dass sie ihm das nicht vorwerfen konnte – sein neuer Job stresste ihn zu Tode – doch trotzdem fragte sie sich, wie sich die Situation auf die Psyche der Jungs auswirken würde. Könnten sie ihren Vater noch respektieren, oder würden sie ihn irgendwann verachten?

»Mom?«, wiederholte Matthew sich.

Sie blinzelte wieder und richtete ihre Aufmerksamkeit auf ihren Sohn. »Ja?«

»Um wie viel Uhr holt Misses Holbrook uns ab?«

Stacey Holbrook war eine alte Freundin der Familie, die sich bereit erklärt hatte, die Jungs heute in den Zoo mitzunehmen, wo sie mit ihrem Sohn Kyle hingehen wollte. Sie hatte auch Tina eingeladen, mitzukommen, aber sie hatte irgendeine fadenscheinige Ausrede vorgebracht, die ihr im Moment nicht einmal mehr einfallen wollte. Sie wollte um jeden Preis vermeiden, dass ihre Freundin mitbekam, wie deprimiert sie war, denn sie sollte sich keine Sorgen machen.

Tina warf einen Blick auf die Wanduhr. Es war beinahe halb neun.

»Sie müsste jede Minute hier sein.«

In diesem Moment gab ihr Handy einen Nachrichtenton von sich. Stacy hatte ihr geschrieben, dass sie soeben auf ihrer Auffahrt geparkt hatte.

»Anscheinend ist sie jetzt da!«

Die Jungs sprangen auf, schnappten sich ihre Tablets und eilten in Richtung Tür.

»Die Tablets bleiben hier!«, rief sie ihnen hinterher. Max' Augen wurden groß wie Untertassen. »Aber Mom!«

Sie legte den Kopf schief und warf ihm einen warnenden Blick zu. Wollte er sich wirklich mit ihr anlegen?

Max verzog das Gesicht, sagte aber nichts. Er stellte sein Tablet beiseite und Matthew tat es ihm gleich. Dann verabschiedeten sie sich und stürmten nach draußen. Tina folgte ihnen und stellte sich in den Türrahmen, um Stacey zuzuwinken, während sie die Jungs in ihrem Minivan verstaute. Sobald der Wagen die Auffahrt verlassen und um die nächste Ecke gebogen war, verschwand Tina wieder nach drinnen und atmete tief durch.

Sie räumte schnell die Küche auf und verschwand dann unter der Dusche. Es war Montag, auch bekannt als Wäschetag. Doch diesmal musste die Wäsche warten. Sobald sie sich angezogen hatte, schnappte sie sich ihre Handtasche und die Schlüssel und ging nach draußen. Ihr Nissan stand vor der Garage und wirkte in der Morgensonne äußerst staubig. Sie konnte sich gar nicht daran erinnern, wann sie ihn zuletzt gewaschen hatte. Wenn sie das nächste Mal Geld brauchten – und sie war sich sicher, dass dieser Moment bald kommen würde – stand der Wagen ganz oben auf der Liste von Dingen, die sie versilbern konnten. Auch wenn sie leider nicht mehr viel dafür bekommen würden, schoss es Tina mit Bedauern durch den Kopf. Vielleicht zweitausend Dollar, wenn sie Glück hatten.

Als sie losfuhr und in die Straße einbog, waren ihre Gedanken derart darauf konzentriert, wie sehr sie ihr Leben hasste, dass sie den Wagen gar nicht bemerkte, der am anderen Ende des Blocks auf sie wartete und nun den Motor startete, um ihr zu folgen.

32

Vierundzwanzig Stunden zuvor war Nova Bartkowski inmitten des Nirgendwo gewesen – in einer kleinen Hütte im Wald, in der er über das Fliegenfischen nachdachte. Angeln hatte ihn nie besonders interessiert, aber das Fliegenfischen hatte etwas Beruhigendes. In einem blubbernden Bach zu stehen, umgeben von ruhigen Wäldern, die Rute zu schwingen und darauf zu warten, dass ein Fisch anbiss, war geradezu herrlich. Er konnte sich nicht erinnern, das Leben jemals so geschätzt zu haben.

Doch das war nun wie gesagt schon einen Tag her, und nach dem Anruf von Atticus war alles ganz schnell gegangen. Plötzlich war er wieder in Washington D.C. und fuhr Hollys Schwester auf dem Highway hinterher. Er achtete darauf, so viel Abstand zu halten, dass sie ihn nicht bemerkte, doch noch mehr achtete er darauf, niemandem aufzufallen, der sie möglicherweise ebenfalls beobachtete. Bisher hatte er jedoch keinen Verfolger ausmachen können, und das bereitete ihm Sorgen.

Jeder von ihnen hatte ein Wegwerfhandy, das in den Messenger-Dienst Signal eingeloggt war. Atticus, James, Erik und er waren in einem Gruppenchat, sodass sie jederzeit wussten, was der andere tat. Natürlich konnten sie auch über einen Sprachkanal miteinander kommunizieren, doch da James stumm war, funktionierte es einfacher, sich Nachrichten zu schreiben.

»Schwester fährt los. Folge ihr. Sehe keinen Beobachter«, war Novas letzter Eintrag.

»Mutter immer noch zu Hause«, antwortete James.

Erik schrieb: »Jungs sind im Zoo angekommen, anscheinend mit Freund & Mutter. Soll ich auch reingehen?«

Nova dachte darüber nach. Der Zoo würde gerammelt voll sein, da es Sommer war und die Ferien gerade angefangen hatten. Er konnte sich nicht vorstellen, dass dort jemand die Jungs entführen würde. Doch wenn Hollys Familie wirklich in Gefahr war, stellten ihre Neffen das leichteste Ziel dar. Dann kam ihre Mutter, dann die Schwester und als Letztes ihr Schwager. Deswegen folgten sie ihm auch nicht. Nach reiflicher Überlegung kam Nova zum Schluss, dass es zu riskant war, die Jungs aus den Augen zu lassen. »Ja, halte uns auf dem Laufenden«, schrieb er zurück.

Zehn Minuten später fuhr Hollys Schwester vom Highway ab. Nova folgte ihr, an der nächsten Ampel bogen sie rechts ab. Nova behielt ständig die Rückspiegel im Auge und hoffte, einen Verfolger entdecken zu können, doch bis jetzt war nichts Ungewöhnliches zu bemerken. Das ergab allerdings keinen Sinn. Es sei denn, Hollys Familie stand gar nicht unter Beobachtung, was wiederum bedeuten würde, dass dieser Hurensohn sie die ganze Zeit angelogen hatte.

Bald wurde ihm klar, wo Hollys Schwester hinfuhr. Nova setzte eine Nachricht an James ab: »Schwester kommt in deine Richtung.«

Es war eine ruhige Wohngegend, in der große Bäume und saubere Gehwege das Straßenbild bestimmten. Nova hielt neben einem Briefkasten und beobachtete, wie Tina am anderen Ende des Blocks vor dem Haus ihrer Mutter parkte. Dann drehte er noch eine Runde um den Block und parkte hinter James. Er stieg aus und musterte die menschenleere Straße. In so einer Umgebung fielen verdächtige Fahrzeuge sofort auf. Die Leute wussten, was die Nachbarn für Autos hatten, sogar, was ihre Freunde und Familienmitglieder fuhren, die vielleicht zu Besuch kamen. Ein unbekannter Wagen wurde vielleicht die ersten paar Stunden nicht wahrgenommen, aber nicht viel länger. Einen Lieferwagen mit Überwachungsequipment konnte man hier also nicht über Nacht stehen lassen. Das bedeutete, falls jemand Hollys Mutter beobachtete, mussten sie das auf anderem Wege tun.

Nova öffnete die Beifahrertür und glitt auf den Sitz neben James. »Hey, ich hätte dir Donuts und Kaffee mitbringen sollen, tut mir leid.«

James zuckte mit den Schultern.

»Hier ist nichts los, oder?«, sagte Nova, wobei er mit dem Kopf in Richtung des Hauses von Frau Lin deutete. James schüttelte den Kopf.

»Ich habe langsam das Gefühl, wir verschwenden hier unsere Zeit«, schlussfolgerte Nova. James schaute ihn ausdruckslos an. »Meinst du nicht?« Wieder ein Schulterzucken.

»Ich sage dir, wenn der Wichser uns angelogen hat, dann bringe ich ihn eigenhändig um!«

James nahm sein Handy und tippte etwas ein. Novas Telefon vibrierte und er las die Nachricht: »Ich glaube, er sagt die Wahrheit.«

»Wie kannst du da so sicher sein. Ich habe keine Spur von irgendwelchen Verfolgern ausmachen können. Und du?«

James tippte. »Wie lange meinst du, soll ich hier noch parken? Denke, ich werde bald auffallen.«

»Da gebe ich dir recht. Das ist hier echt keine gute Gegend für eine Überwachung aus dem Auto. Deswegen glaube ich auch, dass das alles Bullshit ist.«

James schüttelte den Kopf. »Was wir hier machen, ist auch wirklich altertümliche Überwachung. Es gibt ganz andere Methoden.«

»Was denn zum Beispiel?«

James schien seine Antwort gut zu überlegen, bevor er sie eintippte: »Ich muss etwas Equipment besorgen. Kannst du hier warten, bis ich wieder da bin?«

Nova kannte James zwar nicht gut, doch er wusste, dass er seine Arbeit extrem ernst nahm. Es gab keinen Grund, seine Pläne anzuzweifeln. Also nickte er, stieg aus und setzte sich wieder in seinen eigenen Wagen und sah James hinterher, als er wegfuhr.

33

Ihre Mutter wendete sich von der Kaffeemaschine ab und kam mit zwei Tassen in den Händen wieder an den Tisch.

»Damit hätte ich dir doch helfen können«, sagte Tina.

Ihre Mutter stellte die Tassen ab und machte eine abwiegelnde Geste, als sie sich ihrer Tochter gegenüber hinsetzte.

»Ich bin ja vielleicht alt, aber noch nicht komplett nutzlos!« Sie pustete zum Kühlen des Getränks in ihre Tasse, während sie ihre Tochter aufmerksam studierte. Tina starrte währenddessen in ihren eigenen Kaffee.

»Wie geht es Ryan?«

Tina zuckte mit den Schultern.

»Okay, schätze ich. Arbeitet viel.«

»Und was ist mit den Jungs?«

»Denen geht es prima. Stacey Holbrook ist heute mit ihnen im Zoo.«

»Ich habe sie schon ein paar Wochen nicht gesehen.«

Tina nickte langsam und schaute ihre Mutter immer noch nicht an. »Ich weiß. Es ist in letzter Zeit einfach ... schwierig.«

In den sechs Monaten, wo Ryan ohne Anstellung gewesen war, hatten sie keine andere Wahl gehabt, als ihre Ersparnisse anzubrechen, die eigentlich für die College-Ausbildung der Jungs gedacht waren. Inzwischen lebten sie von einem Gehaltsscheck zum nächsten. Und Tina wusste genau, dass zu dieser Zeit der Hass auf ihr Leben begonnen hatte.

Schon seit die Jungs auf der Welt waren, hatte sie nicht mehr gearbeitet. Ryan hatte mehr als genug verdient, um ihnen ein angenehmes Leben zu ermöglichen, und die dazugewonnene Freizeit hatte sie für ihre Kunst benutzt. Ihre Gemälde waren gut, aber nichts Besonderes, und das wusste sie auch. Doch erst in den Monaten, nachdem Ryan entlassen worden war – in denen ihr Ehemann morgens stundenlang am Esstisch saß, Bewerbungen schrieb und alle möglichen Bekannten anrief, ob sie einen Tipp hätten – war ihr klar geworden, dass sie sich etwas vormachte.

Sie hatte sich immer für eine echte Künstlerin gehalten und sich vorgestellt, dass ihre Arbeiten eines Tages in einer Galerie in New York ausgestellt werden würden – komplett mit einer richtigen Vernissage, wo es Sekt geben würde und nach ihrer Begrüßungsrede alle klatschten. Von diesen Träumen hatte sie Ryan nie etwas erzählt, aber er wusste, wie sehr sie es liebte zu malen, und hatte sie immer ermutigt und angespornt.

Für eine ganze Weile hatte das gut funktioniert, nicht zuletzt, weil sie sich um Geld eben keine Sorgen machen mussten. Doch jetzt waren ihre Ersparnisse beinahe aufgebraucht und sie wusste, dass sie ihren eigenen Beitrag leisten und sich einen Job suchen musste.

Nur hatte sie überhaupt keine Idee, wo sie anfangen sollte. Schließlich stand sie seit 12 Jahren nicht mehr im Arbeitsleben, und diese Lücke im Lebenslauf würde in allen Personalabteilungen die Alarmglocken schrillen lassen. Selbst, wenn sie zu einem Vorstellungsgespräch eingeladen werden würde, hatte sie Sorge, etwas Falsches zu sagen und sich lächerlich zu machen.

Nachdem sie es so lange aufgeschoben hatte wie möglich, musste sie schlussendlich in den sauren Apfel beißen und ihre Mutter um Geld bitten. Ohne mit der Wimper zu zucken, hatte ihre Mutter ihr einen Scheck über zweitausend Dollar geschrieben, doch Tina hatte bei der Entgegennahme Tränen in den Augen gehabt. In diesem Moment hatte sie ihrer Mutter geschworen, dass Ryan das Geld in ein paar Monaten zurückzahlen würde. Dabei war ihr vollkommen klar gewesen, dass es auch wesentlich länger dauern könnte.

»Wie läuft es mit der Jobsuche?«, fragte ihre Mutter jetzt.

Tina war kurz davor, in Tränen auszubrechen – das war einer der Gründe, warum sie den Kopf gesenkt hielt. Sie wollte die Enttäuschung in den Augen ihrer Mutter nicht sehen. Es war so beschämend.

»Nicht besonders«, sagte sie kleinlaut.

»Irgendwelche Vorstellungsgespräche?«

Tina schüttelte den Kopf.

»Hey« – ihre Mutter lehnte sich über den Tisch und ergriff ihre Hand – »Schau mich an.«

Tina blinzelte und schaute auf, um den Blick ihrer Mutter zu erwidern. Die drückte sanft ihre Hand und schenkte ihr ein ermutigendes Lächeln. »Niemand hat gesagt, dass das Leben leicht ist. Jeder hat mal eine schwere Zeit. Ryan und du, ihr werdet das schon schaffen.«

Tina befeuchtete sich die Lippen und versuchte, etwas zu sagen, aber es ging nicht. Sie schüttelte wieder den Kopf. Dann drehte sie sich weg, schaute ins Wohnzimmer und seufzte.

»Es ist nur ... ich fühle mich so wertlos.«

»Tina, sag doch so was nicht.«

»Es stimmt aber, Mom.«

Als sie den Blick wieder auf ihre Mutter richtete, schossen ihr die Tränen in die Augen.

»Ich bin schon so lange Mutter – und Ehefrau – dass ich gar nicht mehr weiß, was ich noch sein kann.«

»Du bist kreativ! Es gibt bestimmt eine Menge Firmen, die jemanden suchen, der künstlerisches Talent hat!«

Tina hätte am liebsten laut gelacht. »Ich habe kein Talent!«

»Natürlich hast du das! Schau mal, das Bild hier ist von dir!«

Ihre Mutter deutete auf ein Gemälde, das im Flur an der Wand hing. Es war ein abstraktes Werk, und Tina konnte sich kaum noch daran erinnern, es gemalt zu haben, doch irgendwann hatte sie es ihrer Mutter zum Geburtstag geschickt.

»Ich bin keine richtige Künstlerin«, sagte Tina trotzig.

Ihre Mutter drückte ihre Hand noch einmal und seufzte leicht. »Ich weiß, dass es schwer ist, aber ihr schafft das. Brauchst du noch mehr Geld? Ich habe ja selbst nicht viel, aber ein bisschen mehr kann ich euch schon noch geben.«

Ihre Mutter diese Worte sagen zu hören, bereitete Tina physische Schmerzen. Deswegen war sie nicht gekommen. Nicht, um für Geld zu betteln. Und auch nicht um das Mitleid ihrer Mutter.

»Im Moment brauchen wir nichts.«

»Bist du sicher? Mein Scheckheft liegt gleich nebenan?«

»Ja, ich bin sicher. Ich ... ich wollte nur mal aus dem Haus. Und schauen, wie es dir geht.«

Es entstand eine schwere Stille, in der Tinas Worte einen merkwürdigen Nachhall hinterließen. Nebenan tickte eine Uhr leise. Jetzt senkte ihre Mutter den Blick, damit sie ihre Tochter nicht anschauen musste. Also ergriff Tina wieder das Wort: »Es ist jetzt fast ein Jahr, seit Holly ... seit sie weggegangen ist.«

Tina war nicht sicher, wie sie es hätte besser ausdrücken können. Sie hatte erst erfahren, dass Holly sie verlassen wollte, als es schon passiert war. Ihre Mutter hatte sie deswegen angerufen, aber Tina hatte es nicht geglaubt und war davon ausgegangen, dass ihre Schwester einfach melodramatisch war. Sie wollte ihren Job als Kindermädchen bei den Haddens beenden, was Tina nicht im Geringsten überrascht hatte, da sie diese Beschäftigung schon immer für ziemlich unpassend für ihre Schwester gehalten hatte. Allerdings hatte Tina gedacht, sie würde sich eine andere Arbeit suchen, und nicht einfach spurlos verschwinden.

Ihre Mutter antwortete sehr, sehr lange nicht. Sie starrte einfach nur in ihren Kaffee. Schließlich seufzte sie und nahm zögerlich einen Schluck. Dann stellte sie die Tasse wieder ab und schaute ihre Tochter an.

»Ich habe dir nie von dem Tag erzählt, als sie mich zum letzten Mal besucht hat. Also, erzählt habe ich davon, aber ich habe etwas weggelassen.«

Tina bemerkte, dass sie sich plötzlich nach vorn lehnte. Sie hätte nie geglaubt, dass ihre Mutter ihr etwas verheimlichen könnte.

»Was hast du weggelassen?«

Ihre Mutter schaute wieder in den Kaffee und schüttelt den Kopf. »Holly hatte an diesem Morgen eine große Schramme am Kopf. Ich habe sie gefragt, was passiert ist, wer sie geschlagen hat, aber sie wollte nicht darüber reden. Stattdessen sagte sie, dass sie sich verabschieden wollte. Dass sie weggehen und vielleicht nicht wiederkommen würde. Ich wusste nicht, was sie mir damit sagen wollte. Ich dachte, sie macht sich ein klein wenig wichtig. Aber jetzt ist fast ein Jahr vergangen, und ich habe immer noch nichts von ihr gehört.«

Sie hielt inne und ein hoffnungsvolles Glimmen entflammte in ihrem Blick. »Hast du etwas von deiner Schwester gehört?«

Tina wollte nichts lieber, als dieses Glimmen am Leuchten zu erhalten, aber sie wollte ihre Mutter auch nicht anlügen.

»Nein, Mom, habe ich nicht.«

Ihre Mutter versuchte zu lächeln, aber es war ein schwacher Versuch.

»Dein Vater ist jetzt seit drei Jahren nicht mehr bei uns. Ihn zu verlieren, war schmerzhaft, doch ich habe immer geglaubt, dass ich darüber hinwegkommen kann. Es wurde auch schon besser, aber dann auch noch Holly …«

Sie hielt inne und ihr Blick wurde noch schwerer.

»Was, wenn ihr etwas passiert ist? Was, wenn sie einen Unfall hatte, oder Schlimmeres? Und wir würden nicht einmal etwas davon erfahren?«

Tina wurde klar, dass sie sich noch nie in einer Situation befunden hatte, wo sie ihre Mutter trösten musste. Sie war sich auch nicht sicher, ob sie der Aufgabe gewachsen war, doch sie wollte alles tun, was sie konnte, um diese Last von den Schultern ihrer Mutter zu nehmen. Sie musste ihr helfen, sich besser zu fühlen – denn sie hatte das Gefühl, damit den Hass auf sich selbst und ihr Leben lindern zu können.

Tina streckte ihre Hand über den Tisch und drückte die Hand ihrer Mutter. Sie rang sich ein Lächeln ab. »Es wird schon alles in Ordnung sein, Mom. Du weißt doch, wie Holly ist. Sie ist wie eine Katze! Sie landet immer auf den Füßen.«

34

Irgendwann hält das Auto endlich an und der Kofferraumdeckel springt auf. Louis steht draußen, den Transponder in der Hand, aber er ist nicht allein. Zwei Freelancer flankieren ihn mit gezogenen Berettas.

»Möchtest du rauskommen?«

Es ist schwer zu sagen, wie lange ich eingesperrt war. Mindestens zwölf Stunden. Der Himmel hinter Louis hat einige helle Flecken, aber es ist ziemlich dunkel, die Sonne geht wohl gerade unter.

Ich setze mich langsam auf – meine Muskeln sind komplett verkrampft, weil ich so lange in den Kofferraum gesperrt war. Die beiden Freelancer machen sicherheitshalber einen Schritt zurück.

Es sieht so aus, als würden wir hinter einer verlassenen Lagerhalle stehen. Ein paar Meter entfernt steht der SUV mit laufendem Motor. Ich klettere aus dem Kofferraum und lasse meinen Kopf kreisen, dann die Schultern und schließlich strecke ich Arme und Beine aus.

Louis schaut mich mit leerem Blick an. »Konntest du etwas schlafen?«

Ich schaue ebenso emotionslos zurück. »Was glaubst du denn?«

Louis geht zum SUV und kommt mit einer Flasche Wasser zurück, die er mir überreicht. Ich nehme einen großen

Schluck – einen gierigen, *zu* großen Schluck, der mir das Wasser das Kinn hinunterlaufen lässt.

»Und jetzt?«

Louis deutet auf den Wagen. »Jetzt setzen wir unseren Weg fort. Der einzige Grund, warum wir angehalten haben, ist, dass ich das Gefühl hatte, du musst mal raus aus dem Kofferraum.«

Was für ein Gentleman.

Mein Instinkt sagt mir, dass ich mich hinter den Fahrer setzen sollte, doch Louis weiß es besser. Er öffnet die hintere Beifahrertür. Nachdem ich eingestiegen bin, schließt er die Tür, geht um den Wagen und setzt sich auf die andere Seite neben mich. Der Fahrer – ein weiterer Freelancer – startet daraufhin den Motor und wir setzen uns in Bewegung.

Mir ist bewusst, dass der Fahrer eine Beretta am Gürtel trägt, genauso wie mir klar ist, dass Louis seine Glock hat. Natürlich könnte ich mir eine der Waffen schnappen, aber dann ist ja da auch noch das Halsband. Und die Kleinigkeit, dass diese Arschlöcher meine gesamte Familie ermorden werden, wenn ich nicht alles tue, was sie sagen.

Während wir über den knirschenden Kies vor dem Lagerhaus zurück in Richtung des Highways fahren, frage ich mich, wie lange ich im Kofferraum war und wie viele Meilen das ergibt. Unter Berücksichtigung dessen, was Louis bei unserer Abfahrt sagte, bin ich kaum verwundert, als ein Schild mir sagt, dass es noch zweiunddreißig Meilen bis Los Angeles sind. Louis schiebt sich ein Stück weiter in meine Richtung, was schlau ist, da er so leichter kontern kann, falls ich einen Angriff wagen sollte. Außerdem hat er den Transponder immer griffbereit.

»Du solltest versuchen, etwas zu schlafen.«

»Sehr nett, dass du an mein Wohlbefinden denkst.«

»Du wirst deine volle Konzentration brauchen, um diese Mission zu schaffen.«

»Besorge mir einfach eine Fünfliterflasche Red Bull, und es sollte alles kein Problem sein.«

Louis verzieht das Gesicht und schaut in Richtung des SUVs, der uns die ganze Zeit folgt. Die untergehende Sonne fällt schräg durch die Scheibe und verpasst seinem Kopf eine orangefarben leuchtende Kante.

»Wie spät ist es überhaupt?«

Louis schaut mich an und überlegt, ob er mir antworten soll, doch dann schüttelt er den Kopf. Meine Mundwinkel wandern nach unten.

»Hey, wenn ich diesen Typen umbringen soll, brauche ich mehr Informationen!«

»Die kriegst du zum passenden Zeitpunkt.«

»Und wann ist der?«

»Wenn wir ankommen.«

»Wenn wir *wo* ankommen?«

Wieder antwortet Louis nicht. Er sieht genervt aus. Und das gibt mir das Gefühl, bald wieder einen Stromschlag zu bekommen.

»Schau mal, durch ein Zielfernrohr zu sehen und abzudrücken ist Kinderkram. Jedenfalls, wenn ich allein auf einem Feld bin und ein stehendes Ziel abknalle. Aber irgendwas sagt mir, dass Cortez nicht lange genug stillstehen wird, damit ich den perfekten Schuss vorbereiten kann. Deswegen muss ich wissen, worum es geht. Wo er sein wird. Wie viele Menschen um ihn herum sein werden. Die Tageszeit, damit ich ungefähr weiß, wo die Sonne stehen wird. Ob es Wolken geben wird. Du weißt schon, die essenziellen Fakten für einen Präzisionsschuss.«

Louis starrt nach vorn auf den Verkehr. Es sieht nicht so aus, als ob er antworten würde, und obwohl es in meinem besten Interesse wäre, ihm noch weitere Fragen zu stellen, will ich seine Geduld auch nicht überstrapazieren.

»Du wirst in einem Hotelzimmer in Downtown Los Angeles sein.«

»Ein Hotelzimmer?«

»Ja. Im siebten Stock. Fünf Blocks von deinem Ziel entfernt.«

»Und wo genau wird sich das Ziel befinden?«

»An einem anderen Hotel. Er wird es von der Straße aus betreten.«

»Warum wird er nicht den Zugang über die Tiefgarage nehmen?«

Ein leichtes Lächeln umspielt Louis' Lippen.

»Ein Insider hat sich darum gekümmert. Es soll eine Fotostrecke seiner Ankunft geben. Jede Menge Reporter werden da sein, Kamerateams und Fotografen. Sein Wagen wird ankommen, er wird aussteigen und winken, und in diesem Moment wirst du ihn ausschalten.«

»Wo wird die Sonne sich in Relation zum Hotel befinden.«

Das Lächeln verschwindet und weicht einem genervten Gesichtsausdruck.

»Das weiß ich nicht.«

»Das ist aber wichtig!«

»Ja, kann sein.«

»Wenn dein Boss will, dass die Sache auf jeden Fall klappt, dann muss einfach alles stimmen!«

Louis schweigt und sieht nun noch genervter aus.

»Darf ich kurz meine ehrliche, fachliche Meinung sagen?«

Louis antwortet nicht.

»Diese ganze Sache scheint mir ziemlich überstürzt. Das hat Carla selbst gesagt, als sie zu uns auf den Acker kam. Warum die Eile?«

Die Sonne ist nun beinahe komplett hinter dem Horizont verschwunden, nur noch ein sanftes Glimmen umspielt eine Seite von Louis' Gesicht.

Er räuspert sich und schaut mich nicht an, als er antwortet. »In Kanada findet später diese Woche ein Gipfel statt. Unser Präsident, der kanadische Premierminister sowie der Präsident von Mexiko. Cortez wollte eigentlich auf dem Rückweg Halt in Los Angeles machen, um sich mit dem Gouverneur zu treffen, doch diese Pläne wurden auf amerikanischer Seite in letzter Minute geändert. Deswegen hat Cortez zugestimmt, diesen Besuch auf dem Hinweg zu machen. Er möchte eine Initiative vorantreiben, die mexikanischen Bürgern eine bessere Behandlung garantieren würde, wenn sie als illegale Einwanderer aufgegriffen werden.«

»Das klingt nach einer kontroversen Geschichte.«

»Richtig.«

»Also werden wahrscheinlich auch Proteste stattfinden.«

»Wahrscheinlich.«

»Damit wird die Polizeipräsenz noch stärker sein, als sie sowieso schon ist, wenn der Gouverneur und ein ausländischer Landesführer zusammentreffen.«

Louis dreht sich in meine Richtung, sein Gesichtsausdruck ist leer. »Wenn du es nicht schaffst, wird deine Familie sterben.«

»Was für eine Garantie habe ich denn, dass sie nicht umgebracht werden, selbst wenn ich es schaffe?«

Louis antwortet nicht, er schaut einfach wieder aus dem Fenster, und das ist als Antwort für mich vollkommen ausreichend. Ein Teil von mir hatte von vornherein nicht geglaubt, dass meine Familie gerettet würde, wenn ich die Sache durchziehe – doch ein kleiner, naiver Teil war der Meinung, dass es eine Chance gibt. Selbst als jemand, dem der Zynismus durch die Blutbahnen sprudelt, hatte ich gehofft, dass meine Familie am Leben bleiben wird. Aber anscheinend habe ich mich geirrt.

Die Straße führt uns einen Hügel hinauf und auf dem Weg über die Kuppe breitet sich Los Angeles vor uns aus, ein Meer aus Lichtern. Doch aus irgendeinem Grund hat die Stadt der Engel noch nie so deprimiert auf mich gewirkt. Als ob sie wüsste, dass ein Team von gefallenen Engeln auf sie zukommt.

35

Der Abend hatte sich schnell und deutlich breitgemacht. Irgendwie schien Nova der Himmel von D.C. viel dunkler, als er ihn in Erinnerung hatte. Er war nur ein Jahr nicht hier gewesen, doch irgendwie fühlte sich die ganze Stadt anders an. Alle schienen angespannt, wütend. Aber vielleicht schien ihm das auch nur so.

Sie hatten in einer Straße geparkt, die mit Ulmen gesäumt war, und nun joggte Nova quer durch einen Park, der zu dieser Tageszeit zum Glück menschenleer war. Er wusste, dass er aufpassen musste, weil die Polizei Grünflächen wie diese nachts gern im Auge behielt. Und wenn sie ihn anhalten würden, was fänden sie dann vor: Einen Riesenkerl, der bis zu den Zähnen bewaffnet ist und eine Drohne dabeihat.

Eigentlich hätten sie das Ding auch von ihrem Parkplatz aus starten lassen können, aber Nova wollte sich vorher das Motel auf der anderen Seite des Highways anschauen. Denn dorthin hatten sie das Signal zurückverfolgen können. Wer auch immer Hollys Familie beobachtete, hatte sich in einem dieser Zimmer eingemietet.

Einige Stunden zuvor war James mit einer Art Hightech-Funkdetektor zum Haus von Hollys Mutter zurückgekehrt. Er hatte den ganzen Block abgeschwenkt und dabei schnell eine ungewöhnliche Frequenz festgestellt. Schon bald hatten sie eine winzige Kamera gefunden, die gegenüber dem Haus an einen Laternenmast montiert war. Außerdem konnte James feststellen, dass am Auto von Hollys Mutter ein Tracking-Gerät angebracht war.

Ob auch im Inneren des Hauses Kameras installiert worden waren, konnte James schlecht sagen, denn dazu hätte er das Grundstück betreten müssen. Und das würde einige Widrigkeiten mit sich bringen, allen voran, dass die Mutter ihr Haus kaum zu verlassen schien. Sollten tatsächlich Kameras vorhanden sein, würden sie James dann natürlich auch filmen und die Beobachter dadurch alarmieren. Das war wirklich das Letzte, was sie im Moment gebrauchen konnten, denn das Überraschungselement war so ziemlich ihr einziges Ass im Ärmel.

Als Nächstes war James mit dem Detektor zum Haus von Hollys Schwester gefahren und hatte auch dort eine Kamera an einem Lichtmast entdeckt. Beide Autos waren darüber hinaus mit Trackern ausgestattet. Das war ein durchaus geschicktes Vorgehen, musste Nova anerkennen. So konnten sich die Beschatter einfach zurücklehnen und ihre Opfer aus der Ferne ausspionieren und wenn das Signal kam, bequem zuschlagen. Eine Vor-Ort-Überwachung war auch viel zu auffällig, das hatten sie ja selbst festgestellt.

Nova hatte ein Funkmikrofon im Ohr und flüsterte, »Sag Bescheid, wenn ich loslegen soll!«

Sein Wegwerftelefon vibrierte, als eine Textnachricht von James über den Messenger eintraf: »Los.«

Nova stellte die Drohne auf einen Picknicktisch und trat einen Schritt zurück. »Startklar!«

Die Propeller fingen sofort an, sich zu drehen. Der Quadcopter erhob sich einige Zentimeter in die Luft, verharrte dort für einen Moment, und stieg dann weiter auf. James kontrollierte das Fluggerät aus dem Auto heraus über ein iPad und einen Game-Controller. Die ganze Sache schien fast zu einfach, doch James hatte ihm erklärt, dass die Kamera der Drohne über einen Infrarotsensor verfügte. So konnten sie Wärmesignaturen im Hotel aufspüren. James hatte schon grob herausgefunden, wo die Signale der Kameras und Tracking-Geräte hinführten: in ein Zimmer in der ersten Etage. Doch sie wollten sicherstellen, dass sich wirklich Personen dort aufhielten. Wenn dem so wäre, standen die Chancen gut, dass sich das gesamte Team dort aufhalten würde.

Das Telefon in Novas Hand vibrierte, als ein Anruf von Atticus einging.

»Das Bild kommt klar und deutlich an. Bist du noch im Park?«

Wo immer Atticus sich auch befand, er sah das Gleiche wie James auf seinem iPad: Die Drohne flog gerade über den Highway auf das Motel zu.

Obwohl der Park menschenleer war, stellte Nova fest, dass er flüsterte. »Ja.«

»Und wo ist Erik?«

»Der hat immer noch das Haus der Schwester im Auge.«

Für einen Moment schwieg Atticus, dann sagte er: »Ich vertraue ihm.«

Nova grunzte leise.

»Ich gebe zu, dass wir nicht viel über ihn wissen, Nova. Aber ich habe einen Hintergrundcheck durchgeführt. Er ist sauber. Und Holly hat ihm genug vertraut, um ihm meine Nummer zu sagen.«

Wieder entfuhr Nova ein Grunzen.

»Sei nicht eifersüchtig, Nova.«

Dem Hünen stieg die Hitze ins Gesicht. »Weswegen sollte ich eifersüchtig sein?«

»Vergiss es – ich glaube, ich sehe etwas!«

Auf der anderen Seite des Highways ging der Quadcopter in den Sinkflug. Das Hotel schien eines der unappetitlichen Sorte zu sein – hundert Kröten für ein Zimmer, das nur selten saubergemacht wurde. Doch das war ganz im Sinne dieser

Gangster, denn bessere Hotels hatten überall Kameras, und gestört werden wollten sie auch nicht.

»Es scheinen vier Leute zu sein«, sagte Atticus mit gedämpfter Stimme.

»Wie sicher sind wir uns?«

Bevor Atticus antworten konnte, ging die Außentür des Zimmers auf. Die Drohne schoss in die Luft, sodass die zwei Männer, die nach draußen an das Geländer traten, sie nicht mehr sehen konnten. Als die Kerle sich Zigaretten anmachten, fiel Nova auf, dass er den Atem angehalten hatte und er ließ die Luft langsam entweichen, während er die beiden Raucher weiter beobachtete. Der Quadcopter schwebte ein paar Meter über ihren Köpfen, gerade so außerhalb ihres Sichtbereichs. Nova vermutete, dass der Verkehrslärm vom Highway das Rotorengeräusch problemlos übertönen sollte.

Atticus sagte nichts und Nova ebenso wenig. Sie warteten. Nach etwa einer Minute schnippten die Männer ihre Zigaretten über das Geländer und gingen zurück in ihr Zimmer. Einen Moment später senkte sich die Drohne wieder auf Höhe ihrer Zimmertür ab, schwebte dort einen Moment und flog dann wieder zurück über den Highway.

»Wir sind uns sehr sicher«, antwortete Atticus schließlich.

Das reichte Nova aus. Wo auch immer Atticus war, er verfügte über die nötige Technologie, und wenn er sagte, dass vier Männer in diesem Zimmer waren, würde es wohl stimmen. Zwei von ihnen hatten sie ja auch gerade schon gesehen.

»Und, irgendwas Neues über Holly?«

Die Niedergeschlagenheit in Atticus' Stimme war deutlich zu hören. »Nichts. Es ist so, als wäre sie vom Erdboden verschwunden.«

»Wie ist das möglich?«

»Ich habe keine Ahnung, Nova, ich suche ununterbrochen. Es wäre leichter, wenn ich James hier hätte – er hat die

Technik noch besser im Griff – doch ich glaube, das Einsatzteam braucht ihn gerade noch dringender.«

Da musste Nova absolut zustimmen. Denn ohne James wäre er hier mit Erik allein, und dem Jungen traute er einfach noch nicht.

Die Drohne schwebte nun über den Bäumen, senkte ihre Flughöhe und landete dann genau vor Nova auf dem Tisch. »Ich wünschte, wir könnten sie jetzt gleich erledigen«, sagte Nova. Atticus seufzte. »Ich weiß. Doch leider ist das im Moment keine Option. In dem Moment, wo du diese Männer ausschaltest, ist Holly tot. Ich halte es für das Beste, wenn ihr nichts unternehmt, bis wir keine andere Wahl mehr haben. Solange Holly für diese Leute noch einen Wert hat, wird ihrer Familie nichts zustoßen.«

Nova schnappte sich das Fluggerät und machte sich auf den Weg zurück zum Auto. »Darüber mache ich mir im Moment keine Sorgen.«

Atticus schwieg einen Moment. »Worüber machst du dir dann Sorgen?«

»Dass das Team ihr Zeug einpacken und verschwinden könnte. Und vielleicht vorher auch noch die Kameras und Tracking-Sender abbauen, damit keine Spuren zurückbleiben. Denn du weißt ja, was das bedeuten würde.«

Ein weiterer Seufzer an Atticus' Ende der Leitung, diesmal deutlich niedergeschlagener. »Ich weiß, Nova. Das würde bedeuten, dass Holly tot ist. Aber sieh doch mal das Positive.«

Nova hatte den Wagen fast erreicht. James stieg aus und öffnete den Kofferraum, damit sie den Quadcopter verstauen konnten.

»Und was wäre das?«, fragte Nova.

»Dass sie noch nicht eingepackt haben und verschwunden sind.«

36

Auf dem Wecker neben dem Bett steht, dass es 3:37 Uhr in der Nacht ist. Das Hotelzimmer hat zwei Betten. Der Fernseher steht den Betten gegenüber auf einer edlen Kommode und einer der Freelancer hat den Nachrichtensender angestellt. Louis sitzt am Schreibtisch und starrt auf sein Telefon.

Zwei andere Freelancer fläzen sich auf den Betten, die Füße hochgelegt. Sie essen Sandwiches aus Plastikverpackungen, während sie die Nachrichten sehen. Wo die anderen beiden Kerle sind, weiß ich nicht. Als wir nach Downtown kamen, habe ich sie aus den Augen verloren. Wir haben in der Hotelgarage im Keller geparkt und direkt den Fahrstuhl in den siebten Stock genommen. Louis hat mir einen Schal umgelegt, sodass man das Halsband nicht sehen konnte. Dann haben sie mich auf einen Stuhl in der Zimmerecke gesetzt und meine Handgelenke mit Kabelbindern aneinandergefesselt.

Das einzige Fenster des Raumes befindet sich zu meiner Linken, es ist recht groß – ungefähr zwei Meter breit. Vorhänge schatten die Außenwelt ab. Als wir den Raum betreten haben, hat Louis die Vorhänge kurz beiseitegeschoben, um mir das fünf Blocks entfernte Hotel zu zeigen, wo Cortez sprechen wird. Das Fenster ist auf beiden Seiten verriegelbar und kann ein paar Zentimeter aufgeschoben werden, um frische Luft einzulassen. Der Platz reicht locker, um hindurchzuschießen.

Apropos; die Valkyrie ist in Einzelteile zerlegt, die sich in einem Rucksack auf dem Tisch befinden. Es gibt noch keinen Grund, sie zusammenzubauen. Wahrscheinlich tun wir das erst ungefähr eine Stunde vor Cortez' Ankunft.

Louis schaut von seinem Handy auf und bemerkt, dass ich ihn beobachte. »Du solltest versuchen, etwas zu schlafen. Du musst morgen früh fit sein.«

Ich deute mit dem Kopf in Richtung der Freelancer. »Tweedledum und Tweedledee blockieren aber die Betten.«

Die beiden Kerle ignorieren mich. Der eine schaut auf sein Telefon und schaut sich weiß Gott was an. Der andere hat sein Handy noch nicht angerührt, seit wir reingekommen sind, es befindet sich die ganze Zeit in seiner linken Hosentasche. Alle Handys, die sie benutzten – sogar das von Louis – scheinen Wegwerftelefone zu sein. Diese Männer sind Profis und würden niemals ihr eigenes Handy auf einen Job wie diesen mitnehmen. Das ist mir allerdings egal, solange ich mit ihnen einen Anruf absetzen kann.

»Ich bin sicher, man kann auch auf diesem Stuhl schlafen«, sagt Louis.

»Soll ich mir den Nacken verspannen? Das hilft nicht gerade beim Zielen.«

Der Transponder liegt auf dem Schreibstich. Louis streicht beiläufig mit dem Finger darüber, als solle mir das Angst machen.

Ich ringe mir ein Lächeln ab. »Ich habe Hunger.«

»Wir haben dir ein Sandwich angeboten.«

»Als Henkersmahlzeit hätte ich gern etwas anderes. Etwas, das nicht wie Scheiße schmeckt.«

Louis' Finger bleibt auf dem Transponder. »Sandwich oder nichts.«

Ich seufze schwer. »Na gut, dann nehme ich eben ein Sandwich. Was ist noch übrig?«

Tweedledee schwingt seine Füße vom Bett und öffnet die Kühlbox, die vor ihm auf dem Boden steht. Sie haben die abgepackten Sandwiches und Wasserflaschen unterwegs besorgt, damit sie sich nicht mit dem Zimmerservice auseinandersetzen müssen, oder außerhalb des Hotels beim Einkaufen gesehen werden.

Er hält zwei Packungen hoch: »Schinken-Käse oder Thunfischsalat.«

Würg.

»Ist das fettarmer Käse?«, frage ich, doch er starrt nur mit leerem Blick zurück.

Ich seufze erneut. »Okay, Schinken-Käse.«

Tweedledee lässt das Thunfischsandwich wieder in die Kühlbox fallen und bringt mir dann das andere mit einer Flasche Wasser.

Meine Augen wandern nach unten – aus seiner Sicht wahrscheinlich in Richtung der Nahrungsmittel, doch in Wahrheit gilt meine Aufmerksamkeit dem Handy in seiner Tasche. Seine Hose scheint eine Nummer zu weit zu sein, wahrscheinlich, damit sie bequemer ist. Also wird das Handy nicht allzu fest darin stecken. Und das ist gut.

Nachdem er mir die Sachen gegeben hat, steigt er wieder aufs Bett.

»Sonst noch etwas, Eure Hochwohldurchlauchtigkeit?«, fragt Louis.

Ja, du kannst dir diesen Transponder in den Rachen schieben und daran ersticken, denke ich, doch nach reiflicher Überlegung beschließe ich, es nicht laut auszusprechen. Stattdessen fange ich an, das Sandwich auszupacken. »Ein paar Chips wären super.«

Louis' Gesicht bleibt ausdruckslos. »Wir haben keine Chips.«

»Es gibt hier doch bestimmt Automaten im Flur, oder?«

Louis beschließt, dass ich ihn langweile, und er wendet seine Aufmerksamkeit wieder dem Telefon zu. Die Freelancer schauen weiter die Nachrichten. Es gibt mal wieder einen Skandal mit dem Präsidenten. Auf dem Bildschirm schneiden sich vier Kommentatoren ständig gegenseitig das Wort ab.

Ich beiße von meinem Sandwich ab und beobachte die Freelancer und Louis. Dabei mache ich mir Gedanken, wie ich an das Telefon rankomme. Ich muss einen Weg finden, auch wenn es mich das Leben kostet.

37

Der Sicario musste nur einmal um den Block fahren, um Haywards Männer zu erkennen. Als mexikanischer Auftragskiller hatte er einen geübten Blick. Die Kerle hatten ihren SUV am Bordstein geparkt. Die Scheiben waren dunkel getönt, sodass man die Insassen nicht sofort erkennen konnte, doch auch nicht so dunkel, dass es Polizisten verdächtig vorkommen würde.

Er schätzte, dass mindestens zwei Männer außerhalb des Hotels stationiert waren. Das bedeutete, dass zwei weitere Freelancer zusammen mit Haywards rechter Hand in dem Zimmer waren. Er kannte Hayward nicht persönlich, er hatte ihn nur einmal kurz gesehen, als er mit seinem Bruder auf seinem Anwesen vorbeigekommen war. Doch er wusste genug, dass der Kerl große Stücke auf diesen Louis hielt. Die Freelancer waren ihm höchstwahrscheinlich egal, das waren einfach nur bezahlte Söldner. Doch seine rechte Hand würde er mit Sicherheit vermissen, wenn diese Sache über die Bühne gegangen ist. Und das war ganz allein seine Schuld. Denn soweit er wusste, hatte man Hayward empfohlen, Louis zurückzulassen, doch er hatte zu viel Angst gehabt, dass die Freelancer die Sache in den Sand setzen würden – erst recht jetzt, wo Präsident Cortez deutlich früher kam als geplant. Deswegen hatte Hayward jemanden geschickt, dem er absolut vertraute.

Der Sicario fuhr einen geklauten, schwarzen C-Klasse-Mercedes, dessen Nummernschilder er auf einem Kasinoparkplatz in Inglewood mit einem identischen Modell getauscht hatte. Die Karre fuhr sich einfach fantastisch und er hatte beschlossen, sich irgendwann auch so einen zu kaufen, wenn er wieder zu Hause war. In seinem Metier war so eine Karosse zwar bei Weitem zu auffällig, aber vielleicht, wenn er sich zur Ruhe setzen würde. Ja, dann würde er sich definitiv so einen Wagen gönnen.

Er fuhr in die Tiefgarage und nahm dann den Fahrstuhl in die Hotellobby. Er hatte eine mittelgroße Tasche dabei, um als Geschäftsmann durchgehen zu können, auch wenn er zu seinem Anzug keine Krawatte trug. Doch ein lässiger Look passte besser zur vorgerückten Stunde. Er würde dem Rezeptionisten einfach sagen, dass sein Flug Verspätung hatte.

Doch der Hotelangestellte wollte nichts anderes als seinen Namen wissen. Pablo Santander stand auf seinem Ausweis und auf der Kreditkarte, obwohl er natürlich ganz anders hieß. Der Mitarbeiter gab die Daten ein, bestätigte die Zimmerbuchung und reichte ihm eine Schlüsselkarte. Dann fragte er noch, ob ein Portier seine Tasche hinaufbringen sollte. »Nein danke, das geht schon«, antwortete der vermeintliche Herr Santander lächelnd.

Der Angestellte nickte und wünschte ihm einen angenehmen Aufenthalt. Wenige Augenblicke später befand sich der Sicario im Fahrstuhl auf dem Weg nach oben – genauer gesagt in den siebten Stock.

Er fand sein Zimmer am Ende des Ganges, nahe der Nummer 736. Dort waren Haywards Männer und die Frau in diesem Moment. Das Zimmer war schon vor zwei Wochen reserviert und nun von Haywards Männern auf ein früheres Datum umgebucht worden. Die Männer, für die der Sicario arbeitete, hatten es geschafft, diese Informationen abzufangen und ihm dadurch das Zimmer direkt gegenüber zu besorgen.

Für den Preis war die Unterkunft in Ordnung, aber nichts Besonderes. Es gab zwei Betten, doch er hatte keinerlei Absicht zu schlafen. Es war beinahe vier Uhr morgens, und da Cortez sehr früh ankommen sollte, würde dieser Job wohl schnell vorbei sein. Um zwölf Uhr sollte er längst über alle Berge sein. Er würde die Schlüsselkarte auf dem Schreibtisch neben der Tür liegen lassen und sich über die Hotel-App auschecken. Natürlich erst, nachdem er den kompletten Raum von Spuren und Fingerabdrücken befreit haben würde. Schon jetzt achtete er darauf, Lichtschalter und ähnliches nur mit dem Handrücken zu bedienen.

Er stellte seine Tasche auf eines der Betten, öffnete den Reißverschluss und schob die Kleidung beiseite, die er zur Tarnung über seine Pistole gelegt hatte. Es war eine Smith & Wesson M&P9, deren Lauf mit einem Gewinde versehen war. Nach vielen Jahren Berufserfahrung konnte er sagen, dass sie seine Lieblingswaffe für einen Job wie diesen war. In das Magazin passten siebzehn 9-mm-Kugeln, eine weitere befand sich im Lauf. Das war mehr als genug für seine Aufgabe, auch für die beiden Männer unten auf der Straße würde es noch reichen.

Nachdem er die Pistole überprüft hatte, zog er den Schalldämpfer hervor und schraubte ihn auf. Dann legte er sein Werkzeug neben der Tasche auf das Bett. Er schnappte sich ein wenig Toilettenpapier aus dem Bad, wickelte es um die Fernbedienung und schaltete den Fernseher um. Nachdem er es sich auf dem anderen Bett bequem gemacht hatte, zappte er ein wenig durch die Sender und zog dann sein Handy hervor. Er schickte eine verschlüsselte Textnachricht an seinen Bruder, der sich dreitausend Meilen entfernt befand und es eilig hatte, rechtzeitig nach Washington D.C. zu kommen.

»Ich bin in Position. Gib das Zeichen, wenn du bereit bist.«

38

Kurz nach fünf Uhr morgens vibriert das Telefon auf Louis' Schreibtisch. Er schnappt es sich, steht aus dem Stuhl auf und geht aufs Badezimmer zu, das Handy ans Ohr gepresst. Ich schreie ihn fast an: »Ich muss pinkeln!«

Er hält kurz inne und starrt mich mit herunterhängenden Mundwinkeln an. »Dann halt es ein.«

»Bin nicht sicher, ob ich es noch lange aushalte. Soll ich mir in die Hose machen?«

Das Telefon immer noch am Ohr verzieht er das Gesicht und atmet tief durch. Tweedledee und Tweedledum hängen immer noch entspannt in ihren Betten rum. Tweedledum spielt nicht mehr an seinem Handy, es liegt neben ihm auf dem Bett. Tweedledee hat sein Telefon immer noch in der Hosentasche. Da sein Bett näher an meinem Stuhl ist, gestikuliert Louis in seine Richtung: »Kümmere dich darum!«

Auf eine Antwort wartet Louis nicht, er geht hinaus in den Flur und murmelt in sein Telefon. Tweedledee grunzt, als er aus dem Bett rutscht und sich vor mir aufbaut. Ich springe ebenfalls auf und tue so, als würde ich über meine eigenen Füße stolpern und nach vorn fallen – direkt in ihn hinein. Eine Sekunde später ist Tweedledum auf den Beinen, die Beretta in der Hand, den Lauf auf mich gerichtet.

Tweedledee schubst mich wütend weg. »Was zur Hölle soll die Scheiße?«

Ich stolpere zurück und falle wieder in den Stuhl, wo ich meine gefesselten Handgelenke hochhalte. »Sorry, mit gefesselten Händen kann ich schlecht die Balance halten. Außerdem bin ich seit Stunden auf diesem Stuhl, mir sind die Beine eingeschlafen!«

Tweedledum zielt weiter auf mich, während Tweedledee einen Schritt zurück macht. Er wirft seinem Kollegen einen kurzen Seitenblick zu, schaut kurz etwas ratlos auf die Tür, durch die Louis verschwunden ist, und bedeutet mir dann mit einer Geste, aufzustehen.

Das tue ich.

Tweedledee greift in seine Hosentasche – auf der rechten Seite zurück, und holt ein Kampfmesser hervor. Er lässt die Klinge herausspringen und deutet dann damit auf das Badezimmer. Ich marschiere an ihm vorbei, in vollem Bewusstsein, dass Tweedledum konstant den Lauf seiner Waffe auf mich gerichtet hält. Die Tür ist geschlossen, also drücke ich sie auf und schlage mit den gefesselten Händen gegen alle Schalter, sodass Licht und Lüftung angehen.

»Die Tür bleibt offen«, sagt Tweedledee. Ich drehe mich zu ihm um. »Geht dir so einer ab? Indem du Frauen zusiehst, wie sie aufs Klo gehen?«

Er antwortet nicht. Ich glaube, er steht nicht auf meinen Humor.

Der Deckel ist bereits hochgeklappt, also öffne ich die Knöpfe meiner Jeans und schiebe sie zusammen mit meiner Unterhose aus dem Weg, während ich mich auf den kalten Toilettensitz niederlasse. Ich starre Tweedledee an und ignoriere Tweedledum, der ein paar Schritte hinter ihm steht und immer noch auf mich zielt.

»Gefällt dir, was du siehst?«

Er macht einen Schritt auf mich zu und hält das Messer hoch. Ich strecke ihm meine Hände entgegen, und mit einer

Drehung meines Handgelenks durchtrenne ich die Kabelbinder, sodass sie zu Boden fallen.

»Eine Minute«, raunzt er mir zu, als er die Tür schließt.

In dem Moment, wo die Tür zugeht, greife ich in meine Jeanstasche, in der ich Tweedledees Telefon versteckt habe. Zum Glück hat es keinen Sicherheitscode. Wozu auch einen einrichten, wenn man es sowieso in ein paar Stunden wegwirft und sowieso keine persönlichen Daten darauf gespeichert sind?

Ich tippe die Nummer von Atticus ein, die gleiche, die ich Erik gegeben hatte. Aber woher soll ich wissen, ob er ihn angerufen hat? Ist auch egal, Atticus muss erfahren, dass ich noch lebe. Er muss wissen, dass Präsident Cortez in Gefahr ist. Doch was noch wichtiger ist: Dass meine Familie in Gefahr ist.

»Danke, dass Sie Scout Dry Cleaners angerufen haben. Unsere Geschäftszeiten sind Montag bis Freitag von sieben bis neunzehn Uhr. Sonntags haben wir geschlossen.«

In diesem Moment betätige ich die Toilettenspülung und fange an zu flüstern: »Holly hier. Meine gesamte Familie ist in Gefahr. Sie brauchen sofort Schutz. Ich bin in Los Angeles und soll jemanden umbringen, den …«

Der Türknauf wird gedreht, ich lege sofort auf und stopfe das Telefon in meine Hosentasche, bevor ich meine Unterhose und die Jeans wieder hochziehe.

Die Tür geht auf. Tweedledee steht da, das Messer immer noch in der Hand, sein Gesichtsausdruck ist stoisch.

»Die Zeit ist um.«

»Darf ich mir wenigstens noch die Hände waschen?«

»Die Zeit ist um«, sagt er noch einmal, diesmal jedoch langsamer. Dann geht er aus dem Weg und ich gehe zurück ins Zimmer. Als ich mich gerade auf den Stuhl setzen will, kommt Louis wieder herein. »Wir sind immer noch im Zeitplan«, sagt er, während er die Tür hinter sich schließt.

Ich habe den Stuhl fast erreicht, als Tweedledee das Wort erhebt – seine Stimme klingt tief und bedrohlich: »Du Schlampe!«

Ich halte inne und starre ihn an.

»Sie hat mein verdammtes Telefon geklaut«, sagt er zu Louis.

Bevor ich mich auch nur rechtfertigen kann, zieht Louis den Transponder hervor und ein regelrechtes Feuerwerk scheint um meinen Hals zu explodieren. Ich falle in den Stuhl und mein Körper zuckt ein paar Sekunden unkontrollierbar, bis Louis den Taster loslässt.

Tweedledee stampft auf mich zu, das Gesicht von Wut verzerrt, das Messer erhoben.

»Du verdammte Schlampe!«

»Warte«, presse ich hervor, doch da entfacht Louis schon das nächste Blitzgewitter um meinen Hals und ich fange an, mir zu wünschen, ich hätte wirklich gepinkelt – denn so mache ich mir bald in die Hose.

Mit einem zitternden Finger zeige ich auf den Boden: »Da!«

Tweedledee hält lange genug inne, um sein Telefon auf dem Teppich zu entdecken – gleich neben seinem Bett. Denn dort konnte ich es gerade noch hintreten, als Louis ins Zimmer kam und damit für eine Sekunde der Ablenkung sorgte. Leider hatte ich keine Zeit, meinen Anruf aus dem Nummernspeicher zu löschen – falls sie den überprüfen, bin ich am Arsch.

Louis lässt den Transponder los. Ich sacke auf dem Stuhl zusammen und atme schwer.

Tweedledum deckt seinen Partner mit der Beretta, während der sich bückt, um das Telefon aufzuheben. Tweedledee starrt das Handy für einen Moment an, dann schüttelt er den Kopf und wirft den beiden anderen Männern einen unsicheren Seitenblick zu. »Muss mir aus der Tasche gerutscht sein.«

Er wirft es aufs Bett und wendet sich dann der Tasche auf dem Boden zu. Er nimmt einen neuen Kabelbinder heraus und sagt mir dann, ich solle die Handgelenke ausstrecken. Nachdem er sie gefesselt hat, fragt Tweedledee Louis: »Wie lange noch, bis die Scheiße hier vorbei ist?«

»Etwa zwei Stunden. Mister Hayward wird Bescheid sagen, sobald er Neuigkeiten hat. Dann können wir die Sache zu Ende bringen und nach Hause fahren.«

Er hält inne und lächelt mich an. »Du natürlich nicht.«

Er zieht das Hohlmantelgeschoss aus seiner Tasche und hält es hoch. »Du bleibst schön hier, mit dem Ding in deinem Kopf.«

39

Nova hatte seinen Wagen auf einem Parkplatz am Highway geparkt, gegenüber dem Motel. Er war etwa einhundert Meter von dem Park entfernt. Um neun Uhr morgens war er immer noch dort, den Kopf nach hinten gelehnt, die Fenster hinuntergelassen. Er lauschte dem morgendlichen Verkehr und versuchte, nicht einzuschlafen.

Abgesehen davon, dass sich immer mal wieder die Tür geöffnet hatte und dieselben zwei Freelancer zum Rauchen herausgekommen waren, war nichts passiert. Eines der Zimmermädchen hatte das »Bitte nicht stören«-Schild an der Tür ignoriert und angeklopft. Einer der Kerle hatte geöffnet und dann den Kopf geschüttelt, worauf das Zimmermädchen zur nächsten Tür weitergegangen war.

Obwohl davon auszugehen war, dass alle Personen, die eine Bedrohung für Hollys Familie darstellen konnten, in diesem Zimmer waren, hatte sich James zurück auf den Weg zu Hollys Mutter gemacht, während Erik in der Umgebung von ihrer Schwester und ihren Angehörigen geblieben war. Vor Kurzem hatte er eine Textnachricht geschickt, dass der Ehemann sich auf den Weg zur Arbeit gemacht hatte, aber sonst war nichts passiert.

Novas Telefon vibrierte, als ein Anruf von Atticus einging.

»Holly hat Kontakt aufgenommen!«

Nova schoss in seinem Sitz hoch. »Was? Wann?«

»Vor ein paar Minuten. Ihre Nachricht war leider sehr knapp.«

»Wo ist sie?«

»In Los Angeles. Das weiß ich aber nur, weil sie es gesagt hat. Die Nachricht war leider zu kurz, als dass ich den Anruf hätte zurückverfolgen können. Und die Nummer war wahrscheinlich von einer unregistrierten SIM-Karte. Nova, sie hat bestätigt, was Erik sagte: Ihre Familie ist in Gefahr.«

Nova nickte, den Blick auf das Motel auf der anderen Straßenseite fixiert. »Ich würde sagen, das können wir inzwischen bestätigen.«

»Das ist aber noch nicht alles. Die Leute, für die sie arbeitet, wollen, dass sie jemanden umbringt!«

»Wen?«

»Das weiß ich nicht. Die Verbindung wurde unterbrochen, bevor sie es sagen könnte. Ich meine, es könnte jeder in Los Angeles sein. Allerdings landet der mexikanische Präsident Cortez heute dort für ein Gespräch.«

Nova erinnerte sich daran, wie er in einer Kirche in Colotlán gestanden hatte, wo ihm Pater Crisanto eindringlich vermittelt hatte, dass die Kartelle hinter Alejandro Cortez her waren, weil sie seinen Vater bestrafen wollten. Wenige Augenblicke später hatten Drogendealer den Geistlichen auf die Straße gezerrt und ihn ermordet.

»Cortez ist das Ziel«, sagte Nova.

»Wie kannst du da sicher sein?«

»Nenn es ein Bauchgefühl.«

»Ich kann die Behörden aber nicht wegen eines Bauchgefühls alarmieren, Nova. Außerdem, wenn Cortez seine Reise plötzlich absagt und er wirklich das Ziel ist, dann wird Holly wahrscheinlich sofort umgebracht.«

»Wahrscheinlich ist sie sowieso so gut wie tot. Doch das Mindeste, was wir tun sollten, ist ihre Familie am Leben erhalten.«

Die Moteltür öffnete sich und die beiden Freelancer kamen nach draußen, um sich ihre Zigaretten anzuzünden. Einen Moment später erschien ein Mann auf der Treppe, die zum Außenzugang des ersten Stocks führte. Er hatte dunkle Haare und trug einen schwarzen Anzug. Sein Gang war locker und beschwingt, er sah nicht aus, als ob er es eilig hatte.

»Nova, bist du noch dran?«, fragte Atticus?

»Warte mal eine Sekunde!«

Nova lehnte sich in seinem Sitz nach vorn. Obwohl James ihnen so viele tolle Spielzeuge besorgt hatte, hatte er kein Fernglas.

Die beiden Raucher sahen den fremden Mann auf sich zukommen und nahmen sofort eine defensive Körperhaltung an. Ohne Zweifel waren sie bewaffnet. Einer von ihnen griff sich sogar an den Rücken, zog aber keine Pistole.

Der Mann im Anzug hielt seine Hände bewusst deutlich von seinem Körper weg, lächelte und sagte etwas zu den beiden Rauchern. Die beiden schauten sich gegenseitig an. Dann fügte der Anzugträger noch etwas hinzu und deutete auf das Zimmer. Einer der beiden öffnete die Tür, sprach mit jemandem auf der Innenseite und ein weiterer Mann tauchte auf.

Der Mann im Anzug war jetzt nur noch wenige Schritte von der Tür entfernt. Er hielt seine Hände vom Körper weg und warf einen Blick auf den Parkplatz, woraufhin er noch etwas anderes sagte. In diesem Moment schienen die anderen plötzlich zu begreifen, dass sie sich wie auf dem Präsentierteller befanden. Der Mann, der aus dem Zimmer gekommen war, bedeutete dem Anzugträger, ihm nach drinnen zu folgen. Die Raucher schnippten die Zigaretten weg und gingen dann ebenfalls hinein.

»Jemand Neues ist aufgetaucht«, sagte Nova, nachdem die Tür sich geschlossen hatte.

»Beschreibe ihn.«

»Dunkle Haare, dunkler Anzug. Mehr konnte ich aus der Entfernung nicht sehen.«

»Wo ist er jetzt?«

»Mit den anderen in das Zimmer gegangen.«

Plötzlich ging die Moteltür wieder auf und Nova zuckte zusammen. Der Mann im Anzug kam wieder heraus, diesmal schien er jedoch deutlich vorsichtiger zu sein und musterte den Parkplatz sowie den Gang über sich, um sicherzugehen, dass ihn niemand beobachtete. Er hatte eine Pistole in der Hand und schraubte gerade den Schalldämpfer ab.

»Scheiße«, entfuhr es Nova.

Er ließ den Motor des Wagens an, stellte ihn dann aber sofort wieder ab. Er hatte sich zwar einen Parkplatz ausgesucht, der einen tollen Blick auf das Motel zuließ, aber keine Möglichkeit, schnell dort hinzukommen. Der Grund dafür war, dass es ihnen bis zu diesem Moment unnötig erschienen war, die Männer zu erreichen.

»Was ist los?«, tönte Atticus' Stimme aus dem Telefon.

»Ich glaube, der Neue hat die Kerle gerade alle umgelegt! Ich rufe dich gleich zurück.«

Nova schnappte sich seine Waffe vom Beifahrersitz und sprang aus dem Wagen. Er rannte auf den Highway zu und hielt erst an, als seine Füße auf dem Schotter knirschten, mit dem der Straßenrand gesäumt war. Der morgendliche Verkehr war dicht, aber nicht besonders schnell unterwegs. Er entdeckte eine Öffnung in der Blechlawine und rannte im Sprint quer über den Highway, wobei er das Hupkonzert ignorierte, das ihn begleitete. Augenblicke später rannte er den leichten Hügel auf der anderen Seite hinauf.

Der Mann im Anzug war trotzdem längst weg. Er war von der anderen Seite des Motels gekommen, sodass Nova nicht wusste, was für ein Auto er fuhr. Er eilte über den Parkplatz und nahm dann die Treppe in den ersten Stock. Die FNX-45 hielt er gesenkt neben dem Körper und verdeckte sie, so gut es ging. Denn das Letzte, was er brauchte, war jemand, der die Waffe entdeckte und die Polizei rief.

Vor der Zimmertür angekommen zögerte er und lauschte, ob von drinnen irgendetwas zu hören war, doch der Verkehr war viel zu laut. Er streckte die Hand nach dem Türgriff aus, doch dann fiel ihm ein, dass er keine Abdrücke hinterlassen wollte. Außerdem bestand die Gefahr, dass die Kerle da drinnen noch nicht ganz tot waren. Also baute er sich vor der Tür auf, hob das Knie und rammte es genau unter den Türgriff.

Der billige Verschluss gab nach und Nova stürmte mit erhobener Waffe in den Raum. Dort stand er für einen kurzen Moment mit angehaltenem Atem, bevor er die Waffe wieder sinken ließ. Alle vier Männer waren tot. Einer lag auf dem Bett, ein anderer hing über einem Tisch, auf dem mehrere Laptops standen. Die beiden Raucher waren auf dem Boden. Jeder der Männer war dreimal getroffen worden: Zweimal in die Brust, einmal in den Kopf. Der Anzugträger war eindeutig ein Profi.

Nova ging rüber zu den Computern. Die Live-Bilder, die darauf zu sehen waren, stammten von den Kameras gegenüber den Häusern von Hollys Mutter und ihrer Schwester. Mikrofone hatten die Kerle scheinbar auch installiert.

Einige Sekunden lang starrte er die Bildschirme an, bevor er sein Handy hervorzog und eine Nachricht an James und Erik schrieb: »Ein Unbekannter ist aufgetaucht und hat die Kerle im Motel ausgeschaltet. Dunkle Haare, dunkler Anzug. Seid auf der Hut – er ist unterwegs zu einem von euch!«

40

Ryan hatte es an diesem Morgen eilig, sogar noch mehr als sonst. Er kam in die Küche geflitzt, das Hemd erst halb zugeknöpft, und bearbeitete sein Kinn mit dem Elektrorasierer. »Ich hab vergessen, dass ich ein ganz frühes Meeting habe«, presste er als Entschuldigung hervor. Dann schnappte er sich einen Müsliriegel aus dem Korb auf dem Küchentresen, gab beiden Jungs einen Abschiedskuss auf den Kopf und seiner Frau einen auf die Wange, und peng, war er aus dem Haus.

Seine Söhne, die am Küchentisch saßen, starrten noch eine Weile die Tür an, bevor sie ihre Aufmerksamkeit wieder ihren Tablets zuwendeten.

So würde also der ganze Sommer laufen, wurde Tina klar. Stacey Holbrook würde ihre Kinder nicht jeden Tag in den Zoo mitnehmen. Die Jungs hatten Ferien, doch außer Videospielen und Apps interessierte sie so gut wie nichts. Sie musste sie also antreiben.

»Wer will als Erster in die Dusche?«, rief sie. Niemand antwortete. Also räusperte sie sich, extra laut und besonders dramatisch, was die Jungs dazu brachte, die Augen zu verdrehen.

»Wo gehen wir denn hin?«, fragte Max.

»Ja, wohin denn?«, stieg Matthew mit ein.

Sie verschränkte die Arme und legte die Stirn in Falten, um besonders streng auszusehen. »Wer sagt, dass wir irgendwo hingehen? Vielleicht bleiben wir ja zu Hause und putzen den ganzen Tag!«

Die Jungs sahen schockiert aus.

»Oder ... auch nicht?«, stammelte Matthew.

Max kicherte und nahm seinen letzten Schluck Orangensaft. »Genau, Mom, können wir nicht lieber ins Einkaufszentrum? Es gibt doch einen neuen Film mit The Rock! Papa hat versprochen, dass er mit uns reingeht, aber das war schon vor Wochen!«

In Wahrheit wollte Ryan wirklich mit den Jungs ins Kino, und Tina sollte natürlich auch mitkommen, nur war die Wahrheit leider, dass sie es sich nicht leisten konnten. Selbst am Vormittag waren die Tickets teuer, und Snacks und Getränke würden die Jungs ja auch noch wollen. Nein, schweren Herzens mussten sie sich dazu entscheiden, das Geld für wichtigere Dinge auszugeben – zum Beispiel, ihre Schulden abzuzahlen. Zumindest mussten sie ihre Kreditkarten auf ein akzeptables Niveau ausgleichen. Aber wie sollte man Kindern solche Sachen erklären? Sie verstanden nichts von Dispozinsen und Kreditwürdigkeit. Sie wussten nur, dass es einen neuen Film mit The Rock im Kino gab, den ihre Freunde alle schon gesehen hatten, und sie nicht.

Da Tina keine Diskussion starten wollte, sagte sie: »Wir schauen mal. Aber jetzt lautet die Frage erst mal: Wer duscht zuerst?«

Die Jungen schauten sich gegenseitig an und zuckten gleichzeitig mit den Schultern. »Warum gehst du nicht als Erste, Mom?«, fragte Max.

Sie lächelte. »Na schau mal einer an, du bist aber ein aufmerksamer Sohn!«, antwortete sie trocken. Er strahlte sie an, doch eine Sekunde später schaute er schon wieder auf sein Tablet. Genau wie Matthew.

Sie seufzte.

»Na gut, ihr habt mir keine andere Wahl gelassen. Das Schicksal soll entscheiden, wer als Erster duscht! Wir spielen Schnick, Schnack, Schnuck!«

Obwohl die Jungs genervt aufstöhnten, konnten sie ihr Grinsen nicht unterdrücken. Sie liebten es, wenn Entscheidungen mit diesem Spiel getroffen wurden.

»Schnick! Schnack! Schnuck!«, riefen sie wie aus einer Kehle und Max übertrumpfte Matthews Stein mit seinem Blatt Papier.

»Zwei von dreien!«, krähte Matthew, doch Tina lachte und schüttelte den Kopf: »Oh nein, das Schicksal hat seine Wahl getroffen! Du gehst duschen!«

Matthew stöhnte wieder, doch diesmal ohne jegliche Freude. Er schnappte sich sein Tablet und machte sich auf den Weg zur Treppe. »Das Tablet bleibt hier!«, rief Tina ihm hinterher. »Aber …«

Sie schnitt ihm das Wort ab: »Kein aber, mein Herr!«

»Kein aber, Rhabarber«, schrie Max kichernd, während Matthew niedergeschlagen sein Tablet herausrückte. Tina wusste, dass sie die Ohren nach dem Geräusch der Dusche offenhalten musste, da es eine gute Chance gab, dass Matthew auf dem Weg dorthin von dem Computer in seinem Zimmer abgelenkt würde. Eines, was man über ihre Söhne sagen konnte, war, dass sie die Könige des Prokrastinierens waren. Das mussten sie von Ryans Seite der Familie haben.

Eine halbe Stunde später donnerte Matthew die Treppe hinunter, seine Haare noch nicht ganz trocken, und sofort nahm er sich sein Tablet und spazierte ins Wohnzimmer.

»Max, du bist dran!«, rief Tina.

Max, der im Wohnzimmer vor der Spielkonsole saß, rief zurück: »Ich brauche keine Dusche!«

Tina schloss die Augen, atmete tief durch und erhob dann die Stimme: »Wenn du nicht innerhalb von fünf Sekunden oben bist, nehme ich jedes einzelne Videospiel in diesem Haus und werfe es in den Fluss!«

Es war vielleicht eine leere Drohung, doch ihre Stimme hatte genug Nachdruck, um Max innerhalb von drei Sekunden die Treppe hochzutreiben.

Sie hatte gerade gehört, wie die Dusche angelaufen war, als es an der Tür klingelte. Nicht nur einmal, sondern mehrmals: *ding ding ding ding ding.*

»Ich gehe schon«, rief Matthew im Wohnzimmer. Doch das unnachgiebige Klingeln hatte etwas an sich – zumal es noch früh am Morgen war und Vertreterbesuche in ihrem Viertel verboten waren – dass Tina ein ungutes Gefühl verspürte.

»Bleib, wo du bist!«, rief sie.

Matthew war schon aufgestanden und auf halbem Weg zur Tür, doch die Eindringlichkeit in der Stimme seiner Mutter ließ ihn umkehren.

Die Türglocke schwieg nun, doch dafür hämmerte es an der Tür und ihr erster Gedanke war, dass irgendein Irrer da draußen war. Auf eine Art hoffte sie, dass derjenige sich verkrümeln würde, wenn man ihn ignorierte, aber vielleicht war auch genau das Gegenteil der Fall.

Sie wagte einen Blick durch das Seitenfenster. Ein Mann stand auf ihrer Türschwelle – ein hochgewachsener Schwarzer, vielleicht Mitte zwanzig. Er trug Khakihosen und ein schwarzes T-Shirt, und Tina hatte ihn noch nie zuvor gesehen. Er schlug weiter mit der Faust gegen die Tür.

»Wir kaufen nichts!«, rief Tina.

Der Mann hielt inne, warf einen Kontrollblick in Richtung Straße, trat dann einen Schritt zurück und sprach sie direkt an: »Bitte machen Sie auf! Ihre Schwester Holly schickt mich!«

Ihre Sorge wurde mit einem Wimpernschlag zur Panik. Sie wusste, dass sie diesem Mann erst noch mehr Fragen stellen sollte – woher kannte er Holly, wo war sie und so weiter – doch bevor sie sich versah, hatte sie die Tür schon entriegelt und sie aufgerissen. Und in diesem Moment sah sie die Waffe in der rechten Hand des Mannes!

Ihr erster Gedanke betraf nun ihre Söhne. Sie wollten doch nur den neuen Film mit The Rock sehen, und nun würde dieser Mann sie umbringen.

Doch der Kerl hob die Waffe nicht. Er zielte nicht auf sie. Stattdessen sprach er in ruhigem, aber bestimmtem Tonfall: »Sie und Ihre beiden Söhne müssen sofort mitkommen.«

»Woher weiß er von den Jungs?«, fragte sie sich. Doch bevor sie die Frage aussprechen konnte, hörte sie ein Auto in ihre Richtung kommen. Mit viel zu hoher Geschwindigkeit. Und der Mann hörte es auch. Er drehte den Kopf in Richtung des Geräusches – und dann sahen sie das Auto auch schon. Es kam nicht nur die Straße herunter, es schleuderte auf ihren Vorgarten zu.

Der Mann warf sich nach vorn, schubste sie rückwärts ins Foyer, und in diesem Moment pflügte das Auto auch schon durch ihren Rasen und krachte dann durch die Tür.

41

»Mom? Mom!«

Matthews Stimme war ein undeutlicher Bestandteil der Kakofonie aus Geräuschen, die um sie herum aufbrandeten. Teile des Hauses schlugen um sie herum auf den Boden, der heiße Motor des Autos tickte, das Blut rauschte in ihren Ohren. Und dann lag auch noch dieser Fremde auf ihr, schirmte sie mit seinem Körper ab und schrie den Kindern direkt neben ihrem Ohr zu: »Raus hier!«

Im nächsten Moment rollte der Mann zur Seite, hob seine Pistole und fing an, auf das Auto zu schießen. Der Fahrer versuchte, die Tür zu öffnen, doch der Wagen stand zu dicht an der Hauswand, sodass er sie nicht weit genug aufbekam.

Tina konnte nicht sehen, was als Nächstes passierte, da sie sich in den Stand kämpfte und ihre Aufmerksamkeit dann Matthew widmete, der wie versteinert im Durchgang zum Wohnzimmer stand. Seine Augen waren weit aufgerissen, das Tablett hielt er an seiner Seite. »Lauf!«, schrie sie ihn an, doch es sah im ersten Moment nicht so aus, als würde er sich bewegen, als wäre er stattdessen komplett erstarrt. Doch dann schoss ein Querschläger in die Wand neben ihm, er blinzelte und schaute seine Mutter an, die auf ihn zurannte, seine Hand packte, und ihn dann tiefer ins Haus zog.

Hinter ihnen flammte ein regelrechter Schusswirbel auf, denn der Fremde und der Mann im Auto versuchten beide, sich gegenseitig zu treffen. Matthew lief jetzt neben Tina her, in einer seltsamen Haltung, da er sich so verkrampft an ihrer Hand festhielt. Aber das war in Ordnung, sie würde ihn jedenfalls nicht loslassen – sie würde ihn niemals loslassen – und sie hatte die Hintertür fest im Blick. Die Morgensonne schien durch das kleine Fenster, und dahinter befand sich der Garten – die Schaukel und der Sandkasten, womit die Jungs schon lange nicht mehr spielten – doch was viel wichtiger war: Es war ein Ausweg, und sie legte alles daran, sich und ihren Sohn in Sicherheit zu bringen. Doch dann fiel ihr plötzlich Max ein.

Sie drehte auf dem Absatz um und zog Matthew hinter sich her – eine Entscheidung, die sie sofort bereute. Sie hätte ihn allein fliehen lassen, ihn hinaus in den Garten schieben sollen, in Sicherheit – doch jetzt war er an ihrer Seite und rannte mit ihr die Treppen hoch. Sie hörte, dass die Dusche immer noch an war, doch sie hörte auch Max' Stimme, der ohne Pause nach ihr schrie.

»Was machst du?«

Im ersten Moment dachte sie, dass es Matthews Stimme war, obwohl sie sehr viel tiefer klang und viel basslastiger war. In ihrem Adrenalinrausch schaute sie zurück und sah, dass der Fremde, der nahe am Treppenabsatz stand, sie verwirrt anschaute. Doch bevor sie etwas antworten konnte, flog ihm auch schon wieder der Putz um die Ohren. Einen Augenblick später rannte Tina weiter und hörte dabei noch mehr Schüsse. Das bedeutete wohl, dass die Männer immer noch aufeinander schossen, während sie die Treppe hinaufeilte.

Max kam ihnen entgegen, er war klatschnass und nackt, da er sofort aus der Dusche gesprungen war, als er den Krach gehört hatte. Seine Mutter ließ Matthew los, damit sie sich Max schnappen konnte – sie griff ihn mit beiden Armen und hob ihn hoch, als wäre er wieder ein Kleinkind, doch sein

Gewicht verlangsamte sie erheblich. Aber das war ihr egal, sie rannte einfach weiter auf ihr Schlafzimmer zu. Der Fremde folgte ihr zögernd, indem er rückwärts die Treppe hochging und scheinbar nach jeder Stufe noch einen Schuss auf den Fahrer abgab.

Das Schlafzimmer lag in Richtung Garten und eines der Fenster führte direkt aufs Dach. Natürlich war das Dach schräg, und sie wusste, wenn die Jungs aus dem Fenster steigen würden, konnten sie abstürzen und sich verletzen – doch auf das Gras zu fallen war weitaus weniger gefährlich, als eine Kugel in den Kopf zu bekommen. Ihre Gedanken waren so durcheinander, dass sie sich plötzlich fragte, was The Rock in so einer Situation tun würde, wie er sich gegen den Eindringling wehren würde. Währenddessen versuchte sie, das Fenster zu öffnen, doch es bewegte sich kein Stück, egal, wie sehr sie daran rüttelte. Erst ein paar Sekunden später fiel ihr ein, dass es verriegelt war, also schob sie die Halterungen beiseite und drückte das Fenster nach außen auf, woraufhin ihr frische Luft ins Gesicht blies. Max weinte neben ihr und Matthew schrie etwas, als die Zimmertür aufflog und der Fremde in den Raum stürmte. Er sah, was sie vorhatte, starrte sie einen Moment lang an, schlug dann die Tür zu und schaute sich hektisch um, womit man sie blockieren konnte. Am nächsten war eine Kommode, die schwere Kommode, die Ryans Eltern ihnen zum Einzug geschenkt hatten, und er stemmte sich mit aller Kraft dagegen. Die Beine rissen den Teppich auf, als sich das Drumm widerwillig auf die Tür zubewegte. Tina wurde klar, dass diese Kommode das Einzige war, was ihr Leben retten konnte, das ihnen ein paar zusätzliche Sekunden geben konnte, also rannte sie zu ihm, um schieben zu helfen. Die kleinen Parfümflaschen und Kerzen, die zu Dekorationszwecken darauf standen, purzelten zu Boden.

Genau in dem Moment, wo das Ding mittig vor der Tür stand, fing der Fahrer an, auf die Tür zu schießen. Kugeln schlugen in die Kommode, durch das Türblatt, und eine sogar ins Fenster, das in Scherben zersprang. Sie wusste, dass sie keine Chance hatten, auf diesem Weg nach draußen zu fliehen, solange der Kerl feuerte.

Der begehbare Kleiderschrank! Da mussten sie hin, da mussten sie sich verstecken, denn Tina wurde plötzlich klar, dass sie das nicht überleben würden. Der Fahrer würde es irgendwann schaffen, durch die Tür zu kommen, und dann würde er sie alle töten – sogar den Mann, den sie nicht kannte, der gesagt hatte, dass Holly ihn geschickt hatte.

Sie packte Max' Arm und zerrte ihn auf die Schranktür zu, riss sie auf und schob ihn hinein, dann rief sie Matthew zu, dass er auch kommen sollte – Matthew, der flach auf dem Teppich lag und sich die Ohren zuhielt, um den schrecklichen Krach fernzuhalten. Im ersten Moment wusste sie nicht, ob er sie nicht gehört hatte, oder ob er nicht gehorchen wollte oder konnte – doch dann sprang er auf und rannte auf sie zu, das Gesicht voller Tränen.

Der begehbare Kleiderschrank war klein und überwiegend mit ihren Klamotten gefüllt, sowie einigen von Ryan. Sie drückte sich in die Ecke, die am weitesten weg von der Schlafzimmertür war, den Hintern auf den Boden und den Rücken gegen die Wand gepresst, und sie drückte ihre Jungs an sich, die ununterbrochen weinten. Unterdessen trat der Fahrer im Flur gegen die Tür. Der Fremde tauchte für einen Moment an der Tür der Kleiderkammer auf, dann schloss er sie von außen, sodass Tina und ihre Söhne in Dunkelheit gehüllt wurden.

»Mami, Mami, Mami!«

Sie wusste nicht, ob die Stimme Max oder Matthew gehörte, oder beiden. Sie schluchzten, sie weinten und schrien, und sie hielt sie so fest, wie sie konnte. Sie küsste beide auf den Kopf und sagte ihnen, dass es in Ordnung war, dass am Ende alles gut werden würde.

Für einen Moment herrschte Schweigen, dann hörte sie, wie der Fahrer wieder gegen die Tür trat – es war ein hartes, machtvolles Geräusch und sie wusste, dass die Tür nun weit genug offen war, dass er hindurchkommen konnte.

Der Fremde schoss auf den Fahrer, doch der schoss zurück – sie sah vor ihrem geistigen Auge die Bilder zu den Geräuschen, wie die beiden Männer aus nächster Nähe Pistolenfeuer austauschten. Dann wurde aus diesen Salven das Geräusch von nur noch einer Pistole, und sie sah, dass der Fremde getroffen wurde. Er schrie etwas, doch seine Worte ergaben keinen Sinn, es war nur Kauderwelsch, und sie konnte sich sowieso auf nichts anderes konzentrieren als auf ihre Jungs, die sich an sie drückten und denen sie immer wieder die Köpfe küsste.

Die Kammertür öffnete sich.

Der Fahrer trat vor sie.

Tina öffnete die Augen und sah ihn dort stehen – einen großen Mann offenbar lateinamerikanischer Abstammung, der Anzughosen und ein Jackett trug. Er lud seine Waffe nach und starrte dabei auf sie herab. Seine Augen waren dunkel und kalt, als er sie in den letzten Augenblicken ihres Lebens musterte.

Der Mann zog den Schlitten der Pistole zurück, um sie schussbereit zu machen, hob den Lauf, und dann sah Tina nichts mehr, weil sie die Augen zusammenpresste. Sie drückte ihre Söhne fester an sich als jemals zuvor.

Dann gab es zwei plötzliche Schüsse – bumm, bumm – und Tina zuckte bei jedem von ihnen zusammen. Sie fing an, zu schreien, in der schrecklichen Gewissheit, dass ihre Kinder nun beide tot waren.

Dann öffnete sie die Augen und sah den Mann immer noch in der Tür stehen. Er fiel auf die Knie und sie bemerkte, dass sein halbes Gesicht fehlte. Mit seinem verbleibenden Auge starrte er sie kurz an, bevor er vornüberkippte und in einen Stapel ihrer Blusen fiel.

Der Mann – der Mann, von dem sie glaubte, dass er erschossen worden war – musste das getan haben. Ihn erwartete Tina, als Nächstes zu sehen, doch stattdessen tauchte ein riesiger, weißer Kerl mit Vollbart auf.

Er hatte eine Pistole in der Hand und zielte immer noch auf den Fahrer. Nachdem er sich vergewissert hatte, dass er tot war, schaute er sie an, wie sie in der Ecke des Kleiderschrankes kauerten.

»Sind Sie in Ordnung? Jemand verletzt?«

Im ersten Moment antwortete Tina nicht – sie konnte es nicht – und sie tastete stattdessen ihre Jungs ab, um nach Blut zu suchen. Als sie dankenswerterweise keines fand, schaute sie den Fremden an und schüttelte den Kopf.

Der hielt die Waffe nun ein Stück vom Körper weg, zog ein Handy hervor und hielt es sich ans Ohr.

»Familie gesichert, Ziel neutralisiert. Und Erik – scheiße, wir brauchen einen Krankenwagen, und zwar schnell!«

42

Louis stellt den Rucksack mit den Einzelteilen des Präzisionsgewehrs auf das Bett am Fenster, öffnet ihn und fängt an, ihn auszuladen.

»Kann ich das machen?«, frage ich.

Tweedledee und Tweedledum haben sich in den beiden Zimmerecken postiert, die Berettas schussbereit. Das Gewehr ist noch nicht mal zusammengebaut und sie machen sich schon in die Hosen.

Louis wirft ihnen einen Seitenblick zu, dann zuckt er mit den Schultern.

»Von mir aus.«

Ich stehe aus meinem Stuhl auf und strecke meine gefesselten Hände aus. Louis nickt Tweedledee zu und der Freelancer zieht sein Messer aus der Tasche, als er sich mir nähert, schneidet die Kabelbinder durch und verzieht sich dann wieder in seine Ecke.

Louis hat jetzt den Transponder in der Hand und deutet auf die Tasche: »Dann los!«

Ich lege die Teile auf dem Bett aus – die Schulterstütze, den Lauf, das Stativ, den Schalldämpfer, einfach alles – und baue die Valkyrie zusammen. Das Magazin ist leer, deswegen setze ich es nicht ein, sondern richte stattdessen einen fragenden Blick Richtung Louis.

»Noch nicht«, sagt er.

Der Wecker auf dem Nachttisch zeigt 7:32 Uhr an. Nur noch eine halbe Stunde, bis President Cortez an seinem Hotel ankommt.

»Wann denn dann? Ich weiß ja nicht, wie es dir geht, aber ich mache wichtige Dinge nicht gern auf den letzten Drücker.«

Er schaut auf die Uhr, rechnet im Kopf, denkt ein paar Sekunden darüber nach und sagt dann: »Zehn Minuten.«

»Ich kann's kaum erwarten«, sage ich lakonisch, während ich seinem Blick standhalte.

Ich kehre zu meinem Stuhl in der Ecke zurück und starre aus dem Fenster, hinunter auf die Straße. Die Sonne scheint nun schon seit über einer Stunde und erzeugt hart umrissene Schatten auf den hohen Gebäuden.

Meine Gedanken schweifen ab und landen natürlich bei meiner Familie und der Frage, ob Atticus genug von meiner Nachricht verstanden haben wird, um für ihre Sicherheit zu sorgen. Dann frage ich mich, was wäre, wenn er die Nachricht gar nicht gehört hat – zum Beispiel, weil er gestorben oder aus dem Business ausgestiegen ist. Vielleicht gibt es die Nummer noch, aber niemand hört sie ab, nicht einmal James. In dem Fall ist meine Familie so gut wie tot. Genau wie ich.

Also bleibt als einzige Frage: Was wird aus Präsident Cortez?

Vielleicht stirbt er heute, aber definitiv nicht durch meine Hand. Klar, ich werde allen Anschein erwecken, die Sache durchzuziehen. Ich werde die Valkyrie ganz genau einrichten und mit angehaltenem Atem auf meinem Posten sitzen – doch wenn Cortez aus dem Wagen steigt, werde ich nicht abdrücken.

Obwohl, das stimmt nicht ganz. Abdrücken werde ich wahrscheinlich schon. Aber ich werde in diesem Moment nicht auf seinen Kopf zielen. Vielleicht schieße ich auf das Fahrzeug. Auf die Windschutzscheibe oder den Kühlergrill.

Und wenn es irgendein besonders angeberisches Auto ist, ziele ich auf das Emblem an der Motorhaube.

Oder ... vielleicht mache ich auch gar nichts davon. Vielleicht weigere ich mich einfach, die Waffe in die Hand zu nehmen, wenn die Zeit gekommen ist. Soll Louis mir doch Elektroschocks verpassen, bis ihm der Daumen abfällt. Sollen Tweedledum und Tweedledee mich mit ihren Pistolen bedrohen. Ich werde dieses Zimmer sowieso nicht lebend verlassen, also kann ich ruhig noch ein wenig Spaß haben.

Auf der anderen Seite ...

Was, wenn Hayward ein Mann seines Wortes ist und meine Familie in Ruhe lässt, wenn ich den Präsidenten umbringe? In dem Fall wäre es verrückt, die Sache nicht durchzuziehen.

»Du kannst jetzt anfangen, deine Waffe zu laden«, sagt Louis.

Er zieht eine einzelne 6.5er-Creedmoor-Patrone aus dem Rucksack. Sie ist mit Plastikfolie umwickelt. Schlau. Denn so sind seine Fingerabdrücke nicht auf einem Beweisstück im Mordfall um einen Präsidenten, der wahrscheinlich eine internationale Krise auslösen wird.

»Nur eine Kugel? Du machst Witze, oder?«

Sein Gesichtsausdruck bleibt erwartungsgemäß unbewegt.

»Wieso? Wie viele Kugeln braucht es denn, um einen Mann zu töten?«

Ich antworte nicht.

»Wir sind hier nicht in Falludscha. Du sollst nicht die ganze Straße mit Sperrfeuer überziehen. Du tötest einen einzelnen Mann mit einem Kopfschuss. Dazu brauchst du nicht mehr als eine Kugel.«

An seinen Argumenten ist etwas dran, doch das sage ich ihm nicht. Es ist nicht meine Art, Arschlöchern recht zu geben.

»Na gut.«

Ich halte meine Hand auf, doch er wirft die Patrone aufs Bett, neben das Gewehr. Ich lehne mich zur Seite, um sie aufzuheben. Dann fange ich an, sie auszuwickeln. Doch bevor ich sie in das Magazin lade, halte ich sie hoch.

»Will sie jemand noch küssen? Das soll Glück bringen!«

Niemand reagiert. »Undankbares Publikum«, ätze ich.

Als ich die Creedmoor in das Magazin lade, lasse ich mir reichlich Zeit, denn ich habe ja nichts zu tun. Genau in dem Moment, wo ich das Magazin in die Valkyrie einrasten lasse, fängt Tweedledees Telefon an zu vibrieren.

Der Freelancer, der die ganze Zeit seine Waffe im Anschlag hat, schaut verwundert in Richtung seiner Hosentasche.

»Wer hat deine Nummer?«, fragt Louis barsch.

»Außer dem Team niemand«, rechtfertigt Tweedledee sich.

Tweedledum hält seine Waffe auf meinen Oberkörper gerichtet. Er nimmt seine Augen nicht von mir, als er spricht. »Ignoriere es.«

Aber es ist nun mal ein brummendes Telefon, und brummende Telefone lassen sich schlecht ignorieren. Während Tweedledee weiter mit seiner Beretta auf mich zielt, zieht er das Handy mit der freien Hand aus der Tasche und wirft einen Blick auf das Display.

»Die Nummer kommt mir nicht bekannt vor.«

»Ignoriere es einfach«, sagt Tweedledum streng.

Doch Tweedledee scheint hin- und hergerissen. Er weiß, dass er seinem Kollegen Folge leisten sollte, doch gleichzeitig will er wissen, wer anruft. Und am Ende siegt die Neugier. »Hallo«, sagt er, nachdem er abgehoben hat.

Er hört für einen Moment zu und seine Mundwinkel wandern weiter nach unten. Ohne ein Wort zu sagen, klappt er das Handy wieder zu und lässt es in der Hosentasche verschwinden.

»Und?«, fragt Louis.

»Falsch verbunden.«

»Inwiefern?«

»Es war ein Kerl von einer Reinigung. Der meinte, sie hätten alle meine Sachen gefunden und würden für mich auf sie aufpassen.«

Das gefällt Louis gar nicht. »Gib mir das Telefon!«

»Warum?«, fragt Tweedledee überrascht.

»Gib mir sofort das verfickte Telefon!«

Louis' Aufmerksamkeit liegt auf Tweedledee, und Tweedledees Aufmerksamkeit liegt auf Louis, sodass die einzige Person, die sich noch auf mich konzentriert, Tweedledum ist.

Und deswegen beschließe ich, ihn als Ersten zu töten.

Als Tweedledee einen Schritt auf Louis zumacht, um ihm das Telefon zu geben, ziehe ich den Bolzen zurück und lade die Kugel in den Lauf.

»Was zur Hölle machst du«, brüllt Tweedledum. Ich lächle ihn zuckersüß an.

»Du wolltest die Kugel ja nicht küssen. Jetzt ist sie sauer!«

Ich reiße die Valkyrie herum, sodass sie auf seine Brust gerichtet ist. Dann drücke ich ab.

43

Aufgrund des Kalibers und der geringen Entfernung ist es so, als ob Tweedledum von einer Rakete getroffen worden wäre. Er fliegt gegen die Wand und ist meiner Meinung nach schon vor dem Aufprall tot. Die Pistole fällt ihm aus der Hand.

Ich wende mich Louis zu und schwinge den Lauf in Richtung seines Gesichts. Der Schalldämpfer erwischt ihn an der Wange, als er versucht, sich wegzuducken. Der Transponder fällt ihm aus der Hand.

Ich ändere meinen Kurs in Richtung Tweedledee, indem ich auf das Bett springe und die Federn nutze, um mich auf ihn zu katapultieren, während er seine Beretta hebt. Er schafft es, eine Kugel abzufeuern, doch die zischt über meinen Kopf. Ich reiße ihn um und sein Hinterkopf knallt gegen die Wand, wodurch er kurz zu schielen anfängt. Die Pistole hat er noch in der Hand und ich greife gerade danach, als mich ein Blitzgewitter durchzuckt. Ich falle rückwärts auf den Boden, während mein Körper unkontrollierbar zuckt.

Ich kriege nur noch halb mit, dass Louis über mir steht, den Transponder in der Hand. Ebenso undeutlich bekomme ich mit, wie er in sein Handy brüllt – »Ihr zwei müsst hier raufkommen, und zwar sofort!«

Meine Konzentration liegt voll und ganz auf Tweedledum, der tot neben mir liegt, und auf der Beretta, die ihm aus der Hand gefallen ist. Die Beretta, auf die ich gerade versuche, mich zuzubewegen – was allerdings leider nur im Schneckentempo möglich ist, da meine Muskeln mir so gut wie gar nicht gehorchen.

Louis mustert mich hasserfüllt, seine Augen brennen vor Wut. Er drückt den Knopf des Transponders so weit durch, wie es geht, und wahrscheinlich hat er vor, das auch weiter zu tun, bis die beiden anderen Freelancer hier sind.

»Dumme Schlampe! Dumme Schlampe!«

Er spuckt die Worte nur so aus, dann hält er kurz inne, um Tweedledee einen wütenden Blick zuzuwerfen. »Steh verdammt noch mal auf!«

Tweedledee stöhnt als Antwort nur auf, und Louis flucht erneut. »Verfickte Scheiße«, sagt er, als er sich bückt, um Tweedledees Waffe aufzuheben.

In diesem Moment nehme ich alle meine Willenskraft zusammen, und obwohl der Strom noch durch meinen Körper peitscht, schaffe ich es, einen Satz nach vorn zu machen. Meine Fingerspitzen erreichen die Beretta, doch sie streifen nur den Griff. So nah und doch so fern!

Louis begreift, was ich vorhabe, und beeilt sich nun, sich Tweedledees Waffe zu schnappen. Doch in der Zeit schaffe ich es, mir die andere Beretta zu nehmen und sie auf Louis zu richten. Ich ziele genau zwischen seine Augen.

Dann drücke ich ab.

Sein Kopf wird zurückgerissen. Sein Körper fällt auf den Teppich. Sein Finger lässt den Transponder los, und endlich hört das Gewitter in meinen Muskelbahnen auf.

Als ich gerade versuche, mich aufzurichten, wird die Tür aufgetreten. Ein lateinamerikanisch aussehender Mann stürzt ins Zimmer, eine schallgedämpfte Waffe in der Hand. Sofort fängt er an, die Anwesenden daraufhin zu bewerten, wer die größte Gefahr darstellt. Er braucht eine halbe Sekunde, um zu begreifen, dass ich das bin.

Sofort schießt er auf mich, doch ich springe auch schon in Richtung Bett und feure zurück. Eine meiner Kugeln erwischt ihn an der Schulter, doch er reagiert kaum. Seine Füße stehen fest auf dem Boden und er verfolgt meine Bewegungen mit dem Lauf seiner Waffe. Als ich zwischen den beiden Betten auf den Teppich falle, gibt er seinen nächsten Schuss ab. Ich mache mich so flach, wie es geht und ziele auf seine Füße. Eine Kugel in die Schulter zu kriegen, hat ihn nicht beeindruckt, aber ein zerfetzter Knöchel ist eine ganz andere Geschichte.

Der Kerl grunzt vor Schmerzen und versucht, sich in den Flur zurückzuziehen, doch er verliert das Gleichgewicht und fällt auf ein Knie. Bevor er aufstehen kann, bin ich auf ihn zugehechtet und habe ihm zwei Kugeln in den Kopf gejagt.

Ich gehe langsam auf ihn zu ... auf diesen Mann, den ich noch nie in meinem Leben gesehen habe, den ich aber sofort als einen Profikiller identifiziere. Er gehört zu der Sorte, die allein arbeiten ... nicht so wie die Freelancer in diesem Hotelzimmer.

Apropos: Tweedledee lebt ja noch. Doch die Wand, gegen die er gestoßen ist, wird nun von einer Blutspur verziert. Wahrscheinlich hat er sich genau die richtige Stelle gestoßen, um nun einen Hirnschaden zu haben und zu verbluten. Da wäre es doch grausam, ihn seinen Qualen zu überlassen, und als grausame Person sehe ich mich nicht. Also beende ich sein Leiden mit einer einzigen Kugel.

Dann atme ich tief durch und vergewissere mich noch einmal, dass Louis, die beiden Flachpfeifen und der Berufskiller tot sind. Es ist davon auszugehen, dass irgendjemand auf dieser Etage schon die Rezeption oder gleich den Notruf verständigt hat, deswegen läuft mir die Zeit davon.

Ich klaube Tweedledees Telefon vom Boden ab und stopfe es in meine Tasche. Dann durchsuche ich Louis nach dem

Schlüssel für das Halsband und stecke ihn in meine Tasche, den Transponder ebenso.

Tweedledums Beretta ist fast leer. Ich werfe sie beiseite und nehme mir stattdessen Tweedledees Pistole, deren Magazin ich überprüfe. Es ist voll.

Als Nächstes stecke ich meinen Kopf aus der Tür, um die Lage im Flur zu sondieren. Jemand in der Nähe des Fahrstuhls hat seine Tür offen. Niemand, um den ich mir Sorgen machen muss – nur ein Hotelgast, der die Dummheit begeht, bei einer Schießerei nachzuschauen, was los ist, und nicht damit rechnet, ebenfalls eine Kugel abkriegen zu können.

Die Fahrstuhltür öffnet sich und einer der Freelancer tritt heraus. Er hat seine Waffe schon in der Hand. Dann entdeckt er mich auch schon am Ende des Ganges. Der Hotelgast verschwindet und lässt seine Tür zuknallen. Der Freelancer setzt sich in Bewegung, ohne dem Gast auch nur die geringste Aufmerksamkeit zukommen zu lassen.

Die Tür zum Treppenhaus befindet sich zu meiner Linken, nur ein paar Meter entfernt. Also trete ich hinaus in den Flur und während ich auf den Freelancer schieße, gehe ich rückwärts.

Der Kerl schießt zurück und die Wand neben meinem Kopf fängt an, Putz auszuspucken. Eine Sekunde später habe ich die Tür erreicht und drücke sie mit dem Hintern auf. Und in diesem Moment höre ich die hektischen Schritte im Treppenhaus. Es ist der zweite Freelancer, der sich eine halbe Treppe unter mir befindet. Als er mich sieht, hebt er seine Waffe.

Ich trete ins Treppenhaus, lasse die Tür hinter mir zufallen und schieße auf den Freelancer. Er hat keine Deckung und geht schon zu Boden, als der einsame Schuss noch zwischen den Backsteinwänden entlang hallt.

Für einen Moment halte ich inne und versuche, meine Gedanken wieder zu fokussieren und meinen Atem zu normalisieren. Ich weiß, dass der Kerl aus dem Fahrstuhl noch im Flur ist, doch genauso gut könnte es noch andere Gefahren geben.

Wer hat den Auftragskiller geschickt?

Fünf Sekunden vergehen. Zehn.

Ich halte die Beretta auf die Tür gerichtet und warte, dass sie aufgestoßen wird. Inzwischen hat der Freelancer mit Sicherheit das Hotelzimmer überprüft und die vielen Leichen gefunden. Wahrscheinlich kann er sich denken, dass sein verbleibender Kollege ebenfalls tot ist, sonst hätte der schon zu ihm aufgeschlossen. Möglicherweise stand der Freelancer genau in diesem Moment auf der anderen Seite der Tür und überlegte, was er tun sollte.

Nach weiteren fünf Sekunden beschließe ich, dass ich nicht länger warten kann. Ich fange an, die Treppen hinunterzugehen, wobei ich die Waffe die ganze Zeit auf die Tür gerichtet halte. Ich steige über den Toten und setze meinen Weg nach unten fort. Während ich die Waffe schussbereit halte, krame ich den Schlüssel aus meiner Tasche und taste nach dem winzigen Verschluss des Halsbandes. Sobald ich ihn gefunden habe, reiße ich mir das Foltergerät ab, doch ich werfe es nicht weg. Stattdessen stecke ich es in die Tasche, ebenso den Schlüssel, und dann ziehe ich Tweedledees Telefon hervor.

Ich hämmere die Nummer von Atticus in die Tasten und als der Piep endlich kommt, sage ich nur knapp: »Ich bin's! Ruf mich unter dieser Nummer zurück.«

Dreißig Sekunden später klingelt es, als ich gerade die zweite Etage erreicht habe. Es ist Atticus. In der Zwischenzeit ist ein Alarm losgegangen – kein Feueralarm, sondern eine Art Notfall-Sirene.

Im zweiten Stock geht die Tür auf. Ein Mann und eine Frau mit drei Kindern kommen ins Treppenhaus – die Kinder schreien und die Eltern sagen ihnen, dass sie ruhig bleiben sollen.

Ich stecke mir die Beretta in den Hosenbund. Leider ist mein T-Shirt ziemlich eng, also kann ich nur hoffen, dass keiner die verdächtige Ausbeulung bemerkt.

»Bist du in Ordnung?«, fragt Atticus.

»Mir geht's gut. Was ist mit meiner Familie?«

»Sind in Sicherheit. Wo bist du?«

Inzwischen strömen weitere Menschen ins Treppenhaus. Es sind einige Familien dabei, doch die meisten sehen aus wie Geschäftsleute.

»Das Hotel wird gerade evakuiert«, sage ich.

Hinter mir sagt jemand: »Es soll eine Schießerei gegeben haben!«

Jemand anderes sagt: »Ich denke, es brennt?«

Eines der Kinder vor mir, ein kleines Mädchen, fängt an zu schreien: »Müssen wir jetzt sterben?«

Im Handy höre ich die sachliche Stimme von Atticus: »Hast du alle deine Entführer eliminiert?«

Entführer. So kann man es auch sagen. »Fast.«

»Was bedeutet fast?«

»Fast bedeutet fast!«

Der Alarm schrillt weiter und hallt durch das Treppenhaus. Wir erreichen das Erdgeschoss und strömen in die Lobby. Die Angestellten versuchen, die Leute geordnet nach draußen zu dirigieren. Draußen stehen bereits Polizeiautos und die Beamten springen mit gezogenen Waffen aus ihren Wagen.

»Holly?«, fragt Atticus. »Einen Moment!«

Die frische Morgenluft fühlt sich gut auf meiner Haut an, als wir nach draußen kommen. Ich behalte den Gehweg und die Straße im Auge und suche nach dem Freelancer. Falls er es nach draußen geschafft hat, wird er jetzt vermutlich versuchen, unterzutauchen. Das wäre jedenfalls das Schlaueste.

Aber es stellt sich heraus, dass der Typ nicht schlau ist.

Er steht auf der anderen Straßenseite, am Rande einer Menschengruppe aus Schaulustigen, die schnell größer wird. Ich eile zu einem der Polizisten, der sich gerade eine schusssichere Weste überstreift. »Officer? Sehen sie diesen Kerl da drüben? Den habe ich im Hotel mit einer Waffe gesehen!«

Der Cop ist bereits angespannt und richtet seine Aufmerksamkeit nun auf die Menschenmenge. Der Freelancer ist offensichtlich überrascht, dass ich so schamlos mit dem Finger auf ihn zeige. »Was? Wo?«, fragt der Polizist.

Der Freelancer dreht sich weg und geht mit langen Schritten los, was man auf keinen Fall tun sollte, wenn jemand einem gerade die Polizei auf den Hals hetzt.

Der Polizist sagt nichts weiter, sondern fängt an zu rennen und ruft einem Kollegen zu, der sich ihm an die Fersen heftet. Dem Freelancer wird klar, dass man ihm auf die Schliche gekommen ist und er rennt los. Ich setze mich unauffällig von der Menschenmasse ab, als noch mehr Polizeiautos ankommen. Auch ein Löschzug kommt laut hupend die Straße herunter. Ich folge den beiden Polizisten, die um eine Ecke verschwunden sind. Ich höre Schreie, dann Schüsse, und mache mir Sorgen, dass der Kerl die beiden Beamten erledigt hat. Doch als ich um die Ecke komme, bereit, meine Beretta zu ziehen, sind die Polizisten noch auf den Beinen. Der Freelancer liegt auf dem Boden – tot.

»Okay, jetzt haben wir alle«, sage ich nüchtern in das Telefon.

Atticus atmet so lange aus, dass ich mich frage, ob er die ganze Zeit die Luft angehalten hat. »Wo bist du jetzt?«

Ich schaue auf das nächstbeste Straßenschild und lese es ihm vor.

»Dann tätige ich einen Anruf und lasse dich in fünf Minuten abholen«, sagt er.

Ich gehe weiter die Straße hinunter, während zwei Polizeiautos mit jaulenden Sirenen an mir vorbeirasen.

»Noch nicht«, sage ich, »die Sache ist noch nicht vorbei.«

»Was meinst du?«

»Ich bin hierher gebracht worden, um Präsident Cortez umzubringen.«

Atticus atmet schon wieder schwer aus. »Das hatte ich befürchtet.«

»Er müsste jetzt jeden Augenblick bei einem Hotel hier in der Straße ankommen.«

Ich eile weiter den Gehweg entlang und entdecke zwei Menschenmengen: Eine vor einem Hotel, die andere auf der gegenüberliegenden Straßenseite. Die weiter entfernte Gruppe skandiert Parolen und hat Schilder dabei: Demonstranten.

»Dann tätige ich einen anderen Anruf und sorge dafür, dass er Bescheid weiß.«

Ich stutze. »Wie viele Kontakte in höchste Kreise hast du eigentlich?«

»Kommt drauf an. Was hast du vor?«

Ich erkläre es ihm. Er schweigt einen Moment, dann seufzt er schwer. »Ich bin nicht sicher, ob dein Plan realistisch ist.«

»Es gibt Leute in seinem Kabinett, die gegen ihn arbeiten. Anders hätten Hayward und seine Leute nicht so früh von seinen Planänderungen erfahren können.«

»Wie kommst du darauf, da gibt es sicherlich auch andere Wege!«

»Dann nenn es ein Bauchgefühl, Atticus. Jemand in seinem engsten Umfeld ist korrupt. Und es gibt nur eine Möglichkeit, diesen Maulwurf zu enttarnen.«

Atticus denkt einen Moment lang nach. »Ich kann jemanden anrufen, aber ich kann dir nichts versprechen. Wieso glaubst du denn, dass Präsident Cortez sich die Zeit für ein Gespräch mit dir nimmt?«

Während ich mich zu der Menschengruppe vor dem Hoteleingang geselle, denke ich an die Nacht in La Miserias zurück, an Fernando Sanchez Morales' Villa. Als ich ins Schlafzimmer kam, kauerten Morales' Frau und sein kleiner Sohn in einer Ecke, während der Serienmörder mit dem Spitznamen El Diablo seine Waffe auf sie richtete.

»Glaub mir, Atticus, er wird hören wollen, was ich zu sagen habe.«

44

Präsident Eduardo Cortez saß auf dem Rücksitz eines gepanzerten SUV. Er betrachtete die Hochhäuser, die an ihm vorbeizogen, und versuchte, nicht zu gähnen. Doch er tat es trotzdem.

»Das darfst du aber nicht machen, wenn wir da sind!«, ermahnte ihn seine persönliche Assistentin Imna Rodriguez mit einem Lächeln.

»Ist das ein professioneller Ratschlag?«

»Dafür bezahlst du mich doch!«

Cortez lächelte und richtete seine Aufmerksamkeit wieder auf die Straßenschluchten. Ihre Fahrzeugkolonne bestand aus zwei weiteren gepanzerten SUVs, die vor und hinter ihnen fuhren. Dazu eine Handvoll Polizeiautos. Einer seiner Leibwächter saß auf dem Beifahrersitz, der Rest seiner präsidialen Eskorte befand sich in den Begleitfahrzeugen. Der mittlere Sitz der Rückbank war so eingebaut, dass Imna ihm schräg gegenübersaß.

Vor einer halben Stunde hatten sie den Flughafen LAX verlassen und würden bald beim Hotel ankommen. Dort würde er ein paar kurze Worte an seine Anhänger und die Presse richten, einen kurzen Fototermin mit dem Gouverneur absolvieren und dann zum Flughafen zurückkehren, um nach Kanada weiterzufliegen.

»Kannst du mir noch mal sagen, warum wir diese Reise unbedingt noch reinquetschen mussten?«

Imna war zehn Jahre jünger als er, doch sie behandelte ihn manchmal, als wäre sie seine Mutter. Sie schob sich die Brille zurecht und blickte ihn strafend an. »Das bringt gute PR!«

»Für den Gouverneur vielleicht. Ich bin mir aber nicht sicher, ob der US-Präsident das gut findet.«

Imna zuckte mit den Schultern.

»Mal gewinnt man, mal verliert man.«

Cortez gähnte wieder. Er konnte nicht anders. »Warum bist du überhaupt so müde?«, fragte Imna.

»Ich konnte die letzten Tage kaum schlafen.«

»Wieso das?«

»Keine Ahnung.«

Natürlich war das gelogen. Cortez vertraute Imna zwar so gut wie alles an – die größten Geheimnisse – nur nicht die Wahrheit über seinen Sohn. Obwohl, manchmal fragte er sich, ob sie es nicht in ihrem tiefsten Inneren wusste – so wie einige seiner anderen Vertrauten. Viele von ihnen hatten Zugriff auf dieselben Ermittlungsberichte wie er. Alejandro war zwar nie namentlich mit den Morden an den Kartell-Familien in Verbindung gebracht worden und wurde von der Presse stets nur »El Diablo« genannt, doch viele vermuteten sicher, dass es sein Sohn war. Doch Cortez wusste es mit Gewissheit. Er wusste, dass sein Sohn rastlos unterwegs war, immer noch am Leben, obwohl sein Tod bestätigt worden war, und unerbittlich auf der Jagd nach den Frauen und Kindern der Kartellbosse. Präsident Cortez war mit dieser Form der gnadenlosen Rache nicht einverstanden, doch er hatte nicht einmal den geringsten Versuch unternommen, seinen Sohn zu stoppen.

Und dann war plötzlich alles zu Ende gewesen. Das war diese Woche fast genau ein Jahr her. Damals gab es eine Schießerei im Randgebiet eines kleinen Ortes, eine Stunde südlich von Culiacán. Ein Kartellboss und seine Männer waren ermordet worden. Doch diesmal blieben seine Frau und sein Sohn am Leben. Und er wusste, dass dies nur dem Eingreifen eines unbekannten Duos zu verdanken war, einem Mann und einer Frau. Die Frau soll die Leiche seines Sohnes dann fortgebracht haben. Mehr hatten sie aus der Ehefrau dieses Señor Morales nicht herausbekommen können. Sie konnte in ihrer Todesangst kaum sprechen.

Der Fahrer nahm einen Anruf entgegen, hörte ein paar Sekunden zu und kündigte dann an, dass sie einen Umweg fahren würden.

»Was ist los?«, fragte Imna.

»Es gab ein paar Blocks vom Hotel entfernt einen Zwischenfall. Die Polizei will, dass wir einen großen Bogen um die Gegend machen.«

An der nächsten Kreuzung bog der Konvoi rechts ab. Schon bald rasten sie durch eine kleine Seitenstraße. Cortez lehnte sich nach vorn, um besser sehen zu können, doch außer einem Feuerwehrwagen, der in der Parallelstraße in die andere Richtung fuhr, war kaum etwas von dem Vorfall zu bemerken. An der nächsten Kreuzung bog die Fahrzeugkolonne wieder ab.

»Wir sind fast da«, sagte der Fahrer.

Imna seufzte, als sie die Demonstranten sah. Es schienen um die fünfzig zu sein, vielleicht sogar mehr. Um sie herum standen ein paar Polizeiautos, und vor dem Hotel hatte sich eine Gruppe versammelt, die sympathischer wirkte. Trotzdem war die Anwesenheit so vieler Demonstranten kein gutes Zeichen.

Cortez lächelte und versuchte, das Beste aus der Situation herauszuholen.

»Was für ein Begrüßungskomitee!«

Imna schaute ihn skeptisch an. »Vielleicht hätten wir die Sache doch absagen sollen.«

Er zuckte mit den Schultern und lächelte wieder. »Jetzt sind wir schon hier! Da wäre Absagen ein klein wenig unhöflich!«

»Aber richtig unhöflich wäre es, vor dem Gouverneur zu gähnen! Versuche bitte, das zu vermeiden.«

»Ich kann nichts versprechen.«

Der SUV hielt vor dem Hotel, sein Leibwächter stieg aus und wartete, dass seine Kollegen in Position waren, bevor er seinen Schutzbefohlenen die Tür öffnete. Draußen war Geschrei zu hören – sowohl von den Demonstranten als auch von den freundlich gesinnten Bürgern.

Cortez wartete, dass Imna zuerst ausstieg, wie sie es immer tat. Doch sie starrte plötzlich wie gebannt auf ihr Handy. »Alles klar?«, fragte er.

Sie schaute zu ihm auf, während ihre Finger weiter das Telefon bearbeiteten. »Ich muss schnell diese Mail beantworten, ich komme gleich nach.«

Er nickte, rutschte von seinem Sitz und trat nach draußen. Nun wurden die Zuschauer noch lauter und er dachte, dass es wirklich witzig wäre, wenn er nun vor allen herzhaft gähnen würde. Doch dann fiel ihm ein, wie schnell sich Aufnahmen davon über das Internet und die Kabelsender verbreiten würden, und wie sauer Imna dann auf ihn wäre.

Cortez winkte den Menschen am Hoteleingang zu, während er seinen Sicherheitsleuten in Richtung der offenen Türen des Hotels folgte. Er ignorierte das Buhen und die Schmährufe von der anderen Straßenseite, genau wie die vielen Stimmen, die seinen Namen riefen. Das war eine Fähigkeit, die er über die Jahre perfektioniert hatte – sein Unterbewusstsein filterte einfach alles weg, damit er sich auf die jeweilige Aufgabe konzentrieren konnte. Doch als er plötzlich einen anderen Namen in dem Stimmengewirr hörte, hielt er inne. Dieser Name schaffte es, zu ihm durchzudringen – nicht zuletzt, weil er in den letzten Tagen oft über diesen Menschen nachgedacht hatte.

Irgendjemand rief den Namen seines Sohnes.

45

Im ersten Moment bin ich gar nicht sicher, ob er mich hört, da die Demonstranten auf der anderen Straßenseite so laut schreien und buhen, doch dann verlangsamt er sein Tempo und dreht sich in meine Richtung. Mit suchendem Blick mustert er die Menschenmenge, bis er mich entdeckt.

Dann steigt eine Frau aus dem SUV, die einen Hosenanzug und eine Brille trägt. Sie sieht verwirrt aus, als würde sie sich fragen, warum der Präsident stehen geblieben ist. Seine Sicherheitsleute scheinen nicht weniger verwundert. Einer von ihnen tritt an ihn heran, flüstert ihm etwas ins Ohr. Präsident Cortez blinzelt, schüttelt den Kopf und sieht so aus, als wäre er im Begriff, weiter auf den Hoteleingang zuzugehen.

Also wiederhole ich den Namen, doch diesmal schreie ich ihn nicht, sondern sage ihn laut und kraftvoll: »Alejandro.«

Präsident Cortez hält wieder inne. Er steht einfach nur da und starrt mich an. Ich halte seinem Blick stand und bin mir voll bewusst, dass seine Sicherheitsleute und Unmengen von Polizisten um mich herumstehen, während ich noch eine Beretta im Hosenbund stecken habe. Es besteht die Gefahr, dass ich auf den Boden geworfen und verhaftet werde. Doch ich habe beschlossen, dass ich keine andere Wahl habe, als dieses Risiko einzugehen.

Der gleiche Sicherheitsmann wie zuvor redet wieder auf Präsident Cortez ein und berührt ihn am Arm, doch sein

Chef bedeutet ihm, ihn in Ruhe zu lassen. Dann geht er langsam auf mich zu und hält seinen Blick auf mich gerichtet. Als er nur noch ein paar Meter entfernt ist, ergreife ich wieder das Wort – gerade so laut genug, dass er mich trotz des Stimmengewirrs verstehen kann: »Ich kannte ihren Sohn.«

Mein Gegenüber sagt nichts, studiert nur mein Gesicht. »Ich war in jener Nacht bei ihm«, füge ich hinzu. Sein Blick bekommt etwas Stumpfes, als meine Worte ihn erreichen, doch er schweigt immer noch.

»Ich kann Ihnen sagen, wo Sie ihn finden.«

Er ist nur noch etwa einen Meter von mir entfernt, und seine Bodyguards postieren sich um ihn herum, bereit, ihre Waffen zu ziehen, falls es nötig werden sollte. Die Demonstranten schreien und rufen weiter, doch für mich ist das jetzt nur noch ein Hintergrundgeräusch, wie ein Insekt an einem Fliegengitter.

Ich lehne mich nach vorn und bedeute ihm mit einer Geste, noch näher zu kommen. Er tut es, trotz der Warnungen seiner Mitarbeiter. Der Personenschützer, der bereits versucht hatte, den Präsidenten zum Weitergehen zu bringen, verliert offenbar die Geduld. Er versucht, sich zwischen uns zu drängen, doch Cortez hebt eine Hand und hält ihn dadurch auf. »Es ist in Ordnung.«

»Aber Sir …«

»Ich sagte, es ist in Ordnung!«

Er ist jetzt so dicht an mir dran, dass ich eine Hand ausstrecken und ihn berühren könnte. Wenn ich gekommen wäre, um ihn zu töten, dann könnte ich das jetzt tun. Doch ich bin hier, um ihn zu retten.

Ich spreche leise in sein Ohr – es ist kein Flüstern, aber gerade laut genug, dass er mich verstehen kann.

»Jemand, der ihnen nahesteht, will Sie tot sehen. Man hat versucht, mich zu zwingen, Sie umzubringen.«

Präsident Cortez wirkt lange wie versteinert. Dann legt er den Kopf schief, um mir ins Ohr zu sprechen: »Haben Sie ihn getötet?«

Ich schaue ihn nicht an, als ich nicke.

»Haben Sie ihn begraben?«

Ich nicke wieder.

»Werden Sie mir sagen, wo?«

Ich nicke zum dritten Mal.

Der Präsident schweigt erneut kurz, dann stellt er seine letzte Frage:

»Was wollen Sie von mir?«

Ich schaue zu ihm auf und sehe, wie sich die Sicherheitsleute vor mir aufbauen, und wie seine Assistentin mich argwöhnisch mustert. Ich lehne mich wieder zu ihm, diesmal berühren meine Lippen fast sein Ohr: »Ich will, dass Sie mir vertrauen!«

46

Imna Rodriguez tat alles, was in ihrer Macht stand, um ruhig zu bleiben.

Sie hatte ihr Handy in der Hand und starrte auf den Bildschirm, als würde sie eine E-Mail oder Textnachricht lesen, obwohl sie in Wahrheit nur krampfhaft versuchte, ihre Aufmerksamkeit auf etwas anderes zu lenken als die Tatsache, dass Präsident Cortez nicht tot war.

Imna drückte ihr Telefon so fest zusammen, dass es sie nicht verwundert hätte, wenn es einen Sprung bekommen würde. Sie musste sich zwingen zu atmen – sich zu beruhigen – um dann herauszufinden, was zur Hölle diese Frau hier machte.

Einige Informationen über sie hatte sie von Oliver Hayward bekommen: Wie sie hieß, wo sie in Alden wohnte, dass sie als Berufskillerin für die US-Regierung gearbeitet hatte, und dass sie letztes Jahr Alejandro Cortez umgebracht hat.

Die Kartelle waren auf jeden Fall froh, dass »El Diablo« ausgeschaltet worden war, doch sein Vater war ihnen immer noch ein Dorn im Auge. Und deswegen wollten sie ihn schon seit Jahren töten. Deswegen schien alles hervorragend zusammenzupassen, als sie Holly Lin ausfindig gemacht hatten, und der Präsident den Plan gefasst hatte, nach Kalifornien zu fliegen.

In diesem Moment sollte Cortez längst auf dem Gehweg liegen, Blut sollte aus seinem Kopf strömen. Die Polizei würde versuchen, den Tatort zu sichern und herauszufinden, woher der Schuss gekommen war. Einer der Sicarios, der vor einigen Tagen bei Hayward vorbeigefahren war, sollte nun bereits damit beschäftigt sein, die Frau und die restlichen Leute von Hayward umzubringen. Währenddessen sollte der Sicario, den sie nach Washington geschickt hatten, die Familie der Frau beseitigen, ebenso wie die Männer, die sie überwachten.

Keine Spuren hinterlassen – das war das A und O in einer solchen Situation, denn immerhin ging es um nichts Geringeres, als ein Staatsoberhaupt in einem fremden Land zu ermorden. Doch irgendetwas war schiefgegangen. Das hatte sie schon im Auto gespürt, als sie den Umweg eingeschlagen hatten und überall Feuerwehr- und Polizeiautos unterwegs gewesen waren. Natürlich würde die Polizei sich irgendwann auf das Hotel stürzen, doch das sollte nach dem tödlichen Schuss passieren, nicht davor!

Was ihre Gedanken wieder auf diese Holly Lin brachte. Wo war sie jetzt plötzlich?

Imna nahm jetzt wahr, dass der Präsident sich wieder in Bewegung gesetzt hatte und auf die Hotellobby zuging. Sie bemühte sich, mit ihm Schritt zu halten und ließ währenddessen ihren Blick über die Schaulustigen schweifen.

Holly Lin war verschwunden.

Sie drängte sich neben Cortez und fragte: »Was sollte das gerade?«

Der Präsident schüttelte den Kopf, er sah blass aus. Imna wagte kaum, sich vorzustellen, was die Killerin ihm gesagt haben könnte. Wenn es auch nur entfernt etwas mit der Wahrheit zu tun hatte, dann hätte er doch sicher seine Leute auf sie gehetzt, um sie kampfunfähig zu machen, oder sie von der Polizei verhaften lassen, oder so etwas. Doch nichts davon war passiert. Die Frau war verschwunden, und nun waren sie in der Lobby, wo ein Mann in einem grauen Anzug auf sie zukam. Es war irgendjemand Wichtiges, doch der Name fiel ihr gerade nicht ein. Seine glänzenden Schuhe klackten auf dem Marmorboden, als er mit langen Schritten und ausgestreckter Hand auf ihren Chef zukam.

»Präsident Cortez! Danke, dass Sie heute hier sind!«

Er sprach Spanisch, doch es war eindeutig nicht seine Muttersprache. Cortez bedanke sich höflich und lächelte, doch dann fragte er, wo die nächste Toilette sei. Bevor er jedoch in diese Richtung verschwinden konnte, berührte Imna ihn am Arm.

»Ist alles in Ordnung?«

Er lächelte sie gequält an. »Mir ist ein wenig unwohl. Ich bin gleich wieder da.«

Doch bevor er auch nur einen Schritt machen konnte, versuchte sie es erneut: »Wer war die Frau da draußen?«

Wieder lächelte er sie schief an. »Ich bin gleich wieder da, Imna. Warte bitte hier.«

Sie sah ihm nach, als er mit drei Leibwächtern im Schlepptau verschwand. Der Mann im grauen Anzug wandte sich ihr zu und sagte etwas, schon wieder in diesem brüchigen Spanisch. Ein Teil von ihr hätte ihn gern gefragt, wer er ist, aber ihr war klar, dass sie das eigentlich wissen müsste. Denn genau das war ihr Job. Doch bevor sie sich versah, schnitt sie ihm barsch das Wort ab: »Ich muss einen dringenden Anruf tätigen. Geben Sie mir bitte eine Minute?«

Der Mann lächelte und nickte. Sie ließ ihn stehen und benutzte die App für verschlüsselte Anrufe auf ihrem Telefon. Nach zweimaligem Klingeln antwortete Oliver Hayward. Seine Stimme klang besorgt. »Warum rufen Sie an? Ist es noch nicht passiert?«

Sie lief in eine ruhige Ecke der Lobby und stellte sich an einen Tisch mit einigen Topfpflanzen. Sie vergewisserte sich, dass niemand in Hörweite war, bevor sie ihre Stimme zu einem tiefen Zischen senkte: »Nein, es ist nichts passiert. Außerdem ist die Frau noch am Leben!«

Das überraschte Hayward.

»Was? Nein, das ist nicht möglich. Das kann ...«

Sie schnitt ihm das Wort ab: »Wir hatten eine Abmachung, und sie haben versagt!«

»Ich habe nicht versagt! Es ist nicht mein Fehler, wenn ...«

»Cortez lebt noch! Und diese Frau hat gerade vor dem Hotel mit ihm geredet!«

Hayward verschlug es die Sprache. Von seinen Männern hatte er nichts mehr gehört, was bereits ungewöhnlich gewesen war, doch nun erfuhr er, dass sowohl Präsident Cortez als auch Holly Lin noch lebten.

Panik stieg in ihm auf.

Natürlich wusste Hayward nichts davon, dass die beiden Killer, die vor wenigen Tagen noch auf seinem Grundstück zu Gast gewesen waren, den Auftrag hatten, seine Männer auszuschalten. Imna hatte sich schon darauf gefreut, es ihm zu sagen, nachdem Cortez erschossen worden wäre. Dann hätte sie sich entschuldigt, um Privatsphäre beim Trauern haben zu können – indem sie sich auf eine Toilette zurückgezogen hätte, zum Beispiel. Dort wäre sie dann ganz allein mit ihrem Telefon gewesen, mit Oliver Hayward am anderen Ende. Erst wäre er froh gewesen, dass alles geklappt hatte, dann am Boden zerstört, wenn er von seinen Männern erfahren hätte. Sie war nicht davon ausgegangen, dass er sehr wütend geworden wäre, das sind ja schließlich alles nur bezahlte Freelancer. Trotzdem hätte er sich wahrscheinlich hintergangen gefühlt. Doch in seiner Position müsste er wissen, dass man alles daransetzen würde, jede Spur dieses Anschlags auszulöschen. Die Kartelle würden niemals erlauben, dass ein Zeuge überlebte, vielleicht nicht einmal Hayward selbst, auch wenn er viele andere wertvolle Dienstleistungen anbot.

Nun wollte Imna irgendetwas anderes sagen, um Salz in Haywards frische Wunden zu reiben, doch in diesem Moment ging ein Alarm los und die Lichter in der Lobby fingen an zu flackern.

»Was ist das?«, fragte Hayward.

Bevor sie antworten konnte, kam der Mann im grauen Anzug zu ihr geeilt: »Feueralarm, Miss Rodriguez, wir müssen das Gebäude verlassen!«

Sie öffnete den Mund und war nicht sicher, was sie sagen sollte, auch wenn sie etwas sagen wollte – doch dann mischte sich zu den wilden Sinneseindrücken des Alarms und der flackernden Lichter auch noch donnerhallende Pistolenschüsse, die irgendwo aus dem Hotel kamen.

Eine Frau in der Lobby begann zu schreien.

Jemand anderes rief: »Was war das? Was war das?«

Aus dem Handy ertönte wieder Haywards Stimme. Er wollte immer noch wissen, was los war, doch Imna legte auf und eilte an dem Mann im Anzug vorbei. Der rannte hinter ihr her und rief, dass sie das Hotel evakuieren mussten, doch sie ignorierte ihn und drängte sich an den Menschenmassen vorbei, die in Richtung Ausgang strömten. Sie aber kämpfte sich weiter in die Richtung vor, in die Cortez vor wenigen Minuten gegangen war.

Einige Polizeibeamte eilten mit gezogenen Waffen an ihr vorbei, einer von ihnen versuchte sogar, sie aufzuhalten. Doch nachdem sie erklärt hatte, und zwar laut schreiend, dass sie die Assistentin von Präsident Cortez war, ließ der Mann sie passieren, auch wenn er ihr riet, sich zurückzuhalten.

Hinter einer Ecke kam ein kurzer Flur, er führte zu einem Notausgang, und die Tür stand offen. Einer der Leibwächter rief den Polizisten zu, dass sie sich beeilen sollten.

Imna folgte den Männern nach draußen, wo einer der Leibwächter auf dem Boden lag und versuchte, aufzustehen. Blut lief aus seiner gebrochenen Nase. Ein anderer stand noch, hatte aber die Hände hoch erhoben. Eine Pistole lag zu seinen

Füßen. Offenbar war er derjenige, der die Schüsse abgegeben hatte, und nun wollte er der Polizei deutlich zeigen, dass er keine Gefahr darstellte.

Er deutete die Straße hinunter: »Die sind da lang!«

Imna wandte sich dem Leibwächter zu, der immer noch die Tür offenhielt. »Was ist passiert?«

Das Gesicht des Mannes war knallrot, er wirkte verspannt. Kein Wunder, denn er hatte einen ganz klaren Job, in dem er auf ganzer Linie versagt hatte.

»In dem Moment, wo der Alarm losging, kam Präsident Cortez aus dem Waschraum und ist auf die Tür zugerannt. Die Frau von draußen – mit welcher der Präsident gesprochen hatte – wartete dort. Sie ...«

Er hielt inne und schluckte. »Sie hat uns angegriffen. Sie hat ihn gepackt und ihm eine Pistole an den Kopf gehalten. Dann sind sie in einen der SUVs gestiegen. Wir haben ihnen hinterhergeschossen, aber ...«

Sie wandte sich von ihm ab und hätte am liebsten ihre Frustration mit voller Kehle hinausgeschrien. Einer der Polizisten hatte ein Funkgerät am Ohr und er wandte sich ihr zu, wobei er den Kopf schüttelte.

»Sie sind schon auf dem Freeway.«

47

Dieser Abschnitt der Bundesstraße 110 hat sechs Spuren, die nach Süden führen. Ich nutze alle von ihnen, fädle mich mit Vollgas durch den Verkehr, während die Tachonadel von 100 auf 140 und dann auf 180 Stundenkilometer klettert.

Über den Rückspiegel werfe ich einen Blick auf Präsident Cortez, der sich verkrampft an einem der Angstgriffe festklammert.

»Ich empfehle, dass Sie sich anschnallen, Mister President.«

Eine Viertelmeile hinter uns taucht ein Meer aus rot und blau blinkenden Lichtern auf. Es dürften vier bis sechs Polizeiautos sein.

Er blickt über die Schulter, während er seinen Gurt einrasten lässt. »Was meinen Sie, werden die tun?«

»Im Moment erst mal nichts. Sie werden uns nur folgen. Solange sie davon ausgehen, dass Ihr Leben in Gefahr ist, werden sie nichts unternehmen.«

»Wo fahren wir denn hin?«

Leider bin ich mir da gar nicht so sicher, doch mit so einer Antwort werde ich ihn sicher nicht beruhigen. Ich hatte aber auch kaum Zeit zum Planen, weil alles so schnell ging: Cortez sagte, dass er sich mir anvertrauen würde, also bin ich zum Seiteneingang geeilt, wo die SUVs geparkt waren. Dann habe ich Atticus gebeten, den Feueralarm des Hotels per Fernsteuerung auszulösen und musste nicht lange warten, bis Cortez mit seinen Sicherheitsleuten aus dem Notausgang geschossen kam.

Jetzt sitzen wir in einem dieser gepanzerten Fahrzeuge, verfolgt von einem halben Dutzend Streifenwagen. Und es sind mit Sicherheit noch mehr unterwegs, wahrscheinlich auch Hubschrauber. Der Morgenverkehr auf der 110 ist zum Glück nicht allzu dicht und der Tacho zeigte inzwischen fast 200 Sachen. Ich entdecke ein Schild für die Ausfahrt 10, und während ich eine Hand am Lenkrad lasse, klappe ich mit der anderen Tweedledees Telefon auf und rufe Atticus an.

»Wo bist du jetzt?«, fragt er.

»Auf der 110, gleich bei der 10. Wie sieht mein Zeitplan aus?«

»Ich warte immer noch auf Bestätigung von einem meiner Kontakte.«

»Verdammt noch mal, Atticus, uns rennt die Zeit davon!«

»Ich kann aber keinen weiteren Druck aufbauen. Das ist ein wirklich großer Gefallen!«

»Tja, ich kann aber auch nicht rechts ranfahren, um uns mehr Zeit zu besorgen.«

Atticus denkt einen Moment nach. »Vielleicht doch!«

Er erklärt mir seine Idee und lässt mich auf die 10 Richtung Süden abfahren. Inzwischen sind zwei Hubschrauber in der Luft, unterwegs zu unserer Position. Einer von ihnen scheint ein Nachrichtenhubschrauber zu sein, und zum ersten Mal bin ich dankbar, dass es getönte Scheiben gibt.

»Sind wir schon im Fernsehen?«

Atticus sagt mir, dass ich kurz warten soll. »Ja, die Liveschaltung läuft bereits«, sagt er dann. »Sie scheinen nicht zu wissen, dass Präsident Cortez mit im Wagen sitzt. Sobald das der Fall ist, wird die Verfolgungsjagd auf dem ganzen Kontinent ausgestrahlt werden.«

»Ich habe kein Navi. Wo muss ich langfahren?«

Atticus sagt mir den Weg, und die Beschreibung ist so einfach, dass ich erst einmal auflege und das Telefon auf den Beifahrersitz werfe.

Präsident Cortez lehnt sich nach vorn, um den Hubschrauber sehen zu können.

»Sind Sie sicher, dass das funktionieren wird?«

Ich behalte beide Hände am Lenkrad und den Fuß auf dem Gas. Ich weiche immer noch von einer Spur auf die nächste aus und beschließe, ihm die Wahrheit zu sagen. »Nein.«

Ein paar Minuten später sind wir auf der 405, und inzwischen folgen uns über 10 Polizeiwagen. Der Verkehr wird dichter, und irgendwann muss ich tatsächlich mal den Fuß vom Gas nehmen. Im letzten Moment reiße ich das Steuer herum und fahre mit quietschenden Reifen auf die nächste Abfahrt. Wir sind so schnell, dass sich zwei der Reifen vom Boden abheben, als wir durch die Kurve rasen.

Nun fahren wir Richtung Süden auf dem Bundy Drive. Vor uns ist eine rote Ampel, doch nachdem ich den Verkehr in Augenschein genommen habe, tippe ich nur einmal kurz die Bremse an und rase dann über die Kreuzung, wobei ich um ein Haar das Heck eines Pick-ups erwische.

Ich fädle mich weiter durch den Verkehr, teilweise sogar auf der Gegenspur, und verpasse diversen Menschen damit den Schreck ihres Lebens. Es wird gehupt und geschrien, als ich hart auf den Ocean Park Boulevard abbiege, wobei mir der SUV beinahe ausbricht. Dann trete ich die Bremse durch und reiße das Lenkrad noch einmal herum, um in eine Seitenstraße einzubiegen.

Wieder beginnt die Tachonadel zu steigen: von 90 auf 100, dann auf 120. Vom Rücksitz aus entdeckt Präsident Cortez den Zaun vor uns und schreit »Stopp! Stopp! Anhalten!«

Wir krachen durch den Zaun. Ich mache mich darauf gefasst, dass der Airbag mir entgegenspringen könnte, doch das tut er nicht. Der SUV ist schwer genug, um dieses Hindernis zu ignorieren. Wenige Sekunden später rasen wir auf das Rollfeld.

»Mister President, willkommen auf dem Flughafen Santa Monica!«

48

Inzwischen sind noch weitere Nachrichtenhubschrauber am Himmel, insgesamt drei, sowie ein Polizeihelikopter. Mindestens ein Dutzend Autos haben den Flugplatz umzingelt. Darunter auch einige Zivilfahrzeuge und ein paar schwarze SUVs. Zwei Krankenwagen, drei Löschzüge. Das Einzige, was noch fehlt, ist ein Panzer, und es würde mich nicht wundern, wenn noch einer unterwegs wäre.

Es sind noch nicht einmal zehn Minuten vergangen, seit wir durch das Tor gerast sind, das finde ich schon eine ziemlich beachtliche Reaktionszeit. Über den Rückspiegel nehme ich Blickkontakt mit Präsident Cortez auf.

»Das sind ganz schön viele Leute. Sie müssen ja echt wichtig sein.«

Er findet den Witz offenbar nicht lustig und schaut aus dem Fenster, um die vielen blinkenden Lichter zu betrachten. Er wirkt angespannt. »Wo ist er?«

Er schaut mich nicht an, als er mir diese Frage stellt, aber das ist in Ordnung. Denn diese Frage erwarte ich schon die ganze Zeit. »Alles zu seiner Zeit.«

»Nein«, sagt er laut, mit zusammengebissenen Zähnen – »Sagen Sie es mir jetzt!«

Ich schaue ihn über den Rückspiegel an und warte darauf, dass er meinen Blick sucht. Als er das tut, warte ich noch einen Moment, dann nicke ich.

»Wir haben ihn in einem Waldstück in der Nähe von Chihuahua begraben, an der Grenze zu Sonora.«

»Was meinen Sie mit ›wir‹?«

»Ein Kollege hat mich begleitet. Er kam ins Land, um mir dabei zu helfen, Ihren Sohn zu stoppen. Sie müssen wissen, Mister President, dass ich damals noch nicht die ganze Wahrheit kannte.«

»Wie haben Sie von Alejandros Geschichte erfahren?«

»Von Pater Crisanto.«

Präsident Cortez schließt die Augen und seufzt schwer. »Ich habe gehört, dass er ermordet wurde. Vor seiner eigenen Kirche auf der Straße niedergeschossen. Woher wussten Sie von ihm?«

»Das ist eine lange Geschichte. Entscheidend ist, dass wir ihn ausfindig gemacht haben, und er uns von Ihrem Sohn erzählt hat. Wie die Kartelle an Sie herankommen wollten, und deswegen Alejandro und seine Familie zu Zielen gemacht haben. Darf ich Sie etwas fragen?«

Er schließt die Augen und nickt.

»Wann haben Sie herausbekommen, dass Ihr Sohn der sogenannte Teufel ist?«

So hatten die Medien Alejandro Cortez genannt: »El Diablo«. Ein Serienkiller, der die Ehefrauen und Kinder von Kartellbossen entführte und sie dann bei lebendigem Leib verbrannte.

Präsident Cortez schaute wieder aus dem Fenster. Er schweigt lange, dann dreht er den Kopf, um meinen Blick über den Rückspiegel zu erwidern.

»Es hat ein paar Monate gedauert. Ich hatte keinen Grund, anzuzweifeln, dass seine Leiche zu denen gehörte, die man nach dem Feuer gefunden hat. Meine Frau hat es auch geglaubt ... und es war auch einfacher, die Sache als abgeschlossen zu sehen. Doch als die Morde sich häuften, habe ich angefangen, Verdacht zu schöpfen.«

»Inwiefern?«

»Mir war klar, dass nur jemand so unverfrorene Taten begehen konnte, der nichts mehr zu verlieren hatte. Und mein Sohn hatte bereits alles verloren.«

Zwischen den Reihen der Polizeiautos taucht ein Mann auf, der sich uns nähert. Er trägt eine Kevlar-Weste und seine Polizeimarke hängt gut sichtbar um seinen Hals. Seine Hände sind erhoben, und in einer von ihnen hält er ein Megaphon.

»Das muss der Psychologe für Geiselnahmen sein.«

Ich warte, bis der Mann nur noch etwa zehn Meter entfernt ist. Er bewegt sich langsam und setzt mit Bedacht einen Schritt nach dem anderen. Ich öffne mein Fenster einen winzigen Spalt, denn inzwischen werden ein halbes Dutzend Scharfschützen auf mich angelegt haben, und ich will ihnen kein leichtes Ziel bieten.

»Ein Schritt weiter und ich schieße ihm in den Kopf!«, rufe ich.

Der Mann erstarrt zur Salzsäule.

»Drehen Sie sofort um und verpissen Sie sich zu ihren Freunden!«

Der Polizist bewegt sich nicht. Er ist gekommen, um zu verhandeln, und bisher konnte er seinen Job nicht ausüben. Bevor er etwas sagen kann, schreie ich noch etwas hinterher: »Wenn Sie nicht in den nächsten fünf Sekunden verschwunden sind, blase ich ihm sein verdammtes Gehirn raus!«

Der Verhandler reagiert immer noch nicht so, wie ich es mir vorstelle, also starte ich einen Countdown: »Fünf!«

Er macht einen Schritt zurück. »Vier!«

Noch ein Schritt. »Drei!«

Ein weiterer Schritt. »Zwei, und jetzt dreh dich um und hau ab!«

Der Psychologe gehorcht. Er beeilt sich dabei nicht, sondern geht mit maßvollen Schritten – vermutlich, um vor seinen Kollegen nicht das Gesicht zu verlieren.

Präsident Cortez verlagert angespannt sein Gewicht. »Wie lange noch?«

»Ich weiß es nicht. Hoffentlich hat der Kontaktmann meiner Gefolgsleute bald Erfolg. Wenn nicht ...«

»Dann?«

»Sind wir am Arsch.«

Cortez antwortet nicht, aber immerhin lächelt er und starrt dann wieder aus dem Fenster. Ich beobachte ihn einen Moment im Rückspiegel, bevor ich wieder das Wort ergreife: »Darf ich Sie etwas fragen?«

»Natürlich.«

»Warum haben Sie mir geglaubt?«

Er denkt kurz darüber nach. »Ich habe die Wahrheit in Ihren Augen gesehen.«

»Was für eine Wahrheit?«

»Dass Sie meinen Sohn kannten. Dass Sie diejenige sind, die ihn ... aufgehalten hat. Das ist jetzt fast ein Jahr her. Und in den letzten Tagen habe ich öfter als üblich an ihn gedacht.«

Ich behalte ihn noch für einen Moment im Blick, dann greife ich ins Handschuhfach, wo ich ein Stück Papier und einen Kugelschreiber finde. Schnell schreibe ich ein paar Nummern auf und reiche Präsident Cortez den Zettel.

Er schaut sich die Zahlenkolonne an und seine Mundwinkel wandern nach unten. »Was ist das?«

»GPS-Koordinaten des Ortes, wo wir Ihren Sohn begraben haben. Für den Fall, dass mir etwas zustoßen sollte, habe ich damit meinen Teil unserer Abmachung eingehalten.«

Ohne ein weiteres Wort faltet er den Zettel zusammen und schiebt ihn in seine Jackentasche. »Ich muss etwas wissen, Mister President.«

»Fragen Sie.«

»Wer hat neben den Kartellen das größte Interesse daran, Sie aus dem Weg zu räumen?«

Er denkt einen Moment darüber nach, dann lächelt er. »So einige Leute. Ich bin nicht gerade beliebt. Meine Anordnungen machen es den Kartellen nicht leicht, und zur Strafe haben die Kartelle ihre Schmiergelder an die korrupten Mitglieder meiner Regierung eingestellt.«

»Mexiko hat keinen Vizepräsidenten, oder?«

»Nein. Wenn mir etwas passieren würde, dann würde der Secretario de Gobernación, also der Innenminister, für eine Übergangszeit meine Rolle übernehmen müssen.«

»Wer hat dieses Amt momentan inne?«

»Ein Mann namens Felipe Abascal.«

»Besteht zwischen Ihnen beiden irgendwelches böses Blut?«

»Nicht, dass ich wüsste, aber das muss nichts heißen. Außerdem würde er sowieso nicht lange meine Macht übernehmen. Da ich nur noch zwei Jahre meiner Amtszeit vor mir habe, würde unser Kongress einen Ersatzpräsidenten durch die Mehrheitsentscheidung einer geheimen Abstimmung festlegen. Diese Person wäre dann bis zum Ende meiner ursprünglichen Amtszeit das Regierungsoberhaupt.«

»Das bedeutet, sollten Sie umgebracht werden, würde Felipe übernehmen, aber nicht lange. Dann würde jemand anders gewählt.«

»Und das könnte dann irgendjemand sein.«

Präsident Cortez zuckt mit den Schultern. »Nicht einfach irgendjemand, aber es wäre schwer zu manipulieren.«

»Würden Sie sagen, dass die Mehrzahl ihrer Kongressmitglieder korrupt ist? Also in dem Sinne, dass sie alles tun würden, was die Kartelle verlangen?«

»Ich hoffe nicht, aber ganz sicher sein kann ich mir nicht.«

»Wer war die Frau, die bei ihrer Ankunft bei Ihnen war?«

»Meine Assistentin. Sie arbeitet seit fast sieben Jahren für mich.«

»Also vertrauen Sie ihr?«

»Ja.«

»Sie begleitet Sie überall hin?«

»Ja.«

»Sie kennt Ihre Terminpläne?«

»Ja.«

Er hält inne, als ihm klar wird, worauf ich hinaus will. »Nein ... Sie kann es unmöglich sein!«

»Erlauben Sie mir folgende Frage: Wenn Sie irgendwo mit Ihrer Assistentin ankommen, wer steigt da normalerweise zuerst aus dem Auto?«

Er sagt nichts und starrt nur aus dem Fenster.

»Ich habe gesehen, dass Sie ihr mit einer Geste bedeutet haben, auszusteigen. Doch das hat sie nicht getan. Fast so, als hätte sie gewusst, dass etwas Schlimmes passieren wird.«

Der Präsident schweigt immer noch.

»Sie verstehen, warum wir hier sind, oder? Jemand, der Ihnen nahesteht, hat Informationen an die Leute weitergegeben, die mich zwingen wollten, Sie zu ermorden. Diese Person hat höchst aktuelle Daten gehabt. Und dieselbe Person wird mit Sicherheit versuchen, mich davon abzuhalten, mit meiner Geschichte zu den Behörden zu gehen. Das Letzte, was sie wollen, ist, dass Ihr Plan herauskommt.«

Er nickt mit angespanntem Gesichtsausdruck. Gewissheit darüber zu haben, dass er betrogen wurde, scheint für ihn kaum akzeptierbar.

»Wie heißt Ihre Assistentin?«

»Imna Rodriguez.«

Ich betrachte ihn im Rückspiegel. »Ich hoffe, ich irre mich.«

Seine Augen finden die meinen. »Das hoffe ich auch.«

In diesem Moment fängt Tweedledees Handy an zu vibrieren.

49

Die Polizei hatte einen Bannkreis von einigen Blocks um den Flughafen gezogen, vornehmlich um die Nachrichtensender fernzuhalten. Das gesamte mexikanische Sicherheitsteam war gekommen, sobald sie erfahren hatten, dass Präsident Cortez hierher gebracht worden war. Imna musste mit mehreren Polizeibeamten reden, bevor man sie endlich durch die Barrikade ließ. Selbst dahinter standen noch viele weitere Polizeifahrzeuge, was es schwierig machte, den SUV auf der Rollbahn zu sehen.

Sie stieg aus dem Wagen und wurde sofort von einem älteren Schwarzen mit graumeliertem Haar angesprochen. Er hielt ihr seine Dienstmarke vor die Nase: FBI.

»Hallo, Miss Rodriguez, ich bin hier der Verantwortliche: Special Agent Bryan Rhodes. Soweit ich informiert bin, waren Sie mit Präsident Cortez zusammen, bevor er entführt wurde.«

Sie starrte hinaus auf die Rollbahn, um einen Blick auf den SUV zu erhaschen. Über ihnen kreisten Hubschrauber am Himmel.

»Wie ist die Lage?«

»Offenbar haben wir es mit einer Geiselnahme zu tun.«

»Präsident Cortez ist ein Gast in Ihrem Land!«

Sie brachte ihre Wut durch die Schärfe ihres Tonfalls zum Ausdruck und das Gesicht ihres Gegenübers verhärtete sich. Er nickte.

»Die diplomatische Tragweite ist uns vollkommen bewusst, Miss Rodriguez, und wir tun alles, was in unserer Macht steht, um die Sicherheit des Präsidenten zu gewährleisten.«

Dabei galt ihre Sorge natürlich keinesfalls Cortez. Es war diese Frau – sie wusste einfach zu viel. Falls diese Geschichte endete, ohne dass sie von der Polizei erschossen wurde, dann würde sie verhaftet und verhört werden. Das durfte auf keinen Fall passieren.

Das Funkgerät am Gürtel des Agenten machte sich bemerkbar und eine Stimme ertönte: »Jones nähert sich dem Schauplatz.«

»Wer ist Jones?«, fragte Imna.

»Das ist unser bester psychologischer Verhandlungsexperte für Geiselnahmen.«

Sie stieg auf ihre Zehenspitzen und versuchte, so über die Barrikade aus Polizeiautos zu sehen, aber es brachte nicht viel. Immerhin konnte sie kurz einen Mann sehen, der auf dem Rollfeld auf den SUV zuging.

Wieder eine Stimme aus dem Walkie-Talkie: »Das Fenster auf der Fahrerseite senkt sich.«

Der Agent zog das Gerät von seinem Gürtel und sprach hinein: »Wie weit?«

»Nur ein paar Zentimeter. Die Zielperson scheint mit unserem Verhandler zu sprechen.«

Ein Moment der Stille. Imna hörte nur noch das Rattern der Hubschrauber. Dann knackte es wieder aus dem kleinen Lautsprecher.

»Jones zieht sich zurück.«

»Wiederholen Sie!«, forderte der Agent ungläubig.

»Er geht rückwärts, zurück zu unseren Fahrzeugen.«

Der FBI-Mann schüttelte den Kopf. »Was zur Hölle ist da los?«, zischte er leise.

Die nächsten Minuten vergingen in Stille. Imna wurde ungeduldig, versuchte wieder, das Rollfeld einzusehen, und fragte sich dabei, wie sie die Sache angehen sollte – wie viel Macht konnte sie hier im Land ausüben? Und wie viel davon würde ihr Land ihr überhaupt zugestehen?

Dann hörten sie die Schüsse.

Es klang wie weit entferntes Feuerwerk, fast verloren unter dem Lärm der Helikopter. Sofort knackte das Funkgerät wieder: »Wir hören Schüsse! Ich wiederhole; wir hören Schüsse!«

Imnas Herz begann wie wild zu schlagen, eine Ladung Adrenalin schoss durch ihre Blutbahnen. Sie wusste, dass sie weiter die besorgte, ja schon fast panische Assistentin spielen musste. »Was ist passiert? Was ist da los?«

Der Agent ignorierte sie und hielt das Funkgerät hochkonzentriert an seinen Mund: »Status?«

Wieder knackte es im Gerät. »Die Fahrertür öffnet sich. Und ... eine Pistole wurde rausgeworfen. Ich sehe erhobene Hände, die ... die Zielperson steigt aus dem Fahrzeug. Ich wiederhole: Die Zielperson steigt aus dem Fahrzeug!«

Imna stand wieder auf Zehenspitzen und versuchte, etwas zu sehen, doch das war nicht möglich. Dutzende Agenten stürmten mit gezogenen Waffen auf den Flugplatz und versperrten ihr die Sicht.

»Die Zielperson ist auf den Knien, die Hände auf dem Kopf. Unsere Beamten erreichen jetzt den SUV.«

Die nächsten Sekunden vergingen wie in Zeitlupe, ohne dass jemand sprach. Imna wurde klar, dass sie die Luft anhielt. Sie wusste, wenn die Nachricht käme, dass Cortez tot war, dann musste sie Tränen zeigen. Das hatte sie die ganze Woche geübt, indem sie sich zwang, an ihre Abuela zu denken – ihre Großmutter, die sie innig geliebt hatte. Sie hatte sie überwiegend großgezogen, sich immer um sie gesorgt und alles für sie getan, was sie konnte – nur um eines Tages auf offener Straße totgeschossen zu werden, als wäre sie nichts anderes als ein räudiger Straßenköter.

Das Funkgerät knackte.

»Sie haben die Zielperson überwältigt. Ich wiederhole: Sie haben die Zielperson überwältigt. Jetzt überprüfen Sie den SUV und ...«

Stille.

Der FBI-Mann drückte mit Schweißtropfen auf der Stirn die Sprechtaste seines Funkgerätes: »Status!«

Ein weiterer Moment der Stille, dann ein Knacken. »Die Geisel ist tot.«

50

Sofort drehte sie sich weg, presste die Augen so fest zusammen, wie sie konnte, und dachte an ihre geliebte Oma. Das kleine Muttermal an ihrem Hals. Die Art, wie sie immer nach Mehl und Gewürzen gerochen hatte, nachdem sie gekocht hatte. An den Kuss, den sie Imna jeden Tag auf die Stirn gegeben hatte, bevor sie zur Schule aufbrach. Und dann natürlich an den Tag, wo sie mit ansehen musste, wie ihre Abuela mitten auf der Straße von diesen Drogengangstern niedergeschossen wurde.

Tränen fingen an, ihre Wangen hinunterzulaufen, und sie begann den Kopf zu schütteln. »Nein, nein, nein«, begann sie leise zu murmeln.

Der Special Agent Bryan Rhodes sagte etwas in sein Walkie-Talkie, doch seine Worte gingen im Lärm der Hubschrauber unter. Einer der Sicherheitsmänner des Präsidenten eilte an Imnas Seite und legte ihr die Hand auf die Schulter. Er versuchte sanft, sie in die Richtung ihres Wagens zu dirigieren, doch sie riss sich los.

Sie wischte sich die Tränen weg und wandte sich dem Agenten zu: »Ich will ihn sehen. Ich muss seine Leiche sehen!«

Rhodes zögerte und dachte kurz nach, doch dann schüttelte er den Kopf. »Es tut mir leid, Miss Rodriguez, doch das geht nicht. Wir müssen zuerst den Tatort sichern.«

»Der Präsident meines Landes wurde ermordet!«

Sie legte alles, was sie hatte, in diesen Satz, wobei sie versuchte, gleichzeitig fast zu schreien, es auf der anderen Seite aber auch nicht zu übertreiben.

Der Agent nickte betroffen.

»Ich verstehe Ihre Lage, Miss Rodriguez. Das tue ich wirklich. Aber wir müssen unsere Protokolle befolgen. Erst muss der Tatort gesichert werden, dann ...«

Mitten im Satz zog er sein Handy aus der Tasche und sah nach, wer ihn anrief. »Da muss ich rangehen!«

Er wandte sich ab, während er das Gespräch annahm, und Imna wischte sich wieder über die Augen. Ihre Männer mussten unbedingt ihre Reaktion auf diesen Moment mitbekommen. Es musste sich regelrecht in ihre Erinnerung einbrennen, damit sie später berichten würden, wie sehr sie alles getan hatte, um für Respekt für den Mann zu sorgen, der ihr geliebtes Land repräsentierte.

Der Agent beendete den Anruf und wandte sich ihr wieder zu. »Entschuldigen Sie bitte. Wo waren wir stehen...?«

Sie schnitt ihm das Wort ab: »Was wird mit dieser Frau passieren?«

»Miss Rodriguez ...«

»Sie hat ihn ermordet!«

Weitere Tränen schossen ihr aus den Augen und sie wischte sie absichtlich nicht weg. Sie wollte, dass ihr Gegenüber ihre Tränen sah.

»Die Frau wurde bereits in Gewahrsam genommen«, sagte Rhodes.

»Wo wird sie hingebracht?«

»Erst einmal nirgendwohin. Offenbar war sie in einen Vorfall verwickelt, der sich vor zwei Tagen in Texas ereignet hat. Zwei U.S. Marshals wurden dabei getötet, deswegen will deren Behörde in die Sache mit einsteigen. Glauben Sie mir, diese Frau wird ihre gerechte Strafe bekommen.«

»Sie wird ins Gefängnis gehen, meinen Sie.«
»Das wird das Gericht entscheiden.«
»Sie hat unseren Präsidenten ermordet!«
»Miss Rodriguez, ich weiß, dass ...«
Sie schnitt ihm wieder das Wort ab.
»Ich muss sie sehen!«
Die Mundwinkel des Agenten schossen nach unten. »Wie bitte?«
»Ich muss diese Frau sehen! Ich muss der Person, die unseren Präsidenten ermordet hat, in die Augen blicken! Das ist das Mindeste, das unserem Land zusteht!«
Zuerst sagte ihr Gegenüber nichts und starrte sie einfach nur an. Imna ließ die Tränen weiter fließen. Sie bezweifelte zwar, dass man sie an Holly Lin heranlassen würde, aber sie hatte zumindest fragen müssen. Das erwartete man von ihr. Sie musste für Mexiko stark und tapfer sein und musste dem Monster gegenübertreten, das ihren geliebten Präsidenten umgebracht hatte.
Schließlich sagte der Agent: »Warten Sie hier, ich muss ein paar Anrufe machen.«
Sie schaute ihm hinterher, als er wegging und sich das Telefon ans Ohr hielt. Dann ging sie zu ihren Sicherheitsleuten und sagte ihnen, was passiert war, obwohl sie natürlich wusste, dass sie sich ihren eigenen Reim auf das Geschehen machen konnten. Die Männer, die Präsident Cortez begleitet hatten, als er entführt worden war, schienen von Scham zerfressen. Gut so. Sie wussten ganz genau, dass sie für immer die Verantwortung für das trugen, was heute passiert war.
Der FBI-Mann kam zurück. Er nahm sie beiseite und senkte seine Stimme: »Ich habe grünes Licht bekommen. Sie können mit ihr sprechen, aber nur ein paar Minuten.«
»Wo ist sie?«

»Sie halten sie in der Sicherheitszentrale des Flughafens fest. Wenn Sie wollen, fahre ich Sie schnell hin.«

Sie nickte, wischte theatralisch ein paar einzelne Tränen weg und folgte dem Agenten dann zu seinem Wagen.

51

Der Raum ist winzig – vielleicht gerade einmal sechs Quadratmeter groß. Die Wände sind nackt und Neonröhren summen an der Decke.

Es gibt keine Fenster. Keinen Einwegspiegel. Nicht einmal eine Überwachungskamera. Nur einen Stuhl, auf dem ich sitze, die Hände hinter dem Rücken mit Kabelbindern gefesselt.

Als sich die Tür öffnet, mustert mich ein älterer Kerl mit grauen Haaren. Er kommt nicht rein. Er schaut jemanden an, der neben ihm steht, nickt einmal, und dann tritt sie vor mich: Imna Rodriguez.

Sie starrt mich für ein paar Sekunden an, bevor sie eintritt. Die Tür schließt sich hinter ihr, dann sind wir allein. Sie schaut sich im Zimmer um und sucht nach einem Mikrofon, einer Kamera oder irgendetwas, das unser Gespräch aufnehmen könnte. Als sie sich vergewissert hat, dass nichts dergleichen vorhanden ist, macht sie noch zwei weitere Schritte auf mich zu, sodass ihr Gesicht nur noch ein paar Zentimeter von meinem entfernt ist.

»Deine Familie ist tot«, flüstert sie.

Ich schweige, und sie verzieht das Gesicht.

»Denkst du, ich lüge? Deine ganze Familie wurde ausgelöscht.«

Ich sage immer noch nichts und ihr Blick verhärtet sich.

»Die Sicarios des Kartells haben sie getötet. Für das, was du Fernando Sanchez Morales angetan hast. Das ist ihre Rache.«

Ich starre sie wortlos an.

Imna Rodriguez richtet sich auf und schüttelt den Kopf.

»Du hast ein ganz schönes Chaos angezettelt. Was ist aus den Männern geworden, die dich hergebracht haben?«

Ich ignoriere ihre Frage und stelle eine eigene: »Wie viel zahlen die Kartelle Ihnen?«

Sie verengt die Augen. »Du weiß doch gar nicht, wovon du redest!«

»Die Kartelle wollen Cortez doch schon seit Jahren tot sehen. Deswegen sind sie auf Alejandro und seine Familie losgegangen. Wussten Sie, dass ich diejenige bin, die Alejandro zur Strecke gebracht hat?«

»Natürlich. Deswegen haben wir dich doch ausgewählt.«

»Ausgewählt«, wiederhole ich.

»Richtig. Es hat einfach den meisten Sinn gemacht, dass du diejenige sein würdest, die den Abzug betätigt.«

»Ich hätte also direkt im Hotel sterben sollen, stimmt's?«

Die Frau nickt.

»Genau. Schließlich möchte niemand, dass du weiter atmest und deine Geschichte erzählen kannst.«

»Aber ich lebe noch.«

Sie nickt noch einmal und ihre Miene verfinstert sich. »Deswegen bin ich hier.«

Nun hält sie ihr Handgelenk hoch und das Ziffernblatt ihrer Uhr glänzt im Licht der Neonröhren. Sie nimmt den Zeitmesser ab und öffnet die Rückseite. Dann benutzt sie ihren Fingernagel, um eine weiße Tablette zutage zu fördern.

»Oh toll, ist das eine Aspirin?«, frage ich. »Ich habe nämlich mörderische Kopfschmerzen!«

Sie hält die Kapsel hoch, damit ich sie gut sehen kann.

»Es ist zwar keine Aspirin, aber deine Kopfschmerzen wirst du damit auf jeden Fall los.«

Ich schaue an der Pille vorbei und blicke ihr fest in die Augen.

»Was soll das Ding denn machen – mich töten?«

Sie nickt.

»Aber warum sollte ich mich selbst töten wollen?«

»Wie gesagt, du darfst niemandem deine Geschichte erzählen. Und deswegen bin ich jetzt hier. Damit deine Geschichte endet.«

Ich verziehe das Gesicht und lege den Kopf schief. »Nein, danke, ich passe.«

»Deine Familie ist tot. Du hast niemanden mehr, den du schützen musst.«

Ich grinse sie an. »Wie schmeckt denn die ganze Scheiße, die aus deinem Mund kommt?«

Sie sieht nicht aus, als würde sie den Spruch lustig finden. »Nimm die Tablette!«

Ich schüttle den Kopf. »Nee, lass mal.«

Ihr Kiefer verkrampft sich. »Ich frage nicht noch mal!«

Ich schließe die Augen, atme tief durch und frage: »Wie wäre es mit einem Deal?«

»Was für ein Deal?«

»Du beantwortest eine Frage, und dann nehme ich deine blöde Pille.«

Sie antwortet nicht, starrt mich einfach nur an, also betrachte ich ihr Schweigen als Zustimmung. »Wen will das Kartell als Präsidenten einsetzen?«

Die Frage trifft sie unvorbereitet. »Das ist doch egal. Du kennst ihn sowieso nicht.«

Ich nicke gespielt überrascht, als wäre mir auf einmal aufgegangen, dass sie recht hat. »Ach ja, stimmt! Aber vielleicht kennt *er* ihn.«

In diesem Moment geht die Tür auf und Präsident Cortez betritt den Raum. Seine dunklen Augen starren Imna hasserfüllt an, doch er sagt nichts.

Imna handelt sofort – sie will selbst die Tablette nehmen, doch ich springe von meinem Stuhl, bevor die Pille ihren Mund erreicht. Die lockeren Kabelbinder fallen nutzlos zu Boden, als ich ihr die weiße Kapsel aus der Hand reiße, sie auf den Boden werfe und Imna dann auf den Stuhl schubse.

Zwei FBI-Agenten kommen herein und setzen sie fest. Sie fesseln nicht nur ihre Handgelenke, sondern binden auch ihre Füße zusammen, bevor sie wieder in den Gang hinausgehen.

Imna starrt Präsident Cortez hasserfüllt an: »Du bist eine Schande für dein Land!«

Ich trete zwischen die beiden. »Na, du bist ja eine Marke«, grinse ich sie an. Sie ignoriert mich und versucht, durch mich hindurchzusehen. »Dachtest du wirklich, das FBI würde dich mit der Person sprechen lassen, die gerade einen Präsidenten ermordet hat, und das auch noch unter vier Augen?«

Sie schweigt. Falls es dir nicht aufgefallen ist: »Ich habe den Präsidenten nicht getötet. Und meine Familie? Die lebt auch noch, weil ich Leute habe, die auf sie aufpassen. Dieser Sicario, den du erwähnt hast? Ist tot. Und du selbst? Tja, ich würde sagen, du wirst in dein Land zurückkehren und den Rest deiner Tage im Knast verbringen.«

Ich werfe Cortez einen Blick zu. »Davon kann man doch ausgehen, oder?«

Auch er antwortet nicht und starrt weiter seine Assistentin an. Also wende auch ich mich ihr wieder zu.

»Jetzt habe ich noch eine weitere Frage an dich, und ich wäre wirklich dankbar, wenn du sie beantwortest: Wo genau befindet sich Oliver Haywards Anwesen?«

Ihr Blick richtet sich auf mich. »Ich sage gar nichts.«

Ich nicke langsam und halte dabei ihrem Blick stand.

»Ich will ehrlich mit dir sein, Imna. Ich hatte ein paar richtige Scheißtage und bin ziemlich erschöpft. Das hier ist der letzte Ort, an dem ich sein will. Also können wir das auf die leichte Tour machen, oder auf die harte. Meine Empfehlung? Die leichte. Das ist wesentlich stressfreier, und es wird auch niemand gefoltert.«

Sie starrt wortlos weiter, also fahre ich fort.

»Präsident Cortez ist natürlich enttäuscht von dir, aber er weiß auch, dass du ein schweres Schicksal hattest. Ich habe ihn darüber ausgefragt, als wir uns auf dem Rollfeld gelangweilt haben. Er hat mir erzählt, dass dein Mann Krebs bekommen hat, und von deinen beiden Kindern. Wie sich die Arztrechnungen gestapelt haben und so weiter. Wenn die Kartelle Druck auf dich aufbauen – indem sie zum Beispiel deine Kinder bedrohen – dann können wir etwas dagegen unternehmen. Natürlich wirst du trotzdem für deine Taten zur Rechenschaft gezogen, aber wir können dafür sorgen, dass dein Mann und deine Kinder in Sicherheit sind. Wenn es sein muss, können wir sie sogar außer Landes schaffen. Du wirst sie vielleicht nie mehr wiedersehen, aber zumindest hast du die Gewissheit, dass ihnen nichts passieren kann.«

Ich warte einen Moment ab, um meine Worte wirken zu lassen.

»Die harte Tour sieht auf der anderen Seite ein wenig anders aus.«

Imna Rodriguez schweigt.

Ich wende mich dem Präsidenten zu.

»Wenn es Ihnen nichts ausmacht, Mister President, hätte ich gern ein paar Minuten allein mit Ihrer Assistentin.«

Cortez starrt Imna in Grund und Boden. Dabei ist die ursprüngliche Wut aus seinen Augen gewichen und wurde durch Enttäuschung ersetzt. Er kannte diese Frau viele Jahre, er hatte sie für eine enge, verlässliche Vertraute gehalten. Und in dieser Hinsicht kann ich wirklich mitfühlen, da auch ich von meinen engsten Vertrauten verraten wurde. Einer von ihnen war mein Vater.

»Mister President«, mache ich noch einmal auf mich aufmerksam. Er blinzelt, schaut mich an, nickt dann flüchtig und verlässt den Raum. Ich sehe, dass die beiden FBI-Agenten immer noch im Gang stehen. Also trete ich an die Tür und werfe ihnen mein freundlichstes Grinsen entgegen: »Ihr Jungs fragt euch bestimmt, was hier los ist, oder?«

Keiner von beiden antwortet. »Es gibt keinen Grund, warum ihr mir vertrauen solltet, außer, dass euer Vorgesetzter einen Anruf von seinem Vorgesetzten erhalten hat, der wiederum einen Anruf von seinem Vorgesetzten bekommen hat, um ihm zu sagen, dass mir eine Menge Spielraum im Zusammenhang mit dieser Gefangenen eingeräumt werden muss. Damit kommen wir zu einer ganz einfachen Frage: Könntet ihr mir eine Büroklammer besorgen? Am besten eine schön große.«

Diese Jungs sind nicht dumm – sie wissen genau, wozu ich eine Büroklammer brauche – und ihre Gesichtsausdrücke machen sehr deutlich, dass sie von dieser Idee alles andere als begeistert sind. Um ehrlich zu sein, gefällt es mir selbst nicht mal. Aber ich stehe einfach nur da, starre sie an, während sie überlegen, und endlich geht einer der beiden los und kommt schon bald mit einer fabrikneuen Büroklammer zurück.

»Danke, Jungs. Jetzt haltet euch kurz die Ohren zu. Es wird nicht lange dauern.«

Ich gehe zurück in den Raum, wo Imna Rodriguez mich sofort wieder böse anstarrt. Ich halte die Büroklammer hoch. »Letzte Chance«, sage ich. Sie starrt einfach nur weiter.

Mit einem Seufzen schließe ich die Tür.

TEIL DREI
DER VERLORENE SOHN

52

Oliver Hayward machte sich noch ein Bier auf – das fünfte oder sechste, oder vielleicht auch schon sein siebtes, er hatte vor einer Weile den Überblick verloren – und starrte in die Dunkelheit.

Es war kurz nach Mitternacht. Normalerweise lag er um diese Zeit im Bett, doch er konnte nicht schlafen. Wie auch, nachdem heute einfach alles so brutal schiefgegangen war? Jeder vernünftige Mensch hätte seine Sachen gepackt und wäre untergetaucht, doch das konnte er nicht machen. Nicht mit seinem ganzen Betrieb, den Kindern und den Frauen. Schließlich bot er den Kartellen eine einzigartige Dienstleistung, und er glaubte, dass er trotz des heutigen Misserfolges immer noch auf ihre Hilfe zählen konnte.

»Weißt du, warum ich den Laden hier ›Neverland‹ genannt habe?«

Er wartete nicht auf eine Antwort, stattdessen nahm er noch einen langen Schluck von seinem Bier und starrte in die Dunkelheit. Er saß auf einem Stuhl auf seiner Veranda, von wo aus er einen weiten Blick über das Feld hatte. In einiger Entfernung sah er einen seiner Wachleute, der mit einem Gewehr über die Schulter patrouillierte.

»Als ich aufgewachsen bin, waren meine Eltern nicht viel da. Mein Vater war ein wichtiger Geschäftsmann und wenn ich sage, dass er immer gearbeitet hat, dann meine ich damit, dass er wirklich immer gearbeitet hat. Ich habe ihn kaum zu Gesicht bekommen. Meine Mutter habe ich öfter gesehen, aber ich glaube, wir hatten keinen wirklichen Draht zueinander. Ich vermute, dass sie nie ein Kind haben wollte. Sie hat sich mehr auf ihre Wohltätigkeitsorganisationen konzentriert als auf mich. Was sollte ich als Junge in meinem Alter also machen?«

Wieder erwartet Hayward keine Antwort.

»Ich habe alle möglichen Bücher gelesen, unter anderem alle von den Hardy Boys. Kennst du welche davon?«

Zum ersten Mal seit einigen Minuten warf Hayward einen Blick auf Jose. Der Junge stand steif wie ein Brett da, sein Kinn erhoben, die Augen geschlossen. Eine von Haywards leeren Bierflaschen balancierte er auf seinem Kopf. Hayward hatte ihm gesagt, dass er die schlimmsten Stromschläge seines Lebens kriegen würde, wenn diese Flasche auf den Boden fallen sollte.

Hayward schüttelte den Kopf. »Natürlich hast du nie Bücher von den Hardy Boys gelesen. Wahrscheinlich hast du noch nie ein Buch gelesen! Kannst du überhaupt lesen? Na, jedenfalls, eines der Bücher, die ich immer wieder gelesen habe, war ›Peter und Wendy‹. Hast du schon mal was von Peter Pan gehört?«

Jose antwortete nicht. Hayward betastete den Transponder mit der linken Hand und überlegte, dem Jungen einen kleinen Schlag zu geben, einfach nur so zum Spaß, doch irgendwie fühlte es sich gut an, mit ihm zu reden. Der Alkohol hatte seine Nerven beruhigt, also sprach er weiter.

»Peter Pan war ein Junge, der sich weigerte, erwachsen zu werden, und er hatte alle möglichen magischen Kräfte. Er konnte sogar fliegen, Jose! Und dann war da noch diese Fee namens Tinkerbell ... und Peter war für die Lost Boys verantwortlich. Diese Jungs waren als Kinder ihren Familien entrissen und nach Neverland gebracht worden. Sie waren auf jeden Fall ziemlich zähe Burschen. Und ich ... ich habe mich auch manchmal als einen von ihnen gesehen. Meine Eltern waren extrem reich, und mir hat es nie an etwas gefehlt, doch trotzdem hielt ich mich für einen Ausgestoßenen.«

Plötzlich schüttelte Hayward den Kopf, als wolle er seine Gedanken neu sortieren, denn ihm war auf einmal aufgefallen, mit wem er da seine privatesten Geheimnisse teilte. Er lehnte sich nach vorn, richtete den Transponder auf Jose und senkte seine Stimme zu einem Flüstern. »Ich habe noch nie jemandem davon erzählt – nicht mal meinem Therapeuten – und wenn du es weitererzählst, dann verpasse ich dir nicht nur einen Stromschlag; dann bringe ich dich eigenhändig um!«

Jose stand regungslos mit der Flasche auf dem Kopf da.

»Nicke, wenn du mich verstanden hast!«

Der Junge öffnete die Augen, schaute Hayward für einen kurzen Moment an und sah dann schnell weg.

»Ich frage nicht noch einmal, Jose!«

Der Junge wusste genau, was passieren würde, sobald er nickte: Die Flasche würde ihm vom Kopf fallen, auf dem Boden zersplittern ... und was dann geschehen würde, war ihm ebenfalls vollkommen klar. Die Stromschläge fürchtete Jose mit jeder Faser seines Körpers, und Hayward wusste, dass das gut war. Denn ein Junge ohne Furcht war ein dummer Junge. Er war gefährlich.

Da Jose immer noch nicht nickte und klar wurde, dass er nicht gehorchen würde, drückte Hayward den Knopf. Sofort zuckte der Junge und die Flasche rutschte von seinem Knopf. Doch sie zerschellte nicht auf dem Boden – einen Sekundenbruchteil vor dem Aufprall hatte Jose sie geschnappt. Nun kauerte er bewegungslos vor Hayward und schaute zu ihm auf. Für einen kurzen Moment war Hayward der Meinung, so etwas wie Widerstand in dem Blick des Jungen flackern zu sehen. Doch vielleicht war das nur seine Einbildung, die Wirkung des Alkohols oder eine Mischung aus beidem. Doch was auch immer der Grund war, es gefiel Hayward gar nicht, und er beschloss, Jose mit Elektroschocks zu grillen, bis er bewusstlos werden würde.

Doch bevor er den Knopf drücken konnte, kam Carla nach draußen.

»Was machst du denn noch hier?«

Hayward schaute sie an. Im ersten Moment war er nicht sicher, was er sagen sollte, doch dann lächelte er.

»Ich genieße den schönen Abend.«

»Du solltest ins Bett kommen.«

»Ich kann aber nicht schlafen.«

»Dann nimm eine Tablette.«

»Will ich nicht.«

»Es wird schon alles gut werden, Oliver.«

Er sprang so plötzlich auf, dass er stolperte und fast vornüberkippte. Er musste sich am Geländer der Veranda festhalten, um die Balance wiederzufinden.

»Nichts wird gut! Cortez lebt noch! Ich habe versagt! Ich habe die Kartelle enttäuscht!«

Carla starrte ihn mit ihrer üblichen, verunsichernden Ruhe an.

»Wenn sie dich töten wollten, dann hätten sie das längst getan.«

Hayward schloss die Augen und schüttelte den Kopf. Das ergab alles keinen Sinn. Er hatte stundenlang ferngesehen und die Berichte verfolgt, wie Präsident Cortez entführt worden war und auf einen Flughafen gebracht wurde, wo der oder die Geiselnehmer von der Polizei umstellt worden waren, bis Schüsse fielen. Die erste Stunde danach war berichtet worden, dass der Präsident tot war, doch dann kam heraus, dass er doch überlebt hatte, und dass seine langjährige Assistentin Imna Rodriguez in Haft genommen worden war.

Kein einziges Wort über Holly Lin. Und keine Rückmeldung von Louis oder seinen Männern. Er blickte hinaus auf das dunkle Feld, wo der Wachmann weiter seine Runden drehte. In Gedanken verloren setzte er die Bierflasche an die Lippen und wollte einen großen Schluck nehmen, als der Bewaffnete plötzlich zu Boden fiel.

Hayward starrte für einen Moment geradeaus, dann blinzelte er und fragte sich, ob er das wirklich gerade gesehen hatte.

»Hast du …?«

Carla drückte eine Hand auf seinen Mund, ihre Augen auf einmal voller Furcht. Sie hielt sich einen Finger vor die Lippen. Hayward war nicht sicher, was los war. Er versuchte, etwas zu hören, doch er konnte sich nicht konzentrieren. Dann hörte er von irgendwoher Schüsse sowie jaulende Motoren, und … war das etwa ein Hubschrauber?

Hayward schob ihre Hand weg und flüsterte »Ist es das Kartell?«

Die Verunsicherung in Carlas Augen wurde zu flammender Wut. »Nein, du Idiot! Das ist die Polizei!«

Sie warf einen Blick auf Jose, dann auf den Schuppen, der auf dem Hügel thronte, und zum Schluss auf den Wachmann, der auf dem Acker lag.

»Schnapp dir den Jungen, wir hauen ab!«

53

Während sich zwei Teams auf die Nebenschauplätze stürzen, folgen Nova und ich dem dritten Team zum Hauptgebäude. Sie sprengen die Vordertür auf und strömen hinein, rufen, während sie die einzelnen Räume sichern und sich in die oberen Etagen vorarbeiten.

Bis jetzt gab es keine Nachricht, dass sie Hayward oder Carla gefunden hätten, also fangen Nova und ich an, die Treppe zu erklimmen, als ich plötzlich die Stimme des Hubschrauberpiloten in meinem Headset vernehme: »Es befinden sich Personen auf dem Weg zur Hütte. Zwei Erwachsene mit einem Kind. Einer der Erwachsenen hat ein Gewehr.«

Ich halte inne und wende mich Nova zu. »Das müssen Hayward und Carla sein!«

»Und das Kind?«, fragt er.

»Ich würde auf einen Jungen namens Jose tippen.« Ich drücke die Sprechtaste. »Solange sie das Kind haben, nicht einschreiten! Nova und ich nehmen die Verfolgung auf.«

Wir eilen die Treppe wieder hinunter und nehmen dann die Hintertür auf eine Veranda. Dort liegen leere Bierflaschen um einen Stuhl verteilt. Der Helikopter schwebt über dem Acker und richtet seinen Suchscheinwerfer auf einen Schuppen.

»Sie sind gerade durch einen Seiteneingang da rein«, sagt der Pilot.

Ich bestätige und Nova und ich rennen über das Feld. Als wir uns dem Gebäude nähern, heben wir unsere Pistolen. Ein schwacher Lichtschein flackert unter der Tür hervor.

Ich stelle mich neben die Tür und nicke Nova zu. Er tritt sie ein und ich stürme hindurch, den Finger auf dem Abzug. Dann erfasse ich schnell die Umgebung. Außer einem Sitzrasenmäher und anderen Gartengeräten ist nichts zu sehen.

Nova tritt an meine Seite. »Sieht so aus, als hätte diese Imna die Wahrheit gesagt.«

Ich nicke und gehe zum anderen Ende des Schuppens. Die Falltür im Boden finden wir ohne Probleme. Ohne ein Wort zu sagen, stellt Nova sich neben die Klappe und schnappt sich den eisernen Griff. Er schaut mich an und flüstert: »Bereit?«

Ich flüstere zurück: »Noch nicht. Für den Fall, dass mir was passiert, möchte ich dir die Wahrheit über etwas sagen.«

»Was?«

»Es ist nicht leicht für mich, das zu sagen. Wahrscheinlich, weil wir uns so lange kennen, und du wirklich ein guter Freund bist ...«

Ich lasse diese Worte einen Moment stehen, dann lächle ich. »Der Bart steht dir nicht!«

Nova nickt, als hätte er nicht im Traum gedacht, dass ich irgendetwas anderes sage. »Ich nehme das mal als Ratschlag an. Bereit?«

Ich nicke und richte meine Pistole auf die Luke. Nova reißt das Ding auf, ich lehne mich nach vorn und bin bereit, sofort auf jegliche Bewegung zu schießen.

Nichts.

Genau wie der Schuppen hat auch der Tunnel eine Stromversorgung. Da unten ist Licht an. Es ist nicht hell, reicht aber, um sich zurechtzufinden, während man unterirdisch von einem Land in das andere unterwegs ist. Die Metallleiter hat genau zehn Sprossen bis zum Boden.

Ich werfe einen Blick auf Nova, der lässt die Falltür komplett nach hinten fallen, dann schnappt er sich einen Sack Dünger und wirft ihn hinter sich. Er landet mit einem dumpfen Klatschen, aber sonst passiert nichts.

»Gib mir Deckung«, sage ich.

Ich fange an, die Leiter mit einer Hand hinabzusteigen, während ich mit der anderen meine Pistole im Anschlag halte. Nach vier Sprossen lasse ich mich auf den Boden fallen und gehe in die Hocke. Sofort ziele ich in den Tunnel hinein.

Immer noch nichts zu sehen.

Ich gebe Nova mit einer Geste zu verstehen, dass die Luft rein ist. Während er herabsteigt, bewundere ich die handwerkliche Leistung der Tunnelbauer. Vom Boden bis zur Decke ist dieser ausgebaute Schacht gute zwei Meter hoch – zumindest an dieser Stelle. Alle paar Meter sind stützende Holzbalken aufgebaut, die mit feinem Drahtgewebe beschlagen sind, was Erde am Herunterfallen hindert. Alle zwei Meter sind kleine Glühbirnen in der Decke montiert. Von meinem Blickwinkel aus geht der Tunnel etwa fünfzig Meter geradeaus, bis er anfängt, sich zu krümmen.

Sobald Nova unten angekommen ist, machen wir uns auf den Weg. Dabei gehen wir so leise wie möglich vor und lauschen auf Geräusche von weiter vorn. Imna Rodriguez hatte behauptet, der Tunnel wäre über fünfhundert Meter lang. Nach etwa der Hälfte davon kommen wir um eine weitere Biegung und sehen jemand am anderen Ende des Tunnels stehen.

Jose.

Er steht bewegungslos da, den Blick nach unten gerichtet. Er schaut nicht auf, als wir uns nähern.

Es ist eine Falle – das liegt auf der Hand – aber ich bin mir nicht sicher, was das Ganze soll. Jose ist dem Piloten zufolge ihre einzige Geisel. Ohne ihn haben wir keinen Grund, nicht sofort auf sie zu schießen.

Hinter ihm hat der Tunnel wieder einen Knick und vermutlich stehen Hayward, Carla oder beide direkt dahinter. So wie ich die beiden kenne, hat Carla wahrscheinlich das Gewehr. Hayward kennt ja nicht mal den Unterschied zwischen einem Hohlmantel- und einem Vollmetallgeschoss.

Als wir nur noch zehn Meter entfernt sind, fängt Jose an zu zucken. Er schreit auf und fällt zu Boden. Er beginnt zu zittern und schreit, doch weder ich noch Nova gehen auf ihn zu. Stattdessen, so leid es uns auch tut, warten wir ab.

Und wir müssen nicht lange warten.

Carla kommt um die Ecke, das Gewehr in der Hand. Sie legt auf uns an, doch bevor sie abdrücken kann, ziele ich auf ihren Kopf und drücke ab.

Sie fällt leblos in sich zusammen.

Trotzdem schreit Jose weiter und windet sich vor Schmerzen. Nova gibt mir Deckung, als ich auf ihn zueile. Ich ziehe den Schlüssel aus der Tasche, den ich Louis abgenommen habe und hoffe, dass er für alle Halsbänder passt. Das tut er, also reiße ich Jose das Ding vom Hals und werfe es beiseite. Selbst in dem schwachen Licht sehe ich, wie vernarbt die Haut am Hals des Jungen ist – wie ein scheußliches Tattoo sieht das aus.

Nun schreit das Kind nicht mehr, es windet sich nicht mehr, stattdessen weint es. Ich berühre seinen Arm und versuche, ihn zu beruhigen, doch er zuckt instinktiv weg. Wahrscheinlich hatte er noch nie Körperkontakt zu einem Menschen, der nicht mit Schmerzen in Verbindung stand.

»Es ist alles in Ordnung, Jose. Du bist jetzt sicher.«

Das Halsband, das ein paar Meter entfernt liegt, hört auf einmal auf zu summen. Das bedeutet, dass Hayward – und mit ihm der Transponder, den er die ganze Zeit drückt – außer Reichweite ist.

»Bring ihn zurück.«

Nova nickt, hockt sich neben den Jungen und schaut zu mir auf. »Sei vorsichtig!«

»Er ist besoffen, Nova. Außerdem hat er keine Waffe. Ich glaube, das kriege ich hin.«

»Berühmte letzte Worte«, grunzt Nova.

Ich verziehe das Gesicht.

»Der Bart steht dir echt nicht.«

Er zeigt mir den Mittelfinger und ich gehe los, hinweg über Carlas leblosen Körper und tiefer hinein in den Tunnel.

54

Ich eile so leise wie möglich den Tunnel entlang und höre schon bald unregelmäßige Schritte vor mir.

»Hayward!«, schreie ich.

Die Schritte verklingen für einen Moment, dann fangen sie wieder an und klingen plötzlich sehr gehetzt. Dann klingt es so, als würde Hayward stürzen, wieder aufstehen und weiterrennen.

Auch ich beschleunige meinen Schritt.

Der Tunnel macht eine letzte Kurve und wird dann zur langen Geraden. Ich kann in etwa siebzig Metern Entfernung das Ende sehen. Genau wie der Zugang auf amerikanischem Boden ist dort eine Leiter. Die Falltür muss offen sein, da Licht von oben in den Tunnel strömt. Oliver Hayward ist vielleicht fünfzig Meter von mir entfernt. Durch das Licht hinter ihm ist er ein wirklich leichtes Ziel. Ich könnte ihn mit einem Schuss erledigen. Doch das tue ich nicht. Ich warte, bis er die Leiter erreicht hat und anfängt, sie hochzuklettern.

Bis ich oben bin, ist Hayward nicht weit gekommen. Er steht regungslos mit erhobenen Händen da. Ihm gegenüber befindet sich ein halbes Dutzend schwer bewaffneter mexikanischer Regierungsagenten. In dem Moment, wo mein Kopf aus der Falltür herauslugt, richten einige von Ihnen kurz ihre Läufe auf mich, doch ein älterer Mann mit Schnurrbart sagt ihnen, dass sie mich ignorieren können. Sofort zielen alle wieder auf Hayward.

Dieser Teil des Tunnels führt in eine Garage. Backsteinwände, ein schäbiges Dach, in einer Ecke steht ein altes Auto. Der Geruch von Motorenöl hängt schwer in der Luft.

»Wisst ihr nicht, wen zur Hölle ihr vor euch habt?«

Keiner der Federales antwortet. Der ältere Kerl mit dem Schnauzbart kommt auf mich zu. Er streckt seine Hand aus und begrüßt mich auf Englisch: »Ich bin Lieutenant Nicolás Pichardo. Präsident Cortez hat mich und meine Männer hierher beordert.«

»Ich danke Ihnen, Lieutenant. Hat der Präsident Ihnen noch etwas gesagt?«

»Nur, dass wir hierherkommen sollen. Er sagte, dass bekannt wurde, dass sich in dieser Garage ein Tunneleingang befindet. Wir sollten die Menschen, die wir hier aufgreifen, verhaften – ebenso wie jeden, der durch den Tunnel kommt!«

Hayward schaut mich triumphierend an und ruft dann: »Ja! Verhaften Sie mich! Bitte!«

Lieutenant Pichardo ignoriert ihn. »Bisher ist leider niemand durch den Tunnel gekommen.«

Ich nicke, bedanke mich erneut und wende mich Oliver Hayward zu.

Er zuckt zurück und schreit die Beamten an: »Worauf zur Hölle warten Sie? Verhaften Sie mich!«

Wieder bewegt sich niemand.

Ich trete ganz dicht an Hayward heran.

»Präsident Cortez und ich waren uns einig, dass Sie auf unserer Seite der Grenze verurteilt werden sollten. Denn hier in Mexiko ist die Gefahr zu groß, dass die Kartelle sie befreien. Oder umbringen.«

Hayward schaut durch mich hindurch, in seinem Blick purer Wahnsinn.

»Machen Sie nichts Dummes, Oliver. Diese Männer haben Anordnung, sie nicht zu erschießen. Außerdem glaube ich auch nicht, dass Sie die Eier dazu haben. Wissen Sie, woher ich das weiß? Weil Sie nichts Besonderes sind. Ich meine, Sie sind jemand, der Kinder und Frauen einsperrt und foltert, dabei haben Sie nicht mal den Mumm, sich von einem Polizisten erschießen zu lassen.«

Er starrt mich hasserfüllt an. »Na schön. Dann bringen Sie mich zurück.«

Ich lächle ihn an und schüttle den Kopf. »Nicht so schnell.«

Dann greife ich in meine Tasche und ziehe das Halsband hervor, das ich die letzten beiden Tage tragen musste. Ich werfe es Hayward vor die Füße.

»Ziehen Sie es an.«

55

Im Schuppen warten schon die Bundesagenten auf uns. Sobald Oliver Hayward aus dem Tunnel kommt, nehmen sie ihn fest. Sie legen ihm Handschellen an und als ich ihnen den Transponder anbiete, mit dem Hinweis, dass er wahre Wunder bewirkt, sehen sie nicht besonders begeistert aus. Wahrscheinlich, weil Hayward sich wegen meiner Behandlung die Hosen vollgeschissen hat.

Ich folge ihnen ins Hauptgebäude. Der Hubschrauber ist inzwischen auf dem Acker gelandet. Polizeiwagen, SUVs und Krankenwagen stehen inzwischen überall. Vor dem Haus treffe ich auf Nova. Er spricht gerade in ein Handy, steckt es aber weg, als er mich entdeckt. »Es sind mehr Kinder, als wir dachten«, sagt er. »Sie haben sie in den Nebengebäuden untergebracht. Eine Menge Kinderpsychologen sind auf dem Weg hierher.«

»Und wo ist Jose?«

Nova deutet auf einen der Krankenwagen. »Er wird gerade behandelt.«

Ich schaue von einem Gebäude zum anderen. »Wo sind die Babys?«

Nova zeigt auf einen Eingang und sofort setze ich mich in Bewegung. Fast unbewusst beschleunigt sich mein Gang zu einem Laufschritt.

Drei der Zimmer im Erdgeschoss sind voll mit Kinderbettchen. Die Babys sind fast alle wach und schreien. Ein paar

Agenten gehen von Bett zu Bett, machen Fotos und stellen Beweismittel sicher, bevor die Kinder weggebracht werden. Aufgestachelt gehe ich zu einem der Agenten. »Wer kümmert sich um die Babys?«

Er schüttelt den Kopf. »Vorerst niemand. Es sind wohl Leute unterwegs, aber keine Ahnung, wie lange das dauert.«

Ich gehe von Krippe zu Krippe und suche nach Sternchen. Ich find sie im zweiten Zimmer. Sie schreit zwar nicht, wie die meisten anderen, aber sie sieht auch nicht gerade glücklich aus. Sie starrt mich an, doch ich bin nicht sicher, ob sie mich erkennt. Mir ist gar nicht klar, dass ich sie hochhebe, bis eine Agentin an mich herantritt.

»Kennen Sie die Kleine?«

Ich schaue erschrocken auf. »Was?«

Die Frau schaut mich verwundert an und ich schüttle den Kopf.

»Nein, nicht wirklich. Aber kümmern Sie sich um sie, okay? Kümmern Sie sich um alle.«

Ich warte nicht auf eine Antwort, sondern gehe an der Frau vorbei nach draußen, wo Nova auf mich wartet.

»Was war denn jetzt los?«, will er wissen, doch ich ignoriere die Frage.

»Ich möchte dir danken.«

»Wofür?«

»Für alles. Dafür, dass du für mich da warst, als ich dich gebraucht habe. Dafür, dass du meine Familie gerettet hast.«

»Das ist ja nicht allein mir zu verdanken. Es war Teamwork!«

»Ich weiß. Ich werde mich auch noch bei Atticus und James bedanken. Meine Familie …«

Ich halte inne und schüttle den Kopf. »Ich dachte, wenn ich verschwinde, dann beschütze ich sie dadurch. Aber das war ein Trugschluss. Sie werden niemals sicher sein, oder?«

Nova schaut mich für einen Moment an und denkt nach.

»Darüber habe ich mich auch schon mit Atticus unterhalten.«

»Inwiefern?«

»Über deine Familie. Wie wir für ihre Sicherheit sorgen können.«

»Wie denn?«

»WitSec.«

»Das Zeugenschutzprogramm? Ich bitte dich, Nova. Was können sie denn bezeugen?«

»Zum Beispiel die Sache mit deinem Vater.«

Ich schaue Nova wortlos an, denn plötzlich kriege ich keinen Ton mehr heraus. »Dein Vater ist ein Doppelagent«, fährt er fort. »Ein Staatsfeind! Deswegen ist deine Familie gefährdet. Das ist mehr als ausreichend, um ihnen Schutz zu gewähren. Nur sagt Atticus, dass er nicht genug Einfluss hat, um es durchzusetzen.«

»Wer dann?«

»Unser alter Boss.«

Ich schüttle den Kopf.

»Walter und ich sind nicht gerade im Guten auseinandergegangen.«

»Das kann sein, aber trotzdem ist es eine Überlegung wert. Ansonsten kann so etwas jederzeit wieder passieren.«

Ich schaue weg, weil ich gar nicht darüber nachdenken möchte. Schließlich weiß ich genau, wie nah die Killer, die das Kartell geschickt hat, an meine Familie herangekommen sind.

Nova räuspert sich.

»Übrigens waren nicht nur James und ich in Washington. Es hat uns noch jemand geholfen.«

Etwas an seinem Tonfall gefällt mir nicht. »Wer?«, frage ich.

»Erik Johnson.«

Im ersten Moment denke ich, ich habe mich verhört, doch als mir die Bedeutung seiner Worte klar wird, versteifen sich meine Muskeln.

»Was? Wie ist das möglich?«

»Wir haben ihn in Alden getroffen. Es ist eine lange Geschichte, aber er hat uns nach Washington begleitet, weil er helfen wollte. Und er hat geholfen, Holly. Ohne ihn wären deine Schwester und ihre Söhne tot.«

Ich schaue mich in der Umgebung um, sehe die Gebäude und die Fahrzeuge und die vielen Agenten, doch es sieht plötzlich alles völlig unwirklich aus, wie eine Illusion.

»Was ist passiert, Nova?«

»Ich wollte dich nicht mit den Details belasten, bevor alles vorbei ist, Holly. Ich wusste, dass du voll konzentriert sein musst, und …«

Ich schneide ihm das Wort ab. »Was ist passiert?«

»Er hat drei Kugeln abgekriegt. Eine davon hat fast seine Wirbelsäule getroffen und die Chirurgen haben den ganzen Tag an ihm operiert. Vor ein paar Minuten hat Atticus sich mit einem Update gemeldet: Er ist jetzt in stabiler Verfassung.«

Ich weiß nicht, wann genau ich damit anfange, aber plötzlich laufe ich von Nova weg. Er ruft mir hinterher, ruft meinen Namen, doch ich ignoriere ihn. Und ich muss ihm zugutehalten, dass er mir meinen Freiraum lässt. Er folgt mir nicht, als ich in die Dunkelheit des Ackers stolpere, als wäre ich in Trance. Ich laufe an dem Helikopter vorbei und gehe immer tiefer in die Nacht hinein. Irgendwann trifft mein Fuß etwas am Boden. Es ist eine von diesen riesigen Wasserflaschen, die als Zielscheibe für mich herhalten mussten. Ich drehe mich um und mustere das Anwesen, das Oliver Hayward Neverland genannt hat. Ich betrachte die vielen Lichter, die Fahrzeuge, die vielen Menschen, und ich denke an Erik. Wie ich zugelassen habe, dass er mir näherkommt, und wie er deswegen beinahe umgekommen ist. Genau wie jeder andere, der mit mir zu tun hat, ist er zur wandelnden Zielscheibe geworden.

Ich balle meine Hände zu Fäusten und falle auf die Knie. Dann schließe ich die Augen.

Und schreie.

EPILOG

»Hallo, Holly.«

»Hallo, Atticus.«

»Es ist schön, mal deine Stimme zu hören, ohne dass die Luft brennt.«

»Das kann ich nur erwidern.«

»Wenn es dir irgendetwas bedeutet: Ich finde, du hast die richtige Entscheidung getroffen.«

»Ich weiß.«

»Manche würden vielleicht sagen, es war die einzig vernünftige Entscheidung unter diesen Umständen.«

»Ich weiß.«

»Schließlich ist es nicht nur dein Vater, der eine Gefahr für deine Familie darstellt. Die Kartelle wollen sie ebenfalls tot sehen.«

Dazu sage ich nichts. Immerhin trifft mich keine Schuld daran, dass mein Vater sein Land verraten hat. Und was die Rachegelüste der Kartelle angeht, damit hat Javier Diaz angefangen.

»Ich weiß, es kommt dir im Moment sicher nicht so vor, aber deine Familie wird es eines Tages verstehen.«

Ich berühre abwesend meine Wange – an der Stelle, wohin Tina mich heute Morgen geschlagen hat. Ich war dabei, als Agenten meine Familie zusammengetrommelt haben und ihnen die Wahrheit über unseren Vater gesagt haben.

Okay, nicht die ganze Wahrheit. Nichts über die verdeckten Operationen. Aber dass sein Tod nur vorgetäuscht war, und dass er jetzt mit Terroristen zusammenarbeitet. Sie sagten ihnen, so lange er das tue, wären ihre Leben in Gefahr. Und dann sagten sie ihnen, dass auch ich für die Regierung gearbeitet habe. Dass ich mich mit den Kartellen angelegt habe, und dass sie deswegen auf Rache aus waren und sie töten wollten.

Ich stand in diesem Moment im Nebenraum und beobachtete meine Familie durch einen Einwegspiegel. Max kuschelte sich auf Tinas Schoß, Ryan saß dicht neben ihr, einen Arm um ihre Schulter gelegt, Matthew neben ihm. Meine Mutter saß auf einem Stuhl und starrte auf ihren Schoß, als wäre sie gelähmt.

An einem Punkt fing Tina an, meinen Namen zu schreien. Sie wollte wissen, wo ich bin und warum ich nicht den Mut habe, mich ihnen zu stellen. Sie übergab Max an Ryan und sprang auf, sah sich in dem Raum um, als würde sie etwas suchen, womit sie vor Wut werfen könnte. Dann fiel ihr der Spiegel auf. Sie stürmte in meine Richtung und starrte suchend das Spiegelbild an. Sie schaute mich nicht genau an, aber mir reichte es schon.

»Bist du da drin, Holly? Bist du da drin, du feige Sau?«

Ryan kam zu ihr und führte sie zurück zu den anderen, wobei er versuchte, sie zu beruhigen. Die Agenten hatten ihnen gesagt, dass sie neue Identitäten bekommen würden. Sie bekämen ein neues Zuhause, Jobs und genug Geld, um neu anfangen zu können.

Ich wartete, bis die Agenten fertig waren und meine Familie in den Gang führten. Ich wusste, dass ich ihnen fernbleiben sollte, doch als sie vorbeigingen, trat ich hinaus. Meine Mutter sah ich als Erste. Sie stellte Augenkontakt her, sah dann aber schnell weg.

Tina rannte auf mich zu. »Was zur Hölle, Holly? Was soll die Scheiße?«

Einer der Agenten versuchte, sie zurückzuhalten, war aber nicht schnell genug. Sie gab mir eine Ohrfeige, nur diese eine. Ich bewegte mich nicht, reagierte nicht. Wortlos sah ich zu, wie meine Familie den Gang hinuntergeführt wurde, in ihr neues Leben.

Atticus räusperte sich. »Bist du noch dran?«

»Ja, ich bin da.«

»Hast du Erik heute Morgen besucht?«

»Ja.«

»Und, geht es ihm besser?«

Ich erinnere mich an meine Zusammentreffen mit Erik letzte Nacht und heute Morgen. Gestern war er ziemlich von seinen Schmerzmitteln benebelt und erinnerte sich kaum an meinen Besuch, doch heute Morgen war er ansprechbar.

Ich habe mich an sein Bett gesetzt und versucht, seine Hand zu halten, doch es schien ihm egal zu sein. Er betrachtete den Fernseher, dessen Ton abgedreht war, während die Maschinen um ihn herum jede Menge Krach machten.

»Danke«, flüsterte ich, doch er antwortete sehr lange nicht. Als er es dann tat, starrte er immer noch auf den Fernseher. »Du brauchst nicht hier zu sein.«

Ich habe schon Kugeln abbekommen und einmal auch ein Messer, doch Worte haben mich noch nie so sehr verletzt.

»Ich will aber hier sein.«

»Nein, willst du nicht!«

»Erik ...«

Sein Gesichtsausdruck verhärtete sich, doch er schaute mich immer noch nicht an.

»Ich bin jetzt ein Krüppel. Werde wahrscheinlich mein ganzes Leben im Rollstuhl sitzen. Willst du dir das wirklich antun?«

Das war nicht der Erik Johnson, den ich kannte. Der mir von seiner Kindheit erzählt hatte, und wie er in Alden gelandet ist. Der Erik, der sein Leben riskiert hat, um meine Schwester und meine Neffen zu retten.

Es war der neue Erik, und der würde auch wahrscheinlich eine ganze Weile nicht verschwinden. Doch das konnte ich ihm nicht vorwerfen. Ich würde mich an seiner Stelle auch hassen.

Ich streckte die Hand aus, fand seine und drückte sie. »Ich will aber mit dir zusammen sein.«

Nun stehe ich an der Independence Avenue, den Botanischen Garten hinter mir, und sehe, wie ein schwarzer SUV an der Bordsteinkante hält.

»Atticus, ich muss los.«

»Bis bald, Holly. Und viel Glück.«

Ich klappe das Handy zusammen, lasse es in meine Hosentasche gleiten und öffne die hintere Beifahrertür des Wagens.

Drinnen sitzt General Walter Hadden. Er schaut mich nicht an. Ich rutsche auf den Sitz, schließe die Tür, und sofort fährt der Wagen an.

Walter sagt erst mal nichts. Er hat ein iPad auf dem Schoß und starrt durch die Frontscheibe, als der Fahrer uns an der National Mall vorbeifährt. Walter sieht viel älter aus, als ich ihn in Erinnerung habe. Mir fällt auf, dass er seinen Ehering nicht trägt.

»Wie geht es Marilyn und den Kindern?«

Er mustert mich einen Moment. »Ich würde lügen, wenn ich sagen würde, dass ich mich freue, dich zu sehen.«

»Wie lieb von dir.«

Seine Mundwinkel wandern nach unten. »Deinen Sarkasmus habe ich jedenfalls auch nicht vermisst.«

Ich nicke langsam und atme tief durch.

»Lass uns noch mal von vorn anfangen. Ich möchte mich dafür bedanken, dass du meiner Familie geholfen hast.«

»Ich habe nur ein paar Anrufe gemacht. Du bist diejenige, die angeboten hat, wieder für Uncle Sam zu arbeiten.«

Ja, das habe ich getan. Ich hatte keine Wahl. Nicht, wenn ich sichergehen wollte, dass meine Familie in Sicherheit ist. Außerdem würde ich so die Chance bekommen, meinen Vater zu finden und ihn zur Rede zu stellen.

Ein letztes Mal.

»Um ehrlich zu sein, war ich überrascht, dass ich zurückkommen darf.«

Er verlagert das Gewicht in seinem Sitz und starrt aus dem Fenster.

»War auch nicht meine erste Wahl. Doch die Wahrheit ist, es gab eine Entwicklung, für die ich dich gebrauchen könnte.«

»Du hast schon einen Auftrag für mich?«

»Vor weniger als achtundvierzig Stunden, als du L.A. auf den Kopf gestellt hast, hat ein Drohnenpilot der Air Force hochbrisante Dokumente gestohlen und ist damit nach Deutschland geflohen. Wir vermuten, dass er sich dort mit einem Journalisten treffen will.«

»Warum kommt mir die Geschichte so bekannt vor?«

»Edward Snowden hat praktisch das Gleiche gemacht, nur ist er nach Hongkong abgehauen.«

»Was ist dann passiert?«

»Ein Undercover-Team ist ausgesendet worden, um ihn zurückzuholen.«

»Dein Team?«

Er wirft mir einen mürrischen Seitenblick zu. »Ich habe kein Team mehr. Es war ein Team, das du nicht kennst.«

»Okay, was ist passiert?«

»Das Team wurde in eine Falle gelockt. Drei sind tot, aber einer hat es geschafft zu entkommen.«

»Hat der Drohnenpilot sie alle umgebracht?«

Walter schaltet das iPad an und entsperrt es. »Nein. Es war eine CIA-Agentin, die sich eingemischt hat, bevor das Team den Piloten verhaften konnte.«

»Woher weißt du, dass sie bei der CIA ist?«

»Weil sie einen Tag, bevor es passierte, untergetaucht ist. Und wir haben Videoaufnahmen von ihr.«

Walter ruft ein Foto auf und dreht das Tablet in meine Richtung, sodass ich es sehen kann. Es ist schwarz-weiß und wahrscheinlich in einem CIA-Büro aufgenommen worden. Eine junge, schwarze Frau mit langen Haaren.

»Sie heißt Alice Morgan. Dreiunddreißig. Sie hat einen Abschluss vom MIT und wurde vor fünf Jahren als Analystin bei der CIA angestellt.«

»Ich dachte, sie ist Agentin?«

»War sie auch.«

»Seit wann werden Analysten zu Agenten?«

»Anscheinend hatte sie das Zeug dazu. Sie war sehr gut in ihrem Job, Holly. Verdammt gut.«

»Und was ist aus dem Drohnenpiloten und dem Journalisten geworden?«

»Sie sind verschwunden. Genau wie Alice Morgan. Und da kommst du ins Spiel. Du musst nach Deutschland fliegen und herausfinden, was mit dem verbleibenden Teammitglied passiert ist. Versuche herauszufinden, was zur Hölle passiert ist.«

»Ich habe eine Bitte.«

»Und zwar?«

»Ich würde Nova gern mitnehmen.«

Walter lächelt leicht, dann schaut er wieder aus dem Fenster.

»Ich mag Nova. Immer schon. Er ist ein guter Mann. Zuverlässig. Ich würde ihn, ohne mit der Wimper zu zucken, einsetzen. Aber nicht dafür.«

»Warum?«

»Es bestünde ein Interessenkonflikt.«

Walter wendet seine Aufmerksamkeit wieder dem iPad zu und tippt auf das Foto von Alice Morgan.

»Sie ist seine Verlobte.«

– E N D E –

DOUGLAS E. WINTERS VERBEUGUNG VOR DEN COP-THRILLERN DER 80ER- UND 90ER JAHRE UND DEM ACTIONKINO EINES **JOHN WOO**.

MEHRFACH NOMINIERT FÜR DIE **KRIMIBESTENLISTE** DER **FAZ** UND DES **DEUTSCHLANKFUNKS**.

NICHTS IST LEICHT
NICHT EINMAL DAS STERBEN

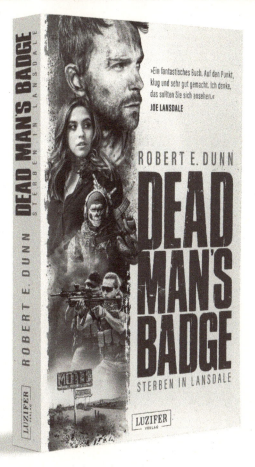

DREIFACH NOMINIERT FÜR DIE **KRIMIBESTENLISTE** DER **FAZ** UND DES **DEUTSCHLANKFUNKS**.